满族说部研究丛书（第一辑）

主编 邵汉明

满族说部口头传统研究

周惠泉◎著

朱立春◎整理

国家出版基金项目

NATIONAL PUBLICATION FOUNDATION

全国百佳图书出版单位

長春出版社

图书在版编目(CIP)数据

满族说部口头传统研究 / 周惠泉著 ; 朱立春整理
. -- 长春 : 长春出版社, 2016.8
(满族说部研究丛书. 第一辑)
ISBN 978-7-5445-4555-6

Ⅰ. ①满… Ⅱ. ①周… ②朱… Ⅲ. ①满族-少数民族文学-文学研究-中国 Ⅳ. ①I207.921

中国版本图书馆 CIP 数据核字(2016)第200674号

满族说部口头传统研究

著　　者:周惠泉
整　　理:朱立春
责任编辑:胡　新
封面设计:楠竹文化

出版发行:長春出版社　　总编室电话:0431-88563443
　　发行部电话:0431-88561180

地　　址:吉林省长春市建设街 1377 号
邮　　编:130061
网　　址:www.cccbs.net
制　　版:荣辉图文
印　　刷:吉林省赛德印业有限公司
经　　销:新华书店

开　　本:787 毫米×1092 毫米　1/16
字　　数:230 千字
印　　张:15
版　　次:2016 年 8 月第 1 版
印　　次:2016 年 8 月第 1 次印刷
定　　价:35.00 元

总序

作为第一批国家级非物质文化遗产项目，满族说部不仅由吉林省申报，其国家级、省级传承人富育光先生和省级传承人赵东升先生，都生活在吉林省；作为传统的满族及其先世女真、渤海等肃慎族系民族，在当今的吉林大地，留下了众多传统生活的遗址、遗迹和大量文物；作为佛满洲（满语，汉译“旧满洲”）重要组成部分的海西女真以及清代驻防八旗、京旗回迁等满人后裔，至今仍是吉林省人口构成的重要成分；某些在吉林地区已有数百年生活史的满族家族，至今保留着浓郁的满族民俗和珍贵的萨满祭祀、谱牒传修、族史讲说等原生态的民族传统，成为国内外民族、民俗学者进行田野调查和追踪研究的样本。

正因为如此，2011 年 9 月，由吉林省社会科学院牵头，联合吉林省民族宗教研究中心、吉林大学、东北师范大学、延边大学、长春师范大学、北华大学、四平师范大学、长春大学、通化师范学院（今长白山大学）等相关高校、研究单位，成立了吉林省满族说部学会，以满族说部的研究与推广为宗旨，致力于满族说部文本以及传承演进过程和关系的研究、满族说部与满族历史文化关系的研究等，团结专业研究者和业余爱好者，深入研究、普及和推广满族说部及其研究、开发的成果。

学会成立以来，不仅持续组织会员深入满族聚居区进行田野调查，而且与有关学校联合建立研究基地，进行“满族说部进校园”等系列普及活动，还推动学会会员，在文本研究、价值研究、历史文化研究、基础理论研究、保护与传承研究和比较研究多个层面，对满族说部开展全方位的学术研究，先后在《社会科学战线》《黑龙江社会科学》《东北史地》等学术期刊开辟专栏，集中推出研究成果；学会的第一部研究论文集《满族古老记忆的当代解读》，于2012年正式出版；在学会的组织、推动下，先后有三位学会会员申报的研究项目获得国家社会科学基金立项。

在此基础上，学会组织骨干力量，撰写“满族说部研究丛书”。第一批三部著作分别是由朱立春等著的《满族说部文本研究》，由杨春风、苏静、李克合著的《满族说部英雄主题研究》和周惠泉研究员的遗著《满族说部口头传统研究》。此前，有关满族说部研究的专著，只有中国社会科学院少数民族所高荷红博士的《满族说部传承研究》（中国社会科学出版社2011年版）、杨春风与苏静合著的《满族说部与东北历史文化》（吉林文史出版社2013年版）、郭淑云教授的《〈乌布西奔妈妈〉研究》（中国社会科学出版社2013年版）和部分论及满族说部基础理论问题的王卓研究员的《清代东北满族文学研究》（吉林文史出版社2013年版），而系列性地集中推出满族说部研究专著，还是第一次。

《满族说部文本研究》，全书共分六章，系统研究满族说部代表性文本的历史和文化价值，重点研究神话史诗类说部文本的体系化特征，并以满族及其先民社会历史生活为蓝本，揭示满族及其先民的萨满教观念及其思维模式、民族特征等。

《满族说部英雄主题研究》认为，满族说部是满族先民历史文化的百科全书，讲述了满族先民在几千年的历史长河中不断克服困难、拼搏进取的历史轨迹。满族说部中的绝大部分作品中都存在英雄主题，因为满族先民相信唯有明决果敢、大智大勇的英雄才能带领他们走出困境，进而发展壮大。

《满族说部口头传统研究》，是国家社科基金研究成果，对满族说部的口承传统做了溯源性的考察，并将满族说部放在整个中国文学史的背景下考察其意义。

“满族说部研究丛书”的第一批成果，是学会成立以来学术研究的集大成之作，代表着吉林省满族说部研究的阶段性成就。希望以此为起点，将满族说部研究持续推进下去，为满族说部研究本身及其对于满族文化、东北地域文化、中华文化和人类文化的珍贵价值，逐步挖掘出来，也为文学、历史学、民族学等学科研究视角的拓展、研究资料的丰富提供更多的借鉴。

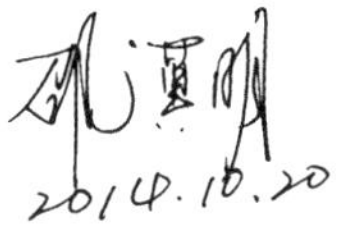

目录

第一章
满族说部综论

英雄大传、英雄史诗满族说部，作为国家级非物质文化遗产的代表作，正在引起文化学术界的热情关注。而满族及其先世肃慎、挹娄、勿吉、靺鞨、女真，在中华民族的历史上是一个数度走向辉煌、两度入主中原的伟大民族，为中华五千年少数民族的历史所仅见。满族说部这一艺术形式，乃是满族以及包括女真人在内的满族先民彪炳史册的可贵创造，是这个伟大民族的民族精神、民族智慧升华的结晶，其内涵博大精深，极其丰富。由于它产生于游牧文明的纵深地带，其中饱含着我国北方民族文化威武有加、健勇无比的珍贵元素，为中国文学北雄南秀、异彩纷呈的多元一体格局注入了新的活力和新的气象。满族说部通过口头传承涵养孕育、勃发崛起，当之无愧地代表着女真—满族口头文学的最高成就，堪称中国文学百花园中灿烂夺目的一朵奇葩。

第一节　满族说部的渊源与缘起

满族作为我国北方阿尔泰语系—通古斯语族的重要民族，其历史十分悠久。三千年以前的肃慎人是满族的原始先民，他们生活在长白山以北和松花江中上游、牡丹江流域的广阔地区，从舜禹时代就与中原有了联系。战国以后，肃慎改称挹娄，以后又陆续改称勿吉、靺鞨、女真。其中粟末靺鞨于唐朝时曾经在松花江上游、长白山北麓即今吉林敦化、黑龙江宁安一带建立号称“海东盛国”的渤海地方政权；而女真人则在辽、宋激烈复杂的矛盾冲突中崛起塞北、雄视天下，灭辽驱宋、入主中原，对于中华民族的发展壮大厥功甚伟。满族则是以建州女真、海西女真为主，在明代形成的民族共同体。他们步其先民女真人的后尘，挥师入关，进而一统天下，建立清朝，开创了我国有史以来多民族国家空前巩固稳定的历史局面。其领土“东极三姓所属库页岛，西极新疆疏勒至于葱岭，北极外兴安岭，南极广东琼州之崖山”①，基本上奠定了中国近现代的版图疆域。

据口碑资料和文献资料可知，满族的先民有着十分丰富的口头文学传统。例如著名的满族创世神话《天宫大战》，当即来自满族先民的口传心授。特别是女真时期以来，民间口头文学得到了更充分的发展，从而非常难得地为满族说部留下了极其深厚的文化积淀。女真—满族正是通过“说史”“颂唱根子”的活动，将“民族文化记忆”熔铸为无比生动的口头文学、包括千姿百态的说部艺术。在目前已经抢救采集、记录整理的满族说部中，多达二分之一的作品与满族先民女真人的杰出人物或口传叙事文学密切相关。如《忠烈罕王遗事》《苏木夫人传》《金世宗走国》《女真谱评》《天宫大战》《乌布西奔妈妈》等，颇有代表性。这些作品讲述传扬的女真完颜部叱咤风云的英雄人物光辉业绩，当主要来自女真完颜部的口头传承。而说部作品中的一个热点人物——历史上号称“北方小尧舜”的金世宗完颜雍，不仅在有金一代开创了“大定明昌五十

---

① 《清史稿》卷五十九《地理志》，北京：中华书局1976年版，第1891页。

年”的鼎盛局面，而且异常珍视女真族的固有文化，对于保护满族先民的非物质文化遗产做出了重要贡献。由于完颜雍的不懈鼓吹和积极推动，女真文化得以更好地保存、延续和发扬光大，从而滋养和哺育了满族文化。据《金史·世宗纪》载，完颜雍为了防止子孙后代忘本，保持女真人淳朴敦厚之风，一再提倡民族精神、民族品格和民族习俗。例如大定十一年（1171）十一月完颜雍临幸东宫时，曾告诫皇太子：“吾儿在储贰之位，朕为汝措天下，当无复有经营之事。汝唯无忘祖宗淳厚之风，以勤修道德为孝，明信赏罚为治而已。……唐太宗有道之君，而谓其子高宗曰：‘尔于李勣无恩，今以事出之；我死，宜即授以仆射，彼必致死力矣。’君人者，焉用伪为！受恩于父，安有忘报于子者乎！朕御臣下，惟以诚实耳。”① 完颜雍提倡的女真民族诚信无欺的可贵品格与可贵精神，于此可见一斑。为了求本寻根，早在大定十三年（1173）完颜雍即有意从京城中都（今北京）回访女真完颜部发祥地会宁府（今黑龙江阿城南白城），以追寻女真族的民族精神和非物质文化遗产。据《金史》记载，大定十三年三月乙卯，上谓宰臣曰：“会宁乃国家兴王之地，自海陵迁都永安（今北京），女直人寖忘旧风。朕时尝见女直风俗，迄今不忘。今之燕饮音乐，皆习汉风，盖以备礼也，非朕心所好。东宫不知女直风俗，第以朕故，犹尚存之。恐异时一变此风，非长久之计。甚欲一至会宁，使子孙得见旧俗，庶几习效之。”② 完颜雍在内心酝酿、发酵已久的这一夙愿，终于在十一年后的大定二十四年（1184）三月付诸实施，并驻跸将近一年之久。金世宗此次巡幸女真故地，在《金史·世宗纪》和《金史·乐志》

① 《金史》卷六《世宗》上，北京：中华书局 1975 年版，第 150 页。

② 《金史》卷七《世宗》中，北京：中华书局 1975 年版，第 158—159 页。

中均有翔实的记载。《金史·乐志》称：

> (大定) 二十五年四月，幸上京，宴宗室于皇武殿，饮酒乐，上谕之曰："今日甚欲成醉，此乐不易得也。昔汉高祖过故乡，与父老欢饮，击筑而歌，令诸儿和之。彼起布衣，尚且如是，况我祖宗世有此土，今天下一统，朕巡幸至此，何不乐饮。"于时宗室妇女起舞，进酒毕，群臣故老起舞，上曰："吾来故乡数月矣，今回期已近，未尝有一人歌本曲者，汝曹来前，吾为汝歌。"乃命宗室子叙坐殿下者皆上殿，面听上歌。曲道祖宗创业艰难，及所以继述之意。上既自歌，至慨想祖宗音容如睹之语，悲感不复能成声，歌毕，泣下数行。右丞相元忠暨群臣宗戚捧觞上寿，皆称万岁。于是诸老人更歌本曲，如私家相会，畅然欢洽。上复续调歌曲，留坐一更，极欢而罢。①

这种颂唱宣扬祖宗辉煌业绩的古老传统，由于一代英主完颜雍以身作则、亲自实践，虽已跨越历史的风云，却仍垂范子孙后世，为女真—满族以说部的艺术形式求本寻根、追念祖先树立了楷模。传统说部正是继承了满族先民女真人口头文学和非物质文化的优良传统，从而造就了气势恢宏、篇幅浩瀚的说部艺术，形成饱含天籁真趣、生机活力的原生态作品。

第二节　满族说部的价值与意义

满族说部作为"口头非物质文化遗产"代表作的出现，对于中

---

① 《金史》卷三十九《乐志》上，北京：中华书局 1975 年版，第 891—892 页。

国文学的学科建设有着巨大的现实意义和深远的历史意义。中国文学的内涵原本博大精深、无比丰富，其中既包括书面文学，也包括口头文学；既包括汉族文学，也包括少数民族文学。但是以往的文学史著作基本上属于汉民族的书面文学史，少数民族文学特别是少数民族口头文学长期以来备受轻视和冷落。而传统说部可谓兼具口头文学和少数民族文学的双重品格，因而对于21世纪构筑中国文学史的完备框架和创新体系而言，十分珍贵，且非常重要。满族说部自21世纪伊始就在全球保护非物质文化遗产的热潮中骤然崛起，闪亮登场，必将推动中国文学史的内涵和架构与时俱进地呈现书面文学与口头文学兼备、汉民族文学和少数民族文学并重的新的发展趋势。与此同时，由于满族说部具有文化学、文艺学、历史学、民族学、语言学、民俗学、宗教学等多方面的价值，其抢救和研究还将为保持我国与人类文化的多样性、充实我国与人类的非物质文化遗产宝库做出重要贡献。

口承传统与书写传统的关系，自古以来就是一个引人注目的问题。诞生于2000年以前的儒家经典《周易》一书，即有“书不尽言，言不尽意”（《易·系辞上》）的说法，指的是文字与语言难以完整准确地表达思想，实际上已经开始接触到口承与书写关系这个十分微妙的问题。此后，魏晋玄学家关于言、意关系的不同认识，虽然忽略了“书不尽言”的一面，却对于“言不尽意”的命题引发了荀粲、西晋欧阳建等人所进行的针锋相对的热烈讨论，为后世文人学士所津津乐道。东晋诗人陶潜《饮酒》诗其五所谓“此中有真意，欲辨已忘言”的诗句则是对“言不尽意”所做的传神描述。与我国不同的是，欧美等西方学术界关注的热点，则与中国的玄学家有所区别，主要侧重于“书、言之辨”，而不在

“言、意之辨”。从20世纪60年代起，他们即对“口承—书写”的关系进行了更为广泛、更为尖锐的论辩。美国古典学学者米尔曼·帕里（1902—1935）和他的学生阿尔伯特·洛德（1912—1991）从20世纪30年代开始初创、以后渐趋完善的“帕里—洛德理论”即“口头程序理论”，是通过对口传史诗的解读以及相关的田野作业而创立的口头传统理论。这一理论主要形成于对千百年来争论不休的“荷马之谜”的创造性探索。帕里、洛德师生从分析已经由文字固定下来的荷马史诗《伊利亚特》和《奥德赛》的文本入手，接着又深入前南斯拉夫民间就活态口传史诗进行田野调查，以便对自己的原创性发现加以验证，从而完成了这一重大的理论建树。① 目前口头程序理论已经传遍世界的各个角落，在100多种语言口头传统的研究中得到运用。由于帕里及其学生洛德的理论贡献，口承传统具备了较为周严的学科体系特征。帕里、洛德正是通过把口头诗歌的概念应用于荷马史诗文本大量程序化用语的分析归纳、破译研究，揭示了口传史诗的口述性叙事特点和独特的诗学法则，将荷马史诗的诞生推回到文字出现以前的口述时代，对于以往古典学学者的思维定式和僵化观念发起了石破天惊的猛烈冲击，尤其令这些学者吃惊的是，在西方古典文学中一直享有崇高地位并辉耀千古的伟大诗人荷马，竟会是一个目不识丁、流浪行吟的民间艺人！

实际中民间口头文学，包括各民族的英雄传说、英雄史诗是文学宝库中非常珍贵的一部分，它们对于作家书面文学产生过深

---

① 约翰·迈尔斯·弗里:《口头诗学:帕里—洛德理论》,朝戈金译,北京:中国社会科学出版社,2000年;阿尔伯特·贝茨·洛德:《故事的歌手》,严虎彬译,北京:中华书局,2004年。

远的影响，为古今中外文学的健康发展提供了取之不尽、用之不竭的灵感触媒和力量源泉。回顾人类文明发展的历史，可以看出书写的传统与口承的传统均为人类宝贵的信息交流、信息传播手段，由于二者载体的不同，从而形成了两极间的谱系关系。只有历时性的书写和即时性的口述相辅相成、并行不悖，人类无比丰富的信息交流与信息传播才能呈现绚丽多姿、色彩斑斓的人文知识光谱。文字的出现是人类的巨大进步，作为书写符号的文字固然可以使人类的文明成果超越时空、传之久远；不过，由于“书不尽言，言不尽意”而存在的文字同语言的微妙差距，也使得人类古老文明与早期文献的原初语境、鲜活元素疏离隔膜，从而在古典文本中必不可免地丢掉某些稍纵即逝、难以再现的灵光神韵和天籁真趣。由于包括文学界在内的学术文化界长期以来仅仅重视同书写相关的精英文化，忽视同口承相关的民间文化，而口头和非物质文化遗产又往往具有不可再生的性质，传承的链条一旦断裂，势必造成人类文化财富不可挽回、无法弥补的损失，所以口承传统尤其需要善加保护。特别是20世纪后期，在经济全球化和社会生活现代化汹涌澎湃的大潮中，数字化时代的到来使主流文化、大众文化凭借先进的科学技术手段，以前所未有的冲击力轻而易举地独霸文化市场，民间口头非物质文化遗产面临空前严峻的生存危机。为了抢救、保护非物质文化遗产，联合国教科文组织通过了一系列国际公约、宪章和建议案等，对保护非物质文化遗产起到了重要作用。从1989年11月第25届教科文组织大会通过《保护民间创作建议案》到2003年10月第32届教科文组织大会通过《保护非物质文化遗产公约》，短短十几年间出台了一系列重要文件，使非物质文化遗产保护的国际准则得到了极大的发展与完善。满族说部正是在这一大背景之下于2006年5月经国务院批准进入我国第一批非物质文化遗产名录的。① 满族说部在口头文学与书面文学互动互补、少数民族文学与汉族文学相激相融中彰显于世、受到瞩目，必将极大地提升民间口头文学在中国文学史上不可或缺、日显重要的突出地位，也将有力地推动中国文学史的架构实现由场域狭小、内涵单一的传统模式向视野开阔、多维多元的科学体系的转型与跨越。与此同时，满族说部的挖掘采集和探索解读，其意义还将远远超出文学学科本身，使包括文学研究在内的学术研究格局和定制由单纯关注书写传统而转为书写—口承传统兼而有之的重大改变。

第三节　满族说部的内涵与分类

满族说部的称谓，源自满语“乌勒本”，译作汉语当为“传”“传记”之意；由于清朝中后期满语渐废，便改用“满族说部”或“英雄传”的名称。与之相应的是，讲唱说部也大多运用汉语，偶尔夹杂某些满语（女真语）成分。满族说部的艺术形式，经历了一个由简到繁、由短到长的发展过程。最初主要在氏族内部口传心授。满族日常生活中须臾不可离开的一缕缕鬃绳的纽结、一块块骨石的凹凸、一片片兽革的裂隙，都刻述着氏族内部数不尽的非凡经历和英雄壮举，从而形成了说部最为古老的形态。

说部艺术形式有着完整的故事情节和生动的人物形象，说唱结合，以说为主，有时也伴有讲唱者模拟说部中人物动作的生动表

① 《第一批国家级非物质文化遗产名录》,《光明日报》2006年6月9日第9版。

演。满族民间俗语所谓“要有金子一样的嘴”，乃是对于擅长讲唱口头文学和说部作品的代表性传承人最大的褒奖和最高的夸赞。就氏族而言，讲唱说部并非单纯的娱乐和消遣，而是追念氏族先人业绩、传承“民族文化记忆”的最好行动，因而讲述的过程被阖族视为神圣而隆重之举，往往由族中德高望重的长者或萨满讲唱。在讲唱开始之前，讲唱者要焚香漱口、祭拜神灵，然后才能虔诚讲唱，气氛神圣肃穆；听众则要严分辈分，谦恭有序。可见，满族的“讲祖”“颂祖”活动同氏族内部的祭祖习俗密切相关，乃是女真—满族传统文化中最为稳定的因素，承载着氏族对自然、社会的认识和对祖先、英雄的崇拜。经过漫长的发展过程，赞语、颂文终于演变和升华为篇幅宏大、雄浑壮阔的说部艺术，把北方民族口头长篇叙事文学推入新的境界。女真—满族传统说部具有极其丰厚的历史文化积淀和十分广泛的社会生活内涵，乃是满族及其先世社会史、氏族史、家庭史的剪影，是民族精神、民族智慧无比丰富的载体，且其中蕴含着博大精深的知识体系，因而堪称北方民族生活的百科全书。

据近年来我国的民间文化工作者通过田野作业的初步掌握，传统说部就内容而言，大致包括以下四种类型。

第一类为窝车库乌勒本，俗称“神龛上的传说”。这类说部主要来源于各姓满族珍藏的萨满神谕和萨满记忆。如黑龙江黑河市瑷珲区流传的《尼山萨满》《西林大萨满》《恩切布库》、黑水女真人的创世神话《天宫大战》和东海女真人的创世史诗《乌布西奔妈妈》等，便是代表。其中，《天宫大战》是有关满族原始先民开拓北疆、繁衍人类的英雄神话，作品歌颂了三百女神与恶魔的鏖战，反映了满族原始先民通过与自然、社会的拼搏抗争，而达致天与人、人与人之间和谐共处的波澜壮阔的曲折经历。该作品可称得上人类神话中魅力四射的珍奇瑰宝，完全可以与世界上最著名的神话相媲美。流传在乌苏里江以东锡霍特山麓的创世史诗《乌布西奔妈妈》原为满语（女真语）韵文，可诵可唱，表现的是部落时代的战争风云，从形式和内容上看都属于地地道道的萨满英雄史诗。史诗的主线是以能够未卜先知的东海哑女成长为英名盖世的女萨满，经过打拼奋斗，征讨四方，终于成为七百噶珊（部落）的首领。最后部落强大了，人民幸福了，无忧无虑、和谐和顺的局面形成了，由必然王国向自由王国的飞跃最终实现了。乌布西奔妈妈却为此熬尽心血，付出了生命，最后安详地合上双眼。但是在北方民族人民的心目中，乌布西奔妈妈是永远不死的，她至今仍然在活态的口碑中流传。

第二类为包衣乌勒本，即家族传、家族史。这方面的说部在满族诸姓家族中至今时有发现，例如吉林省长春市赵姓家族的《扈伦传奇》、黑龙江双城马亚川承袭的《女真谱评》《海宁南迁传》、黑龙江黑河市瑷珲区富氏家族的《顺康秘录》《秋亭大人归葬记》《东海沉冤录》、黑龙江宁安富英仁传承的《东海窝集传》等。其中，《东海窝集传》乃是流传于黑龙江宁安深山老林中的窝集人的作品。“窝集”为满语（女真语）“稠密森林地带”的意思，而窝集人即野人女真。所谓“野人女真”，是生活在原始森林中即大山深处的“林中之人”。宁安地区四周环山，中间属河谷平原，与外界相对隔离的特殊地理环境为传统说部的保存和流传提供了得天独厚的条件，也使《东海窝集传》成为说部中具有原始活力的代表性作品，堪称研究满族原始思维及其审美观念的活化石。

第三类为巴图鲁乌勒本，即英雄传。这部分作品的内容十分丰富，可以分作两大类：一是真人真事的传述，二是传说人物的演义。前者如黑龙江宁安地区富察氏后裔傅英仁承袭讲述的《萨大人传》，以及《两世罕王传》（又名《漠北精英传》）、《金兀术传》、《忠烈罕王遗事》、《双钩记》（又名《窦氏家传》）、《雪妃娘娘和包鲁嘎汗》、《鳌拜巴图鲁》、《松水凤楼传》、《黑水英豪传》等；后者如《乌拉国佚史》《佟春秀传奇》等。其中，《雪妃娘娘和包鲁嘎汗》记录了清朝开国皇帝努尔哈赤家族通过与蒙古贵族联姻、团结蒙古族共同建设大清王朝的历史故事，反映了各民族你中有我、我中有你和共生共存、互动互补的发展过程，为中华民族的多元一体格局谱写了一曲响彻云霄的赞歌。整个作品情节曲折，引人入胜，达到了颇高的艺术水准。

第四类为给孙乌春乌勒本，即说唱传奇。这些说部主要歌颂各氏族流传已久的英雄人物。如著名的爱情传说《红罗女》及其不同传本——如《比剑联姻》《红罗女三打契丹》等，表现图们江守航江神的《图们玛发》以及护佑福祉的《关玛发传奇》，地方风物传奇《巴拉铁头传》《白花公主传》，满族民间长篇说唱《姻缘传》《莉坤珠逃婚记》《依尔哈木克》《得布达利》等。《红罗女》流传在黑龙江省镜泊湖附近地区，其变体《比剑联姻》《红罗女三打契丹》则流传在黑龙江省牡丹江一带，而在吉林省东部的敦化等地区又有《银鬃白马》《红罗绿罗》的不同传本。上述同一母题而变体纷呈的状况，属于民间口头文学通常所说的“变异性”。传统说部作为口耳相传的民间文学形式，在不同的时间和空间上动态地传承着，因而带有立体性的三维空间，甚至四维空间的特点是不奇怪的。正如美国学者阿尔伯特·洛德在其“口头程序理论”的经典性著作《故事的歌手》一书中所深刻指出的：“每一次表演都是单独的歌，每一次表演都是独一无二的，每一次表演都带有歌手的标记。”① 在同一母题中经常出现异文，这是民间口头文学同作家书面文学创作方式的根本区别之所在，也是民间口头文学永不衰竭的活力之所在。

第四节　满族说部的传承与保护

满族说部的最早发现，要归功于费孝通先生早年在清华大学攻读硕士学位时的外籍导师、俄国杰出的人类学家 C. C. 米哈伊洛维奇（即史禄国）。史禄国受俄国科学院（彼得堡）、俄国中亚和东亚民族调查委员会的派遣，自 1912 年起开始对通古斯人进行民族调查，并于 1915 年来到中俄边境地区在通古斯部落和满族人中生活了 18 个月。从 1917 年到 1918 年，他又用两年时间把调查范围扩大到东北南部和北京的满族。作为精通通古斯语言和文化的专家，史禄国正是在进行社会调查和田野作业的过程中，面对面地接触和聆听了女真—满族口耳相传的长篇叙事文学，即联合国教科文组织在近一个世纪以后明确提出的新概念——“非物质文化遗产”代表作。史禄国甚至还将部分作品誉为“美不胜收的史诗”和“满族的《奥德赛》”，并指出他当时已着手对其进行翻译，“但由于俄国的政治动荡而未能发表”。② 历史发展到 20 世纪 80 年代以后，在联合国教科文组织推动保护人类口头非物质文化遗产的热潮中，上述珍贵

---

① 阿尔伯特·贝茨·洛德:《故事的歌手》,尹虎彬译,北京:中华书局,2004 年,第 5 页。

② 史禄国:《满族的社会组织——满族氏族组织研究》,高丙中译,北京:商务印书馆,1997 年,第 1—3 页。

文化遗产才重新受到我国民间文化工作者的注意，开始有目的地进行搜集工作。

据田野调查掌握的信息，传统说部尚有30余部作品蕴藏在满族民间。到目前为止，记录整理的工作尚未全部完成。吉林人民出版社在2007年12月首批出版的说部作品，包括《乌布西奔妈妈》、《尼山萨满传》、《雪妃娘娘和包鲁嘎汗》、《东海窝集传》、《东海沉冤录》、《飞啸三巧传奇》、《扈伦传奇》、《萨大人传》、《萨布素将军传》、《萨布素外传》、《绿罗秀演义》（残本）。由于说部是通过口耳相传的方式传承的，因而传承人对于活态保存十分重要。但在20世纪80年代初的田野作业中得知，这些传承人多为年过六旬的老人，当时尚有20余位健在。2002年，黑龙江省东吴县沿江乡四季屯78岁高龄的何世环老人，还能用流利的满语讲唱《尼山萨满》，但其他传承人都只能用汉语讲唱。自20世纪80年代至21世纪初，满族说部的传承人已有十七八位相继谢世，濒危状况相当严重，立即采取措施迅速抢救、有效保护这份珍贵的民族民间文化遗产，已经迫在眉睫、刻不容缓。

文化遗产是人类的祖先留给子孙后代的宝贵财富，具有不可再生的性质，一旦损毁或失传，必将造成无法弥补、不可挽回的损失。对于已被列入国家名录的非物质文化遗产，应该怎样有效进行保护？这是一个必须认真面对、妥善解决的新课题，无论是在国内还是国外，都没有现成经验可循。非物质文化遗产与摸得着、看得见、有着具体形态的物质文化遗产不同，它是人类历史发展中各个族群生活方式乃至情感、智慧的活的载体，保留着各民族特有的心理结构、思维方式和审美观念，为各民族精神血脉之所系。要想切实保护这类口传心授的非物质文化遗产，就必须在理论与实践的结合上加大探索的力度。通过总结人类保护非物质文化遗产的实践可以看出，保护的方式大体说来不外乎两种，即静态保护和动态保护。前者是以往保护工作惯用的方式，后者是国内外着力攻坚的新方法。

我们认为，口头文学属于集体创作，凝聚着民间的集体智慧，承载着千百年来形成的道德观念、精神需求和价值体系，具有潜移默化的法约性，构成一种无形的行为规范，对于子孙后代的行为方式不乏引导作用。有鉴于此，口头非物质文化遗产应该以一种自然的形态生存，最理想的保护方式就是使其继续存活于人们的日常生活当中，传承于人们的口耳之间，也就是俗语所说的“活鱼还要水中看”。但国内对于非物质文化遗产的动态保护才刚起步，亟须在具体操作中发扬首创精神，摸索可行的方法，探寻成功的经验。为了在满族说部的保护中实现这一目标，必须创造两个条件：一是要有动态传承的适当环境，二是要有动态传承的后继传人。应该按《国家“十一五”时期文化发展纲要》的精神，尽快创立满族说部的文化生态保护区，以便为满族说部的口头传承和持续性保护提供宽松的生存环境。与此同时，还应对满族说部代表性传承人的加大保护力度，提供切实有利的条件，保证满族说部能够采取以师带徒的方式活态传承。

除了动态保护的原则，静态保护的原则也不可偏废。新的发展时期以来，由文化部、国家民委和中国民间文艺家协会联合发起的“十部中国民族民间文艺集成志书”的编纂工作取得了可喜的成绩，成为我们国家对口头非物质文化遗产进行全面普查、及时抢救、系统整理的一次最为壮观的文化工程。仅以民间文学为例，从1984年至1990年，全国约有200万基层文化工作者参加普查工作，搜集民间故事184万篇，民间歌谣302万首，民间谚语478万条，总字数超过40亿，将许多处于濒危状态的口头非物质文化遗产以文字记录的方式成功地抢救下来。至于对满族说部的静态保护工作，到目前为止，文字记录的成绩也相当可观。就口头非物质文化遗产、包括满族说部的保护方式而言，随着科学技术的进步与互联网的发展，在语言、文字、图像共同传递信息的所谓“读图时代”。静态保护也要有所创新，应该把录像、录音、摄像引入保护工作的始终，对满族说部进行立体的记录，以便完整而恒久地保留其活态存在情况下的原真性面貌，来应对人亡艺绝、人亡歌歇状况的出现。

满族说部在20世纪末的崛起，是人类文化史上的重大发现，给多元一体、气象万千的中华文化增添了光彩。非物质文化遗产学在新的世纪的确立，已经把口传文化推向历史的前台，使其在人类发展进程中不可或缺的巨大作用彰显于世，倍受瞩目。长期以来，对于判定人类文明的标准一般都把文字的出现和运用作为必不可少的条件。实际上，“民族文化记忆”通过口传心授进行积累与传播乃是一个不争的事实。联合国教科文组织从20世纪80年代以来陆续通过的保护“人类口头非物质文化遗产”的一系列国际公约，不仅使我们对于口头传统在人类进化发展中的作用重新认识，也使我们对人类社会进化发展的阶段划分认真反思。

传统观念认为，人类只有通过文字才能积累和传播思想文化，没有文字的文明是不可想象的。口传文化的崛起，正在促使人们抛弃陈陈相因的偏见，重新确立口头传统的历史地位。许多民族，特别是那些长期没有文字的民族，其奋斗经历和英雄业绩都是通过口耳相传保留下来的。因此对于口头传统在人类进化发展上的作用，应该有新的界说和新的评价。20 世纪西方学术界学派蜂起，名家竞出，其中虽有张扬“书写论”的说辞，更多的则针锋相对地提出了与之相左的观点。后者质疑在人类心智的辩论中所谓认知的发展仅仅同“字母书写”相联系的判断，主张口承与书写在本质上都负载着积累和传播人类思想文化的功能，从而为我们与时俱进地认识和完善文明的标准提供了极为丰富、坚实可靠的理论资源。

第二章
肃慎族系的历史发展与渤海国的建立

满族是一个具有悠久历史和灿烂文化的民族，其中先秦时期的肃慎，两汉、魏晋时期的挹娄，南北朝时期的勿吉，隋唐时期的靺鞨，宋、辽、金、元、明时期的女真，都是满族声名显赫的先人。满族及其先民，在中华民族的历史上是一个数度走向辉煌、两度入主中原的伟大民族，为中华少数民族的历史所仅见。

第一节　古老的肃慎族系

满族的远祖——原始先民肃慎，是东北地区见于汉文文献记载最早的少数民族，早在舜禹时代就与中原有了联系。“肃慎”一作息慎，《竹书纪年》载：“肃慎者，虞夏以来东北方大国也，一名息慎”（《竹书纪年·五帝纪》）。裴骃《史记集解》：“郑玄曰息慎，或谓之肃慎，东北夷。”对“肃慎”一词含义的解释，有谓鸟名，有谓在通古斯语中乃“人”的意思，有谓东方之鹰（按即海东青），说法种种，不一而足。周人在列举其疆土四至时称：“肃慎、燕、亳，吾北土也。”（《左传·鲁昭公九年》）可见早在春秋以前，肃慎即已臣服于中原王朝。《竹书纪年》载：“（帝舜）二十五年，息慎氏来朝，贡弓矢。”《史记·五帝本纪》载：虞舜“方五千里，至于荒服。……北山戎、发、息慎，东长、鸟夷，四海之内，咸载帝舜之功。"① 关于肃慎的地理方位，《山海经·大荒北经》称："大荒之中有山，名曰不咸，有肃慎之国。"晋郭璞注称："今肃慎国去辽东三千里。"《晋书·四夷传·肃慎》称肃慎之地"在不咸山北，去夫余可六十日行。东滨大海，西接寇漫汗国，北极弱水。其土界广袤数千里……"② 按：不咸山即今长白山，弱水为今黑龙江下游，寇漫汗即豆莫娄，大海指今乌苏里江以东的日本海，则其分布大致在长白山地区和长白山以北、西至松嫩平原、北至黑龙江中下游的广大地区。关于肃慎的经济和社会状况，虽然直接的文献记载不多，但是考古界对确定肃慎的文化遗存十分重视，比如今黑龙江省宁安镜泊湖南端的莺歌岭原始社会遗址，距今 3000 年，相当于西周时期，一般认为当是肃慎的文化遗存。结合莺歌岭等遗址的考古发现，综合文献资料，说明长白山和长白山以北、以东的大部分肃慎部落，其生产方式和生活方式当以渔猎和狩猎为主，其中肃慎人向中原王朝贡奉的"楛矢、石砮"当是其先进的狩猎工具，"海东青"则是其得力的渔猎助手；而分布在松嫩平原的肃慎人，已经开始从事农耕生产。

挹娄源于肃慎。《晋书》卷九十七称："肃慎氏一名挹娄。"《通典》卷一百八十五称："古之肃慎，宜即魏时挹娄。"可见两汉、魏晋时的挹娄即先秦时的肃慎。其地理方位与肃慎大致相同而略有扩大，汉至两晋时（公元前 3 世纪—公元 5 世纪），分布在今辽宁省东北部和吉林、黑龙江省东半部及黑龙江以北、乌苏里江以东的辽阔地区。挹娄人的农业、畜牧业、手工业已有一定程度的发展。

① 《史记》卷一《五帝本纪》，北京：中华书局，1975 年，第 43 页。

② 《晋书》卷九十七《肃慎氏传》，北京：中华书局，1975 年，第 2534 页。

《后汉书·东夷列传》称："有五谷、麻布，出赤玉、好貂。"[①]《三国志》载："有五谷、牛、马、麻布。"[②] 挹娄貂在三国时驰名中外，为御寒珍品。考古工作者在挹娄遗址中出土的铁镞、铁刀等，说明挹娄人已开始使用铁器。此外，大量猪骨的发现，说明养猪在挹娄人中已成为普遍现象，同文献中"好养豕，食其肉，衣其皮"[③] 的记载恰好相符。挹娄的社会"无大君长"，"邑落各有大人"，父子相传，说明挹娄在当时尚未产生统一的部落联盟首领。两汉时，挹娄受在今松花江中游一带建立政权的扶余的压迫和盘剥，不能自通于中原。后来起而反抗，约在三国时，挹娄摆脱扶余的控制，并屡次向中原王朝纳贡，并直接臣属于中原王朝。

勿吉是肃慎、挹娄的后裔。勿吉一名在汉文文献中出现于南北朝。《魏书·勿吉传》称："勿吉国，在高句丽北，旧肃慎国也。邑落各自有长，不相总一。其人劲悍，于东夷最强，言语独异。"[④] 史载勿吉最初有数十部，后来逐渐发展为粟末（今松花江）、白山（今长白山）、伯咄（即伯都讷，今扶余县）、安车骨（今阿什河）、拂涅（今牡丹江一带）、号室（今绥芬河、穆伦河流域）、黑水（今黑龙江下游）七部。后来勿吉社会出现了类似部落联盟长的渠帅，叫"大莫弗瞒咄"。北魏孝文帝太和十六年（492），勿吉人灭掉扶余，成为当时东北地区强大的政治势力。勿吉的社会经济以狩猎为主，《魏书·勿吉传》称其"善射猎，弓长三尺，箭长尺二寸，以

---

① 《后汉书》卷八十五《挹娄传》，北京：中华书局，1975 年，第 2812 页。

② 《三国志》卷三十《挹娄传》，北京：中华书局，1975 年，第 847 页。

③ 《后汉书》卷八十五《挹娄传》，北京：中华书局，1975 年，第 2812 页。

④ 《魏书》卷八十八《勿吉传》，北京：中华书局，1975 年，第 2219—2220 页。

石为镞”，“常七八月造毒药传箭镞，射禽兽，中者便死”。[①] 勿吉的畜牧业也有一定程度的发展，《魏书·勿吉传》称“其国无牛，有车马”，“多猪无羊”，“男子衣猪犬皮裘”。[②] 畜牧业中养猪很普遍，富人养猪至数百口。勿吉人也从事农业种植，“有粟及麦、穄，菜则有葵”。[③] 关于勿吉人的居住情况，《北史·勿吉传》称：“所居多依山水”，“地卑湿，筑土如堤，凿穴以居，开口向上，以梯出入”。[④] 这种掘地为穴的居室，早在汉代的挹娄人中就已存在，能适应东北地区冬季漫长、天气寒冷的气候条件。勿吉是一个长于骑射的民族，在勿吉人的墓葬中，出土的马骨有的竟超过猪骨。勿吉同北魏长期保持稳定的臣属关系，向北魏纳贡或一年数贡，或间岁一贡。据不完全统计，勿吉从北魏太和元年（477）到东魏武定五年（547），共向中原王朝遣使朝贡有30余次，朝贡的人数仅太和十九年（493）一次就有500人，上贡的战马有时多达数百匹。

勿吉在隋唐时改称靺鞨，靺鞨人沿袭了勿吉时七部的划分，其活动区域为东临日本海、西至嫩江、南至长白山、北达黑龙江口及鄂霍茨克海的广大地区。勿吉—靺鞨上接肃慎、挹娄，下启女真、满族，是通古斯—满族辉煌历史发展进程中的重要阶段。靺鞨不仅民族特点鲜明，并且创造了引人瞩目的文化。靺鞨以英勇善战著称。比如《隋书·靺鞨传》对于靺鞨人充满战斗精神的舞姿曾有着生动的描绘。当时隋文帝慰劳靺鞨进贡的使者：“高祖因厚劳之，令宴饮于前，使者与其徒皆起舞，其曲折多战斗之容，上顾谓侍臣

① 《魏书》卷八十八《勿吉传》，北京：中华书局，1975年，第2220页。
② 《魏书》卷八十八《勿吉传》，北京：中华书局，1975年，第2220页。
③ 《魏书》卷八十八《勿吉传》，北京：中华书局，1975年，第2220页。
④ 《北史》卷九十四《勿吉传》，北京：中华书局，1975年，第3124页。

曰：‘天地间乃有此物，常作用兵意，何其甚也！’”① 靺鞨人在隋朝皇帝面前表演的北方民族威武雄壮的舞蹈，曾经使中原王朝的最高统治者大开眼界。其多有“战斗之容”的舞姿，同北方民族英勇善战、习武好斗的民俗是密不可分的。靺鞨人特色鲜明、充满民族特点的文化艺术，为丰富和发展北雄南秀、气象万千的中华文化做出了一定的贡献。

靺鞨虽沿袭了勿吉七部的划分，但是诸部所处的自然条件不尽相同，内部的生产力发展水平有高有低，所受外来影响有大有小，因而靺鞨诸部的社会发展状况极其不平衡。其中，南端的粟末部、白山部由于同中原及高句丽靠近，接触较多，联系密切，因而较为先进。不过，粟末靺鞨和白山靺鞨紧邻高句丽，高句丽在一定程度上阻断了靺鞨人南下发展的愿望，因而靺鞨人同高句丽既有密切联系，又有深刻矛盾。入隋以后，隋王朝着手统一东北，一方面招抚靺鞨诸部，一方面对高句丽发动大规模战争。随着高句丽被削弱，一些粟末部落冲破高句丽的控制，向南迁徙。正是在这一历史潮流中，一些靺鞨人如《隋书·靺鞨传》所述，“与边人来往。悦中国风俗，请被冠带”②，受到中原文化的深度吸引和强烈影响。

由于在同高句丽的战争中遭受挫折，部落首领突地稽内附隋朝。隋朝将其安置在柳城（今辽宁朝阳）地区，并授金紫光禄大夫、辽西太守。隋朝东征高句丽，突地稽率部从征，每有战功，即受赏赐。唐朝建立以后，突地稽归附唐朝。唐以其部落置燕州，任命突地稽为总管。唐太宗时，以战功封突地稽蓍国公，赐姓李氏，徙其部落于幽州的昌平城。不久又因突地稽大破攻打幽州的突厥

---

①《隋书》卷八十一《靺鞨传》，北京：中华书局，1975年，第1822页。

②《隋书》卷八十一《靺鞨传》，北京：中华书局，1975年，第1822页。

兵，拜右卫将军。突地稽之子李谨行在唐高宗时曾任营州都督，后来成为在青海反击吐蕃的名将，以功累授镇东大将军，封燕国公。武则天万岁通天元年（696）营州地区的契丹人因岁饥无食，不堪唐营州都督的重压，举兵反唐，得到当地靺鞨等族的积极响应。由于唐朝政府派兵镇压，靺鞨人在首领大祚荣的带领下乘机退居挹娄故地，在长白山余脉东牟山下（今吉林敦化西南）筑城以居，并在武则天圣历元年（698）建立肃慎族系历史上的第一个政权——靺鞨国（一作震国），从而实现了靺鞨人及其先民世世代代以来英勇奋斗、自强自立的远大理想，达成了在中原文明的启迪下不断进取、永不言败的第一个宏伟目标。

第二节 海东盛国——渤海国

大祚荣建立靺鞨国不久，就接受了唐朝的招抚，恢复了对唐朝的臣属关系。神龙三年（707），唐朝政府派侍御使张行岌来到靺鞨国招慰，大祚荣表示臣服，并“遣子入侍”，把次子门艺派到唐朝以入侍于唐帝。唐玄宗开元六年（713），唐廷又遣郎将崔忻摄鸿胪卿，册拜大祚荣为左骁卫员外大将军、渤海郡王，仍以所统为忽汗州，加授忽汗州都督，自此始去靺鞨号，专称渤海。大祚荣之后再传十五主，经过229年的历史发展，终于成就中国历史上辉煌的“海东盛国”。

渤海国是在东北亚地区崛起、臣属于唐朝的生机勃勃的地方政权。它按照唐制建立政治、经济、军事制度。国王是王国最高统治者，靺鞨称“可毒夫”，以国王为核心形成一个官僚系统，自上而下，支配着各统治机构的权力。在中央，有三省、六部、一台、七寺、一院、一监、一局的建制，管理国家事务。《新唐书·渤海传》在谈到渤海国的官制时称："官有宣诏省，左相、左平章事、侍中、左常侍、谏议居之；中台省，右相、右平章事、内史、诏告舍人居之；政堂省，大内相一人，居左、右相上，左、右司政各一，居左、右平章事之下。"从中不难看出渤海官制设计的缜密度。除了中央机构，渤海国在地方也参照唐制，设立京、府、州、县，实行京、府辖州，州下领县的三级管理体制。经过"斥大土宇"的发展过程，渤海国由早期以旧国（今吉林省敦化）为中心、"地方两千里"①，发展到以上京（今黑龙江省宁安渤海镇）为中心，领有五京、十五府、六十二州、一百三十多个县的宏大规模。渤海国通过中央和地方的各级官吏统治全国，不过有些地方也利用当地的部落组织"因俗而治"，由部落首领按部落固有的社会结构进行治理。以靺鞨族为主体建立的渤海国，从十分简陋的部落联盟组织迅速发展和演变为比较完备的封建官僚制度，这在很大程度上固然模仿和借鉴了唐朝的制度，比如渤海中央机构的宣诏省、中台省、政堂省就是借鉴唐朝的门下省、中书省、尚书省而设立的。但也不能不承认，靺鞨族是一个善于学习、不断进取、不故步自封的民族，从而使渤海国在短时间内达到与唐朝"车书本一家"。

随着"海东盛国"政治、经济、文化的迅速发展，渤海国丰富的物产和知名的品牌令世人刮目相看，受到高度重视。《新唐书·渤海传》在谈到渤海的经济状况和珍贵物产时即称："俗所贵者，曰太白山之菟、南海之昆布、栅城之豉、扶余之鹿、鄚颉之豕、率宾之马、显州之布、沃州之绵、龙州之绸、位城之铁、卢城之稻、湄

① 《旧唐书》卷一百九十九下《渤海传》，北京：中华书局，1975 年，第 5360 页。

沱湖之鲫，果有九（丸）都之李、乐游（浪）之梨。”① 农业生产是渤海国重要的经济支柱和物质基础。在渤海国所属的松花江中上游和牡丹江、图们江、鸭绿江流域，长期以来即是农业较为发达的地区。渤海境内河渠交错、雨雪充沛、气候相宜，适合农业生产的发展。据文献记载，渤海主要的农业作物有稻、粟、麦、穄、豆等，中京显德府的“卢城之稻”、东京龙原府的“栅城之豉”，闻名中外。铁器的应用，极大地推动了渤海国农业的发展。铁铧、铁镰、铁铲、铁锸等农业生产工具的使用，表明渤海的农业已经进入犁耕阶段。1963 年在上京龙泉府遗址中出土的大型铁铧，为渤海人已经跨入犁耕阶段提供了可靠的物证。正是由于犁耕农业的发展，进一步提高了生产力，扩大了耕地面积，使农产量大幅度增加。另外，畜耕在渤海国的农业中占有重要地位。在渤海遗址出土的家畜骨头中，牛骨所占比例较高。勿吉本来“其国无牛”，但靺鞨在同汉民族及其他民族的接触中，养牛业得到发展。耕牛等畜力在农业生产中的应用，为生产效率的提高和大型铁铧的牵引提供了条件。

畜牧业和渔猎业是渤海传统的经济门类，在渤海的社会经济中仍占有重要的地位。特别是猪的饲养，在渤海十分普遍。早在渤海时期以前，挹娄人即“好养豕，食其肉、衣其皮”。渤海建国以后，养猪业得到了进一步的发展。在渤海遗址的发掘中，畜骨中猪骨的数量有时占到一半。当时在渤海西部的扶余故地鄚颉府，培育出著名的良种猪“鄚颉之豕”；而在渤海的东部率宾府，则盛产名马“率宾之马”。马的生产除了具有经济价值，还具有军事价值。除了

① 《新唐书》卷二百一十九《渤海传》，北京：中华书局，1975 年，第 6183 页。

率宾府一带出产名马，黑水靺鞨和铁利诸部也因产马而著称。当时渤海所产名马在中原深受欢迎，“货市渤海名马，岁岁不绝”①。渤海国拥有连绵起伏的莽莽山林和纵横交错的江河湖泊，其部众素具尚武精神，有“三人渤海当一虎”之说。弓箭仍是渤海猎人主要的狩猎工具，由于铁镞的大量使用，基本取代了“楛矢石砮”，狩猎生产水平也有了很大提高，常常能捕获大型猛兽和珍奇动物，如虎、豹、熊、罴、野猪、鹿、狐、菟、狸等。驰名中外的“扶余之鹿”“太白山之菟”，就是猎人经常猎取的动物。这些猎物除满足当地居民食用、衣着和药用之外，还常常作为贡物和出口物资远达唐朝和日本。在江河湖泊地区，渤海水产丰富，渔业发达，名贵的鱼类有“湄沱（兴凯）湖之鲫”。此外，渤海渔民还能从事近海，甚至远海的捕捞作业，捕获的海鱼见于记载的即有鲸鱼、鲵鱼、鲻鱼等多种鱼类。

渤海建国以后，手工业得到快速发展，其中纺织、陶瓷、冶炼都比较突出。渤海的纺织业，包括麻织、丝织和毛织。渤海人种植苎麻，用以织布。而一度作为王都的显州，是麻织业的中心，所产之布号称“显州之布”，属于当时的名牌产品，誉满中外。渤海南部和东部山区，柞树成林，可以养蚕缫丝，而“沃州之绵、龙州之绸”，就是当地生产的著名丝织品。渤海大量饲养牛、马、猪、羊，为毛织业提供了丰盈的原料，因而毛纺业也有可观的发展。渤海的陶瓷制造业也相当发达，可以分为早期和中晚期。早期的陶器多为红褐、灰褐和黄褐色，火候相对不高，质地松软，大多为手制慢轮修整；中晚期的陶器主要有泥质黑灰陶和夹砂褐陶，在黑陶制作中

① 《旧唐书》卷一百二十四《李正已传》，北京：中华书局，1975 年，第 3535 页。

手制已让位于轮制，火候较高，质地坚硬，表面光滑。尤其是在中原唐三彩工艺影响下制造的三彩陶器，彩釉颜色有绿、黄、红等，烧造十分讲究。1998年在吉林省和龙市龙头山附近石国墓中发现的4件三彩女俑，造型栩栩如生，构图无比精致，色彩十分鲜艳，代表着渤海陶瓷工艺的高超水平。渤海的冶炼业中，冶铁、冶铜、冶银都有可观的发展。特别是冶铁业，更是具有相当的规模。中京显德府所属的铁州位城，以产铁闻名，史称“位城之铁”，质量是很高的。史载渤海不仅有铁州，而且有铁山县，既以“铁山”命名，必与铁的冶炼有关。在各处的渤海遗址中，曾经出土大量的铁器，如铧、镰、刀、矛、剑、铲、锅、盆等。这些铁器，有锻压的，有铸造的，使用范围涉及生产、生活和军事等方方面面。可见铁在渤海的应用十分广泛。此外在各地渤海遗址中出土的大量生产剩余物如熟铁块、铁锭、铁渣和生铁铸件残块等，也足以证明当地曾加工过黑色金属。另外，俄罗斯远东地区渤海遗址的考古发现也表明，渤海国在当地曾存在生铁铸造、全钢锻造、金属车削等冶铁工艺程序。① 这一切都表明，渤海国的冶铁业在当时的东北地区，包括周边诸族中都是比较先进的。

渤海的商业贸易活动，在当时也很活跃。建国以后，由于农业、畜牧渔猎业、手工业的快速发展和剩余产品的出现，为商品交换创造了条件。加上当权者的重视、大量城镇的兴起和地域性分工的产生，使渤海国的商业贸易水平大大提高。较大的城市，如上京、中京、东京，都有专门的贸易市区，供市民进行商品交换。一些水陆交通便利的地点出现了新的集镇，府、州、县逐渐由军政中

---

① З·Б·沙弗库诺夫等:《渤海国及其俄罗斯远东部落》,宋玉彬译,长春:东北师范大学出版社,1997年,第129—134页。

心转化为物资集散地和商业贸易中心。到渤海国晚期，出现大小城市一百多座，其中五京等重要城市商旅辐辏，店铺集中，不仅是渤海国的经济中心，也成了东北亚地区的贸易枢纽。为了加强国内联系和对外交往，渤海国重视水陆交通，其中鸭绿道又称朝贡道，出鸭绿江，南渡渤海湾，再前往唐朝京师长安；营州道，西经长岭府，进入唐朝营州都督府，南接唐朝；契丹道，西经扶余府，抵达契丹松漠都督府；新罗道，南经南海府，再进入新罗；日本道，经东京龙原府，由今波谢特湾出海，东渡抵达日本。通过这五条通道，不仅将境内各地密切联系起来，也促进了对外的政治、经济、文化交流。渤海国同周边地区、周边国家之间的贸易活动，主要是在同唐朝、同日本之间进行。例如唐朝曾在登州（今山东蓬莱）设渤海馆，负责接待渤海使者并管理渤海贸易，在这里“货市渤海名马，岁岁不绝”。

第三节　渤海国时期文化的交流与发展

渤海立国的200余年中，社会经济得到了很大的发展，逐渐形成了包括农业、畜牧渔猎业、手工业和商业贸易在内的经济体系，为“海东盛国”提供了坚实的立国之本和丰厚的物质基础。与此同时，其文化也得到了长足的发展，为渤海国的成长、壮大带来了强大的精神动力和过硬的智力支持。

由于最高统治者的重视和提倡，渤海的教育十分活跃，并得到了快速发展。据《新唐书·渤海传》记载，渤海的中央教育机构是“胄子监”，职能与唐朝的国子监相似，负责和管理对渤海贵族子弟进行教育的事务。胄子监的负责官员称“监长”，设“监”一人，相当于唐朝国子监的“祭酒”；设“长”一人，相当于唐朝国子监的“司业”。据金毓黻《渤海国志长编》卷二十引清人张贲的《东京记》，渤海上京龙泉府遗址“城内今宫室无存，败瓦乱碛，在榛莽中时有丹碧琉璃错出，间杂存汉字款识，土人取以为玩。掘地得断碑，有‘下瞰台城儒生盛于东观’十字，皆汉文，字画庄楷，盖国学碑也。想象当时建国荒漠，重学崇儒如是”，或许断碑出土地址即为胄子监所在地。碑文中所说的“东观”，乃东汉时宫廷书苑。“儒生盛于东观”，则可见渤海儒学和教育之盛。除了中央的教育机构，地方的各州县也有类似机构。除了官学以外，民间还有私学，负责普及教育的工作。渤海官学的教学内容，主要是儒学经典著作如《尚书》《礼记》《易经》《诗经》《春秋》《左传》《论语》《孟子》等。除了儒学经典，渤海官学还教授律学、书算等内容，以培养各种人才。渤海文化水平的迅速提升，不仅得益于渤海内部教育的发展，也同渤海重视同外部的文化交流密切相关，特别是同唐朝和日本的文化交流。据《咸和十一年闰九月二十五日渤海国中台省致日本国太政官牒》抄件罗列的聘日使团成员中，就有译语、史生、天文生，还有随行的医师，这些专门人才不仅在国内受到专业训练，还实现了同外部的交流、学习，进一步促进了渤海国专业人才的素质和水平大大提高。

渤海的宗教，有萨满教、道教和佛教。宗教是精神文化不可缺少的组成部分，在人类社会当中占有重要地位，对于各民族的日常生活和社会发展具有重大影响。其中萨满教是北半球众多民族信奉的一种以氏族为本位、内向性相当强的原始自然宗教，在世界各民族的原始宗教中雄踞于亚洲、欧洲、北美洲广阔的北方寒土地带。肃慎族系的萨满教源远流长，历史悠久，是其灿烂文化之源。其中保留了肃慎族系民族原始野蛮时期的宇宙观以及原始口承文学、历史、经济、哲学、民俗、医药、体育、天文、地理、生产技术等精神文化财富，蕴含着无比丰富的口头非物质文化遗产。费尔巴哈在《宗教的本质》中曾经说过："自然界的变化，尤其是那些能激起人的依赖感的现象中的变化，乃是使人觉得自然是一个有人性的，有意志的实体而虔诚的加以崇拜的主要原因。如果太阳老是待在天上不动，它就不会在人们心中燃烧起宗教热情的火焰。只是当时太阳从人眼中消失，把黑夜的恐怖加到人的头上。然后又再度在天上出现，人这才向它跪下，对于它的出乎意料的归来感到喜悦，为这喜悦所征服。所以佛罗里达的古代阿巴拉支人当太阳出山落山的时候，唱着颂歌向太阳致敬，同时祈祷请它准时回来，使他们能够享受它的光明。"①

从历史唯物主义的观点来看，原始宗教在人类童年时代的产生有其历史必然性。由于文献资料的匮乏，有关肃慎族系先民原始宗教的记载十分零碎和稀见。所以要想认知渤海国以及肃慎族系原始先民萨满教活态存在的状况，往往离不开口传文化和考古资料的发现。在渤海上京遗址和俄罗斯远东滨海地区遗址，屡次出土了萨满祭祀的标志物——铜质马上的骑士铸像、陶质人像，以及同萨满祭祀相关的陶马、骨龟、各种动物和鸟禽塑像等物。据此可以推断，渤海国的主体民族靺鞨人曾经普遍信奉萨满教，说明萨满教在肃慎族系民族中曾经大行其道。道教是汉族创立的宗教，后由中原地区传入东北亚地区各民族。唐朝道、佛、儒三派鼎立，争斗激烈，唐玄宗即位以后大兴道教，至开元、天宝年间道教极盛，取得了国教

---

① 路德维希·费尔巴哈:《费乐意巴哈哲学著作选集》下卷，荣震华、王太庆、刘磊译，北京：商务印书馆，1984 年，第 459—460 页。

的地位。由于渤海国同唐朝关系密切，因而道教在渤海也有很大影响。渤海五京地区道教盛行，道徒中不仅有正式出家的道士、女冠，还有数量不少的世俗弟子。不过，由于道教教义复杂、内容深奥，难于为普通群众接受和掌握，因而在社会下层，特别是下层靺鞨人中的影响受到限制。

早在渤海立国以前，由于大祚荣等曾徙居佛教兴盛的营州和辽西地区，因而佛教在渤海比较发达的地区原来就有一定的基础。渤海立国以后，曾派遣王子到唐都长安，请求入寺礼拜。为了弘扬佛教，渤海国兴建了许多寺院，仅在上京城内外佛寺就有 10 余处，此外在和龙、珲春，直至俄国远东的滨海地区都有佛寺遗址。除了佛寺，渤海还筑有佛塔。直到今天，在吉林省长白县还屹立着渤海佛塔，黑龙江省宁安渤海镇南大庙还保存着完好的渤海石灯幢。随着佛寺、佛塔的兴建和佛事活动的开展，僧侣成为社会中的一个重要阶层。渤海虽然没有留下佛教典籍，但是从上京龙泉府遗址、珲春八连城遗址，以及和龙等地出土了相当多的佛教文物，如鎏金铜佛、砖佛、泥佛等，其中还有释迦牟尼佛像、菩萨像、二佛并坐像。此外，渤海的佛教形态也较为完备，既有净土、密宗等宗派，也有天台、禅宗等宗派。

渤海的城市建筑经过不断发展，规模宏大，气势雄伟，达到了很高的建筑技术水平。建国初期，以旧国（今吉林敦化敖东城）为中心，城址大部分集中在牡丹江上游一带。由于立国未久，城邑初创，格局偏狭，如大祚荣初期都城敖东城，坐落于敦化盆地中央，分内外两城。外城长方形，东西长 400 米，南北宽 200 米；内城正方形，边长约 80 米。外城城垣夯土筑成，内城亦土筑，外围隍堑。其后渤海将都城迁入中京显德府（今吉林和龙西古城），后又将都城迁往上京龙泉府（今黑龙江宁安渤海镇）。随着国力的增强，大钦茂在公元755年移都上京时，都城上京仿效唐朝的长安城兴建。上京城分为外郭城、皇城和宫城，城周37里，就规模而言，为当时亚洲的第二大城市、东北亚地区的第一大城市。除了上京，中京显德府（和龙西古城）和东京龙原府（珲春八连城）的规模布局也和上京基本相似。上京宫城中的宫殿建筑群雄伟壮观，气派宏大，直追中原地区的建筑风格。通过考古资料可以看出，渤海都城的建筑达到了很高的水平，宫殿等建筑物都是青瓦或釉瓦铺顶，中京显德府、东京龙原府的建筑也十分考究。中京显德府的规划布局也分为外郭城、皇城和宫城，其中皇城略呈方形，东西700米，南北730米，有东西南北四门；宫城位于皇城中部偏北处，呈长方形，东西220米，南北310米，四面有城垣，有南东西三门。此外，渤海的贵族、官员也往往拥有高大讲究的府第，居室住屋多是砖瓦石料结构的建筑。至于渤海平民的住宅，特别是边远地区平民的住宅，则比较简陋。考古发现还表明，渤海的宫殿、官署及平民住宅普遍设有火炕，这是靺鞨、渤海居民在漫长的冬季用于御寒取暖的重要设施，具有北方民族居住文化的特色。

渤海的文学艺术，也取得了颇为可观的发展。唐代诗人温庭筠有《送渤海王子归本国》诗："疆理虽重海，车书本一家。盛勋归旧国，佳句在中华。定界分秋涨，开帆到曙霞。九门风月好，回首是天涯。"温庭筠是唐初宰相温彦博之后，为唐代著名诗人、词人，与李商隐齐名，被称为花间词的鼻祖。每入试，押官韵作赋，能八叉手而成八韵，一时传为佳话，号"温八叉"。渤海王子的作品能得到温庭筠如此欣赏和看重，可想见其作品水平之高。从诗中"车书本一家""佳句在中华"诸句可以看出，渤海人通行汉字。渤海国重要的诗人有杨泰师、王孝廉、释仁贞、释贞素、周元伯、杨成规、裴颋、裴璆等，杨泰师写于日本的诗作《夜听擣衣诗》如下：

霜天月照夜河明，客子思归别有情。
厌坐长宵愁欲死，忽闻邻女擣衣声。
声来断续因风至，夜久星低无暂止。
自从别国不相闻，今在他乡听相似。
不知绿杵重将轻，不悉青砧平不平。
遥怜体弱多香汗，预识更深劳玉腕。
为当欲救客衣单，为复先愁闺阁寒。
虽忘容仪难可问，不知遥意怨无端。
寄异土兮无新识，想同心兮长叹息。
此时独自闺中闻，此夜谁知明眸缩。
忆忆兮心已悬，重闻兮不可穿。
即将因梦寻声去，只为愁多不得眠。

这篇七言歌行体的诗作写于公元758年诗人以副使的身份出使日本之时。诗人客居异国他乡，夜听邻女擣衣之声，油然而生怀归之意。诗中基本上四句一换韵，语言直白，文风朴实，感情真挚。作者的另一篇诗作《奉和纪朝臣公咏雪诗》也写于日本，诗称：“昨夜龙云上，今朝鹤雪新。只看花发树，不听鸟惊春。回影疑神女，高歌似郢人。幽兰难可继，更欲效而嚬。”此诗作为奉和之作，对仗工稳，出语警策。“只看花发树，不听鸟惊春”写雪景立意新颖，想象奇特，宛如神来之笔。至于渤海的散文，传留至今者多为应用文，如国书、牒、状、笺、书、表和碑文等。渤海与日本来往国书中的《文王致日本圣武天皇书》，是渤海的第三代国君大钦茂致日本天皇国书，完满地表达了渤海对日本的善邻友好关系。至于碑文《贞惠公主（大钦茂第二女）墓志铭》和《贞孝公主（大钦茂第四女）墓志铭》是通过考古工作在吉林省境内发现的。前者1949年出土于吉林省敦化市六顶山贞惠公文墓甬道内，墓碑呈圭形，花岗岩质，通高90厘米，宽40厘米，厚20厘米，碑文合计725字，现藏于吉林省博物馆；后者1980年出土于吉林省和龙县龙水公社龙海大队龙头山贞孝公主墓甬道内，墓碑亦呈圭形，通高105厘米，宽58厘米，厚26厘米，碑文合计728字，现藏于吉林省延边朝鲜族自治州博物馆。它们不仅有着重要的史料价值，而且有着可观的文学价值。两墓志铭均采用汉族墓志铭通行的体制，志用古文，铭用韵文。志乃以双句为主的骈体文，多采用四六句式。铭文六章，每章八句，句皆四言。整个碑文古朴典雅，用典贴切，音律和谐，声韵铿锵。如《贞孝公主墓志铭》之铭文第六章："河水之畔，断山之边。夜台何晓，荒陇几年？森森古树，苍苍野烟。泉扃俄閟，空积凄然！"堪称一首绝妙的四言悼亡诗。渤海的艺术，主要为音乐舞蹈和绘画等。"渤海乐"不仅传之后世，还流入日本，足见其影响之大。

《金史·乐志》称金代的宫廷音乐有渤海乐："金初得宋，始有金石之乐，然而未尽其美也。及乎大定、明昌之际，日修月葺，粲然大备。其隶太常者，即郊庙、祀享、大宴、大朝会宫县二舞是也。隶教坊者，则有铙歌鼓吹，天子行幸卤簿导引之乐也。有散乐。有渤海乐。"[①] 又称："泰和初，有司又奏太常工人数少，即以渤海、汉人教坊及大兴府乐人兼习以备用。"[②] 则渤海乐构成了金代宫廷音乐的重要组成部分。另据《渤海国志长编》卷二十引《续

① 《金史》卷三十九《乐志》上，北京：中华书局，1975年，第881页。

② 《金史》卷三十九《乐志》上，北京：中华书局，1975年，第889页。

日本纪》十七："天平胜宝元年十二月丁亥，大神祢宜尼大神杜女拜东大寺，太上皇、太后、天皇同行。是日，百官及诸民人等咸会于寺，请僧侣五千人礼佛诵经，作大唐乐、渤海乐、吴乐五节及田儛、久米儛。"① 日本国如此重大的礼佛诵经场合，"渤海乐"同"大唐乐"一起演奏，足见其受重视的程度。而日本宫廷音乐中的"大靺鞨""新靺鞨"，也当是来自渤海的乐曲。渤海的音乐、舞蹈在社会下层流行时，与宫廷和社会上层的存在形态有所不同。民间音乐、民间舞蹈作为非物质文化遗产，在民间的传播往往是结合在一起且活态存在的，

渤海的主体民族靺鞨族的音乐与舞蹈也是这样。据《契丹国志》卷二十四所附宋人王沂公《行程录》："渤海俗，岁时聚会作乐，先命善歌舞者数辈前行，士女相随，更相唱和，回旋宛转，号曰'踏槌'。"② 这里所谓"踏槌"舞，显然属于靺鞨族载歌载舞的集体歌舞形式。另外《渤海国志长编》卷十六称："宋陈旸乐书载有靺鞨舞之名。"关于渤海的绘画，文献记载大简之善画松石小景，《金史·世纪》称渤海的粟末靺鞨"姓大氏"，因而大简之显系渤海主体民族粟末靺鞨人，但实物资料则是通过考古工作获得的。1980年贞孝公主墓壁画在吉林省和龙县的发现，使我们对渤海绘画有了感性认识。贞孝公主墓壁画绘有12个人物，其中甬道2人，东壁4人，西壁4人，北壁2人，包括武士、内侍、乐伎、贴身侍从。其中，侍从粉面朱唇，面颊丰腴；武士威武雄猛，粗犷豪放。整个壁

---

① 金毓黼:《渤海国志长编》,北京:华文书局,1968年,第1043—1044页。

② 叶隆礼:《契丹国志》卷二十四《王沂公行程录》,上海:上海古籍出版社,1985年,第231页。

画构图简练，色彩鲜艳，运笔技巧值得称道。人物形象以丰腴为美的审美观可以说受了唐代仕女绘画的影响，这是渤海文化同中原文化相互交流的结果；但是人物所着袍服、所佩箭囊等，为唐代绘画所少见，反映了渤海国靺鞨族的民族独特性之所在。

第三章
女真族的崛起与金朝的建立

金朝（1115—1234）乃是崛起于白山黑水之间的古老民族女真族建立的政权，自立国后便挺进辽西、南下中原，以迅雷不及掩耳之势灭辽克宋，据有江淮以北人文荟萃的中原地区，与南宋对峙。当时金朝不仅在军事上拥有明显优势，而且在政治、经济和文化上也都取得了相当可观的发展。从长远来看，金朝的出现加强了北方各族人民与中原人们的交流，促进了祖国疆域的稳定和中华各民族的融合，对于中国历史的发展进程做出了重要的贡献。

第一节　女真人崛起的历史缘由

植根于汉文化与北方民族文化结合部特殊人文地理环境之上的金代文化，在各民族文化相激相融、互动互补中，则以质实贞刚的审美风范彪炳于世，为中华文化北雄南秀、气象万千的历史走向增加了驱动力，从而促进了中华文化从多元发展为一元的进程。

人不仅生存于时间坐标之上，也生存于空间坐标之上，人和地理地域空间有着天然的亲缘关系。因而在中华文化史的研究中，不仅要重视时间的维度，更要重视空间的维度。唯其如此，对于中华文化的解读和认识才能达到整体性、立体性的客观完美要求。突出空间维度、地理维度，实际上是现代国际文化研究的新的趋向。所谓“后现代”，就是用空间的多维性进行瓦解和颠覆。研究多元一体的中华文化，不讲地理地域空间、不讲在其中生息繁衍的民族，是不可能讲清楚的。我国是一个幅员广大、民族众多的国家，中华文化的多元辩证发展可以说经历了一个从多元走向一元、从一元走向多元的对立统一的过程。这一过程直到现在还未完结，今后还会在更高的层次、更新的层面上继续进行。当代社会，由于交通工具、通信手段的飞速发展，地理环境对于文化的影响或许会呈现减弱的趋势，但是文化的地域特色和民族特色无疑会长期存在。正如普列汉诺夫所指出的：“每一个民族的气质中，都保存着为自然环境的影响所引起的特点，这些特点，可以由于适应社会环境而有几分改变，但是绝不因此完全消失。这些民族气质的特点，形成所谓种族。种族对于某些思想体系的历史，譬如艺术史，给予一种毫无疑问的影响。”① 崛起于我国文化发展史上的金代文化以及其他北方民族居于统治地位历史时期的文化，对于多元一体的社会主义先进文化的建设，无疑具有启迪价值和借鉴作用。这就是我们研究金代文化的理论意义和现实意义之所在。

建立金朝的女真族，是肃慎族系历史发展的一个重要阶段，对于肃慎族系的发扬光大发挥了空前巨大的作用。女真族同肃慎、挹娄、勿吉—靺鞨有着深厚的历史渊源。五代时，靺鞨人受制于契丹，契丹称黑水靺鞨为女真。契丹人建立辽朝以后，由于避辽兴宗耶律宗真之讳，又将女真改写作“女直”。

女真，又作虑真、珠申、珠尔真、朱里真等。辽代的女真大体

---

① 普列汉诺夫：《普列汉诺夫哲学著作选集》第二卷，北京：三联书店，1974 年，第 274 页。

上可以分作三部分：在混同江中游（今松花江）以北为生女真，不隶契丹籍，以完颜十二部为主；在混同江上游以南的为熟女真，隶契丹籍，以曷苏馆部为主；介乎二者之间的无生、熟女真之号，但与生女真关系更为密切，以回跋部为主。女真人本出自黑水靺鞨，建立辽朝的契丹人灭亡渤海以后，把渤海人大批南迁，黑水靺鞨也乘机向南迁徙。《金史·世纪》称："金之先，出靺鞨氏。靺鞨本号勿吉。勿吉，古肃慎地也。……五代时，契丹尽取渤海地，而黑水靺鞨附属于契丹，其在南者籍契丹，号熟女直；其在北者，不在契丹籍，号生女直。生女直地有混同江、长白山，混同江亦号黑龙江，所谓'白山、黑水'是也。"① 附属于契丹的黑水靺鞨，本为勿吉—靺鞨七部之一。《新唐书·黑水靺鞨传》称："其矢石镞，长二寸，盖楛砮遗法。"② 说明唐代的黑水靺鞨仍使用石器。但考古工作发现，唐代的黑水靺鞨遗址出土了大量铁器，如吉林省永吉县杨屯大海猛遗址、黑龙江中游遗址即呈现了铁器与石器并存的状况，说明黑水靺鞨正处于由石器时代向铁器时代过渡的历史阶段。当时黑水靺鞨的部落组织尚未形成部落联盟，因而《新唐书·黑水靺鞨传》称其"离为数十部，酋各自治。"黑水靺鞨的经济以狩猎、畜牧和农业为主，"善射猎"，"土多貂鼠、白兔、白鹰"。关于黑水靺鞨同中原的联系交往，最初通过粟末靺鞨建立的渤海国进行，以后才直接受唐朝官职。对于黑水靺鞨与生女真地区的自然、社会状况，宋人在文献中也有记载："土多林木，田宜麻谷，以耕凿为业，不事蚕桑。土产名马、生金、大珠、人参及蜜蜡、细布、松实、白

---

① 《金史》卷一《世纪》，北京：中华书局，1975 年，第 1—2 页。

② 《新唐书》卷二百一十九《黑水靺鞨传》，北京：中华书局，1975 年，第 6178 页。

附子，禽有鹰、鹯、海东青，兽多牛、羊、麋鹿、野狗、白彘、青鼠、貂鼠，花果有白芍药、西瓜，海多大鱼、螃蟹。冬极寒，多衣皮，虽得一鼠，亦褫皮藏之。皆以厚毛为衣，非入屋不撤……”① 而对于女真人非同寻常的生活习性和独特品格，《大金国志》则指出：“俗勇悍，喜战斗，耐饥渴苦辛，善骑，上下崖壁如飞，济江河不用舟楫，浮马而渡。”② 为了适应艰苦的生活环境和严寒的自然环境，女真人养成了“耐饥渴苦辛”的坚强性格，他们好勇斗狠，能拼命死战，为女真人以后在中原地区的历史舞台上纵横驰骋、走向辉煌提供了不可或缺的条件。

女真族的杰出领袖完颜阿骨打，顺应女真社会发展的需要，在1115年建立了金王朝。金政权的建立，是统一的女真族形成的重要标志。金朝建立以前，女真社会组织即已初具国家雏形。景祖时，辽以其为生女真节度使，众推为都部长（都孛董）。《金史·百官志》称：“金自景祖始建官属，统诸部以专征伐，嶷然自为一国。其官长，皆称曰勃极烈，故太祖（阿骨打）以都勃极烈嗣位。”“节度使”是辽朝授予阿骨打的称谓。阿骨打能够嗣位都勃极烈，不是偶然的。阿骨打自幼“力兼数辈，举止端重，世祖尤爱之。世祖与腊醅、麻产战于野鹊水，世祖被四创，疾困，坐太祖于膝，循其发而抚之，曰：‘此儿长大，吾复何忧！’十岁，好弓矢。甫成童，即善射。一日，辽使坐府中，顾见太祖手持弓矢，使射群鸟，连三发皆中，辽使矍然曰：‘奇男子也。’”③ 阿骨打成年以后，则“身长

---

① 徐梦莘：《三朝北盟会编》甲集《政宣上帙三》，台北：大化书局，1979年，第22页。

② 宇文懋昭：《大金国志校证》，北京：中华书局，1986年，第551页。

③ 《金史》卷二《太祖本纪》，北京：中华书局，1975年，第19页。

八尺，状貌雄伟，沉毅寡言笑，颜视不常，而有大志。”① 此外，《金史·太祖》称：“世祖寝疾。太祖以事如辽统军司，将行，世祖戒之曰：‘汝速了此事，五月未半而归，则我犹及见汝也。’太祖往见曷鲁骚古统军，既毕事，前世祖没一日还至家。世祖见太祖来，所请事皆如志，喜甚，执太祖手，抱其颈而抚之，谓穆宗曰：‘乌雅束柔善，惟此子足了契丹事。’穆宗亦雅重太祖，出入必俱。太祖远出而归，穆宗必亲迓之。”② 可见世祖和其他女真首领对于金太祖完颜阿骨打灭亡辽朝抱有很高的期待和必胜的信心。

第二节　女真人灭辽建立金朝

辽朝对于女真族的压迫、奴役，已经持续了很长时间。辽朝末年，契丹统治者极端腐败，对于女真族的盘剥、压榨日益加重。辽在临近女真人的宁江州（州治混同，今吉林省松原市东石头城子）设有榷场，“女真以北珠、人参、生金、松实、白附子、蜜蜡、麻布之类为市，州人低其值，且拘辱之，谓之‘打女真’”③。引起了女真人的极度不满。契丹人本为游猎民族，女真人每年以北珠、貂皮、良犬、俊鹰、海东青朝贡于辽，契丹人只要能得到海东青，行猎时即可从天鹅身上随意摘取北珠。

海东青是一种体小身健的猎鹰，善于捕捉天鹅。天鹅以蚌为

---

① 徐梦莘：《三朝北盟会编》甲集《政宣上帙三》，台北：大化书局，1979年，第26页。

② 《金史》卷二《太祖本纪》，北京：中华书局，1975年，第20页。

③ 叶隆礼：《契丹国志》卷十《天祚皇帝》上，上海：上海古籍出版社，1985年，第102页。

食，蚌被食以后，藏珠于天鹅嗉内。契丹人为了用北珠换取北宋高档的消费品，不断遣使率兵以驱使女真人到黑龙江口的五国部掠取海东青，征索无度，女真人和五国部不堪其扰。特别是辽朝的“银牌天使”每到女真境内，即要女真妇女伴宿荐枕，起初是女真指定中、下户未嫁女子陪伴住宿，后来使者络绎不绝，竟然仗着大国的权势自选貌美女子，不问其是否有丈夫，也不问社会地位高下，使女真人愤恨不已，“由是诸部皆怨叛，潜附阿骨打，咸欲称兵以拒之”①。完颜阿骨打举事之前，即已做了充分的准备，他“力农积粟，练兵牧马”，统一邻近的女真诸部，不断壮大自己的力量。辽天庆四年（1114）九月，阿骨打起兵反辽，与诸路兵马会师于来流水得胜陀（今吉林省扶余县徐家店乡石碑崴子村）并举行誓师大会，申告于天地：“世事辽国，恪修职贡，定乌春、窝谋罕之乱，破萧里海之众，有功不省，而侵侮是加。罪人阿疏，屡请不遣。今将问罪于辽，天地其鉴佑之。”② 接着以有功者赏、有过者罚的誓言激励将士奋勇直前、勇敢杀敌。令诸将传梃而誓：“汝等同心尽力，有功者，奴婢部曲为良，庶人官之，先有官者叙进，轻重视功。苟违誓言，身死梃下，家属无赦。”③

阿骨打率军首先向辽朝控制女真人的前哨军事重地宁江州发起进攻。宁江州的契丹人和各族人在腐败的契丹统治者的压迫下不但无意抵抗，反而对女真人来攻表示高兴，曾有人狂歌于市曰：“辽

---

① 徐梦莘:《三朝北盟会编》甲集《政宣上帙三》,台北:大化书局,1979年,第27页。

② 《金史》卷二《太祖本纪》,北京:中华书局,1975年,第24页。

③ 《金史》卷二《太祖本纪》,北京:中华书局,1975年,第24页。

国且亡。”派人追捕，则连喊“且亡”，进入山中不见。[①] 女真诸军则同仇敌忾，填堑攻城。在十月一举拿下宁江州，并俘获辽防御使大药师奴。在进行军事进攻的同时，阿骨打还精心发起政治进攻，把俘获的辽将大药师奴暗中放回招谕辽人，又派得力部下完颜娄室游说籍辽籍女真，从而赢得了人心，既有力地壮大了自己，又瓦解了辽军。攻破宁江州是女真反辽大业的第一个重大胜利，极大地鼓舞了女真军的士气，增强了女真人推翻辽朝统治的信心。接着，女真军又在出河店大败辽军。《金史·太祖本纪》载：“辽人尝言女直兵若满万则不可敌，至是始满万云。”[②]

早在宁江州女真人获胜后，国相撒改派其子宗翰和完颜希尹来前线祝捷，并劝阿骨打称帝，但阿骨打不肯，并说：“一战而胜，遂称大号，何示人浅也。”[③] 可见，阿骨打不仅是一位英勇善战的军事家，还是一位深谋远虑的政治家。但是新兴的女真族要想取得反辽斗争的最后胜利，迫切需要树立一面旗帜，建立新的政权，推出自己的皇帝。出河店战役以后，阿骨打弟吴乞买与撒改等再次率官属、诸将劝进，他们希望阿骨打于来年元月称帝。阿离合懑、蒲家奴、宗翰等都说：“今大功已建，若不称号，无以系天下心。”[④] 阿骨打接受了他们的建议。随着女真军连克宾州、祥州，完颜娄室也攻克了咸州，从而形成了在军事上直捣黄龙府的形势。

辽天庆五年（1115）正月元旦，阿骨打在其亲信、将领的拥戴

---

① 叶隆礼:《契丹国志》卷十二《天祚皇帝》下,上海:上海古籍出版社,1985年,第137页。

② 《金史》卷二《太祖本纪》,北京:中华书局,1975年,第25页。

③ 《金史》卷二《太祖本纪》,北京:中华书局,1975年,第25页。

④ 《金史》卷二《太祖本纪》,北京:中华书局,1975年,第26页。

下，称帝建国。为了“系天下心”，阿骨打在即帝位时宣称：“‘辽以宾铁为号，取其坚也。宾铁虽坚，终亦变坏，惟金不变不坏。金之色白，完颜部色尚白。’于是国号大金，改元收国。”① 可见女真族建立金朝，其直接目的就是为了取代辽朝。金建国后，随即着手进攻辽控制女真族的军事重镇黄龙府的准备工作。阿骨打首先率军进逼达鲁古城（今吉林省前郭县他虎城），经过激战，全歼守城辽军。待黄龙府西北诸城被讨平后，便大举包围黄龙府。八月，阿骨打亲率大军攻黄龙府；九月，攻占辽在东北地区中西部的这一军事重镇。天祚帝得知黄龙府失陷以后，十分惶恐，亲率七十万大军企图将新兴王朝一举消灭。天祚帝抵达前线，恰逢后方发生耶律章奴叛乱，只好西还。阿骨打闻讯后紧追不舍，双方在护步答冈相遇。金军只二万人，面对数量占绝对优势的辽军，阿骨打说：“彼众我寡，兵不可分。视其中军最坚，辽主必在焉。败其中军，可以得志。”② 结果大败辽军，死者相属百余里，金师获舆辇、銮幄、兵械、战马不可胜计。天辅四年（1120）四月，阿骨打率军攻占辽都城上京临潢府，接着辽中京、西京、燕京也先后陷落。天会三年（1125）二月，天祚帝在应州余睹谷被金将完颜娄室擒获，降封为海滨王，辽朝至此灭亡。辽贵族耶律大石逃往中亚，于干思骨耳朵另立国家，史称西辽。天会三年十月，金人开始了同北宋之间的战争。天会四年（1126）闰十一月，北宋都城汴京陷落，次年二月诏降宋徽宗、宋钦宗二帝为庶人，北宋灭亡。

女真族的先人黑水靺鞨本属靺鞨人的后进部分，但是从女真人形成部落联盟到建立大金政权，不过花费几十年时间。而从兴兵反

---

① 《金史》卷二《太祖本纪》，北京：中华书局，1975年，第26页。

② 《金史》卷二《太祖本纪》，北京：中华书局，1975年，第28页。

辽到挥师入汴，从崛起于北方一隅到占据人文荟萃的中原之地、灭辽克宋，仅仅用了十二年时间。就其发展速度之快、征战效率之高而言，在肃慎族系内部和外部都可以说都是前无古人后无来者的。在这一点上不仅金朝以前的渤海、北魏政权望尘莫及，金朝以后的元、清两代也无法与之比拟。个中奥妙，是尚待深长思之的未解之谜。

女真族灭辽克宋、据有中原之后，所建立的大金政权经历了一个由奴隶制、半奴隶制向封建制逐渐转化的过程。金朝建立以前，实行“勃极烈”制度。勃极烈系女真语“大人”“总管”之意，同后来满族的“贝勒”是同音异写。勃极烈带有部落联盟首领的特点，勃极烈制各级首领地位虽有高下之分，等级差别并不悬殊。例如阿骨打即帝位以前曾为勃极烈，即帝位之初群臣奏事，“（国相）撒改等前跪，上起，泣止之曰：‘今日成功，皆诸君协辅之力，吾虽处大位，未易改旧俗也。’撒改等感激，再拜谢。凡臣下宴集，太祖尝赴之，主人拜，上亦答拜。”① 可见君臣之礼并不严格，颇有原始民主制的遗风。天辅六年（1122）十二月，阿骨打率军自居庸关攻入燕京，“燕人乃备仪物以迎之。其始至于燕之大内也，阿骨打与其臣数人皆握拳坐于殿之户限上，受燕人之降。且向询黄盖有若干柄，意欲与其群臣皆张之，中国（按：指北宋）传以为笑”②。

正是这种纯朴质直的原始民主制遗风，使女真人形成了君臣上下同心协力、亲密无间的最佳状态，为顺利灭辽克宋、入主中原创

---

① 《金史》卷七十《撒改传》，北京：中华书局，1975年，第1614—1615页。

② 徐梦莘：《三朝北盟会编》甲集《政宣上帙十二》引《北征实录》，台北：大化书局，1979年，第113页。

造了条件。可以说女真族看似原始落后的文化，也正包含着人类社会健康发展的某些积极因素，从而为中华文明的多元构成与多样形态带来了新的因子与新的元素。金人在天辅年间以后，始正君臣之礼，并在完颜阿骨打占领燕京地区以后采用汉官制度，以适应原辽宋地区的管理统治。到金熙宗即位时，在传位制度上废除了带有氏族社会残余的“兄终弟及”制，采取了世袭的“父死子继”制。

金熙宗在位期间，为适应金政权在华北、中原趋于稳定和政治、经济发展的需要，废除了带有军事民主制色彩的勃极烈制，全面采取辽、宋的汉官制度，兼采唐制，把女真内地和原辽、宋地区统一置于中央集权之下，设尚书、中书、门下三省，皇帝下设太师、太傅、太保三师，并领尚书省事。尚书省设尚书令、左右丞相、左右丞；门下省，长官为侍中；中书省，长官为中书令。增设御史台，以监察百官，并掌管刑狱和重大案件审理。又建立“勋封食邑制”，按功勋等第，授予官员以不同的封爵、勋级、食邑。随着女真族的发展和所辖区域的扩大，境内民族成分、经济成分呈现多样化、复杂化，金朝已经从早期的那种部落国家，发展为比较完备的封建政权。《金史》卷八十九“赞”曰：“金制，尚书令、左右丞相、平章政事，是谓宰相。左右丞、参知政事，是谓执政，大抵因唐官而稍异焉……”①

唐初，唐太宗李世民曾为中书令，此后不再设立。金朝诸多宰相头衔中也以尚书令为最高，特管大事，不管细事，其位最尊。中央军事机构，仍为都元帅府。地方机构，则仍辽、宋旧制，设路、府、州、县四级。各路设兵马都总管统领军兵，兼管政事。县一级不专设军兵，县令只管民政。县令作为一县的长官，还负责地方的

① 《金史》卷八十九，北京：中华书局，1975 年，第 1990 页。

防御。女真族在各地仍置猛安谋克、猛安比州、谋克比县，同地方州县自成两个系统。金熙宗在位期间，顺应历史的发展趋势，初步建立了中央集权的制度，但是熙宗晚年酗酒嗜杀，在错综复杂的权力斗争中又缺乏控制局面的能力，终使海陵王完颜亮弑君自立。事成之后，完颜亮将熙宗加强中央集权的举措继续向前推进，并吸取熙宗行事优柔寡断的教训，清除异己，加强集权。特别是天德三年（1151）四月，在大多数汉官的支持下下诏迁都，将京城由金源内地上京（今黑龙江阿城南白城）迁往汉族聚居的中都（今北京），使长城内外、汉民族与少数民族更加紧密地联系起来，推动了金朝社会的发展。但是完颜亮野心膨胀，以中原天子自居，在对宋关系上抛弃了南北议和、彼此相安的相对稳定的局面，不顾主客观条件错误地发动侵宋战争，终于在渡江前夕招来杀身之祸。

正隆六年（1161），金世宗完颜雍在东京（今辽宁辽阳）即帝位，以收拾海陵王完颜亮留下的残局。金世宗完颜雍女真名乌禄，金太祖完颜阿骨打之孙、金睿宗宗辅之子，皇统间以宗室子例授光禄大夫，封葛王，为户部尚书，先后任判会宁牧、中京及燕京留守、东京留守等职。他虽然对海陵王的所作所为非常不满，但在其即位后对于熙宗、海陵以来的改革举措还是认可的。自金熙宗以来对于金朝官制的改革，主要目的是为了适应原辽、宋地区的社会状况，特别是继承和发展了辽朝“以国制治契丹、以汉制待汉人”①的南、北面官制，用实事求是的可贵精神和兼收并蓄的宏大气度在中国历史上进行了一次一国两制的伟大试验。完颜雍在东京即位以后，当时反对海陵王、支持世宗的官员多劝世宗北上占据上京，世宗却接受了参知政事李石直赴中都、“据腹心以号令天下”的建议。

① 《辽史》卷四十五《百官志》，北京：中华书局，1975年，第685页。

他顺利到达中都以后，很快稳定了全国的形势，并继续实行了熙宗以来的改革政策。世宗吸取海陵王因营建两都、大兴土木而激化社会矛盾的教训，未到中都以前即诏令对于中都“凡宫殿张设毋得增置，无役一夫以扰百姓，但谨围禁、严出入而已”①。特别是坚决而果断地停止了海陵王南侵的政策。为了解决海陵王推行侵宋政策以后出现的严重社会问题，世宗采取措施缓和社会矛盾，稳定内部秩序，减轻兵役负担，促进经济发展，并很快收到成效。金章宗则沿袭了金世宗的政策，使金朝呈现了“大定、明昌五十年”的中兴承平气象。正如《金史》所指出的，世宗“即位五载，而南北讲好，与民休息。于是躬节俭，崇孝弟，信赏罚，重农桑……孳孳为治，夜以继日，可谓得为君之道矣。当此之时，群臣守职，上下相安，家给人足，仓廪有余”②，因而金世宗被称为北方的“小尧舜”。金章宗则“承世宗治平日久，宇内小康，乃正礼乐，修刑法，定官制，典章文物粲然成一代治规。又数问群臣汉宣综核名实、唐代考课之法，盖欲跨辽、宋而比迹于汉、唐，亦可谓有志于治者矣”③。

元人对于金世宗大定年间近三十年的政绩，称作“大定治绩”，并极口称推其“时和岁丰，民物阜庶，鸣鸡吠犬，烟火万里，有周成康、汉文景之风”（《元文类》卷三十二《大定治绩序》）的盛况。金世宗在接受中原封建制度的同时，并没有像金熙宗、海陵王那样把中原王朝奢华浮靡的风气全盘接收下来，而是对于中原汉文化采

① 《金史》卷六《世宗本纪》上，北京：中华书局，1975 年，第 124 页。

② 《金史》卷八《世宗本纪》下，北京：中华书局，1975 年，第 203—204 页。

③ 《金史》卷《章宗本纪》，北京：中华书局，1975 年，第 285—286 页。

取了有选择地加以借鉴吸收的态度。世宗完颜雍待人谨厚，自奉甚薄，不事奢华，务实求真。比如大定八年（1168）正月世宗对秘书监移剌子敬等说："昔唐、虞之时，未有华饰，汉惟孝文务为纯俭。朕于宫室惟恐过度，其或兴修，即损宫人岁费以充之，今亦不复营建矣。如宴饮之事，近惟太子生日及岁元尝饮酒，往者亦止上元、中秋饮之，亦未尝至醉。"① 大定二十年（1180）四月谓宰臣曰："女直官多谓朕食用太俭，朕谓不然。夫一食多费，岂为美事。……贵为天子，能自节约，亦不恶也。朕服御或旧，常使浣濯，至于破碎，方使更易。向时帐幕常用涂金为饰，今则不尔，但令足用，何必事纷华也。"② 同金熙宗、海陵王专门模仿中原天子浮华奢靡之风形成鲜明的对照。大定十一年（1171）十一月在谈到唐太宗的时候，曾经说过："唐太宗有道之君，而谓其子高宗曰：'尔于李勣无恩。今以事出之，我死，宜即授以仆射，彼必致死力矣。'君人者，焉用伪为。受恩于父，安有忘报于子者乎！朕御臣下，唯以诚实耳。"③ 对于汉民族有作为的帝王玩弄权术的行为，少数民族的领袖人物在此提出了直截了当的批评。实际上游猎民族与农耕民族在价值取向上的差异，按照唯物论的观点分析不是凭空产生的。农耕民族的生活节奏相对而言比较舒缓，农业生产自然也有一个不违农时的问题，然而拖延一点时间不致引起过分严重的后果；而游猎民族的情况则大不相同，他们狩猎的对象往往是凶猛的野兽，猎手的动作哪怕稍微迟缓一点，转眼之间就可能变成猛兽的口中之物。可见北方民族所以性格耿介直爽，同其生产方式、生活方式有着千丝万缕的联系。

---

① 《金史》卷六《世宗》上，北京：中华书局，1975年，第141页。

② 《金史》卷七《世宗》中，北京：中华书局，1975年，第174—175页。

③ 《金史》卷六《世宗》上，北京：中华书局，1975年，第150页。

游猎民族的狩猎活动，不允许留下更多从容应对、转弯抹角的时间。与其生产、生活方式相联系的思维方式沉淀于心灵深处的潜意识当中，经过千万次重复，成为北方民族思维方式，甚至话语方式的重要特点，这就是其直爽真率、诚信无欺的可贵品格赖以产生的民族心理根源，从而给中华民族的传统道德观念与核心价值体系补充了新的元素。

民族之间文化的交流融合，就主流而言自然是层次较高一方向层次较低一方辐射扩散，同时也不可否认这种交流又是双向进行的。即一方面，少数民族倾慕中原文明，对于中原文化表现出认同意识；另一方面，少数民族文化也源源不断地向中原地区汇聚，为中华文化输送了新鲜血液。正如恩格斯所指出的："凡德意志人给罗马世界注入的一切有生命的和带来生命的东西，都是野蛮时代的东西。的确，只有野蛮人才能使一个在垂死的文明中挣扎的世界年轻起来。"① 在阶级社会，文明的每一步前进，往往伴随着相应的退步；在所谓野蛮民族的文化当中，也正包含着人类社会健康发展所需要的某些积极因素。金世宗完颜雍以民为本的思想，在中华民族历朝历代帝王中也是很突出的。元人王恽曾说过："昔亡金世宗诸王有以不给而请告者，世宗曰：'汝辈何騃！殊不知府库之财乃百姓之财耳，但我总而主之，安敢妄费！'"（《历代名臣奏议》卷六十六《上政书》）能够如此正确看待百姓与帝王的关系，对于最高统治者来说，是十分难得、十分可贵的，这或许同女真人身上保留的原始民主制的遗风不无关系吧。金世宗在把金朝的经济和社会发展推向前进的同时，还念念不忘女真族的纯朴习俗和固有文化，为

---

① 恩格斯：《家庭、私有制和国家的起源》，《马克思恩格斯选集》第4卷，北京：人民出版社，1972年，第152—153页。

保护女真族的非物质文化遗产做出了历史性的贡献。

对于海陵王迁都燕京以后女真人渐忘旧风的情况，世宗十分担心，大定十三年（1173）他曾对宰臣说："会宁乃国家兴王之地，自海陵迁都永安（今北京），女直人寖忘旧风。朕时尝见女直风俗，迄今不忘。今之燕饮音乐，皆习汉风，非朕心所好。东宫不知女直风俗，第以朕故，犹尚存之。恐异时一变此风，非长久之计。甚欲一至会宁，使子孙得见旧俗，庶几习效之。"① 同年四月，金世宗又在中都的睿思殿命歌者歌女直词，"顾谓皇太子及诸王曰：'朕思先朝所行之事，未尝暂忘，故时听此词，亦欲令汝辈知之。汝辈自幼惟习汉人风俗，不知女直纯实之风，至于文字语言，或不通晓，是忘本也。汝辈当体朕意，至于子孙，亦当遵朕教诫也。'"② 并且在十一年后的大定二十四年（1184）三月动身东巡，五月到达上京，在上京驻跸将近一年之久。返回中都前夕，世宗对群臣说："上京风物朕自乐之，每奏还都，辄用感怆。祖宗旧邦，不忍舍去，万岁之后，当置朕于太祖之侧，卿等无忘朕言。"③ 在南返前夕，世宗宴宗室、宗妇于皇武殿。作为最高统治者完颜雍还带头自歌本朝乐曲，"曲道祖宗创业艰难，及所以继述之意。上既自歌，至慨想祖宗音容如睹之语，悲感不复能成声，歌毕泣下数行"④，毫不掩饰地流露出发自心底的对于"民族文化记忆"情深意切的真挚感情。在由上京返回中都的归途上，世宗还亲自召见能讲说"太祖开

---

① 《金史》卷七《世宗》中，北京：中华书局，1975 年，第 158—159 页。

② 《金史》卷七《世宗》中，北京：中华书局，1975 年，第 159 页。

③ 《金史》卷八《世宗》下，北京：中华书局，1975 年，第 188 页。

④ 《金史》卷三十九《乐志》上，北京：中华书局，1975 年，第 892 页。

创事”的女真族百二十岁老人，“上嘉叹，赐食，并赐帛”[①] 这里女真族老人讲述的金太祖完颜阿骨打开创和建立金朝的辉煌业绩，当属于亲历亲见或口传心授的口头非物质文化遗产。由于女真族创制文字的时间相对滞后，通过口传心授保存了大量珍贵的民族文化记忆，因而口述历史、口头文学特别发达。正是由于金世宗完颜雍这样的最高统治者对于女真族非物质文化遗产的大力保护、积极推动，才使以口述历史、口头文学为主要内涵的传统说部在女真人中，甚至沿袭至满族中代代相传、保留至今。其中，列入国家级第一批非物质文化遗产名录“满族说部”中通过口传心授传承下来的《阿骨打传奇》，同金世宗召见的女真族老人讲述的内容或许有相通之处。

第三节　女真文字的初创与文化的繁荣发展

我国是一个幅员辽阔的多民族国家，其文化发展往往呈现出鲜明的地域特色和民族特色，存在着自然生态与人文生态的巨大差别。从历史上看，长城以南为宜耕平原，属于农耕文化圈，这里有汉民族世世代代生息繁衍；长城以北多草原山林，属于游猎文化圈，这里孕育了许多先后入主中原的少数民族。建立金朝的女真族作为马背上的民族，特定的自然地理、人文地理环境和狩猎、渔猎的生产方式、生活方式造就了他们勇敢尚武的精神，同时也给他们的文化带来了一种雄健磊落、真率自然的格调，从而为北雄南秀、气象万千的中华文化增加了新的因子、补充了新的活力，这就是多

① 《金史》卷八《世宗》下，北京：中华书局，1975 年，第 190 页。

元一体的金代文化的独特性所在。中华文明历经五千年没有中断，这在世界文明史上也是绝无仅有的。文明在相对封闭的状态下可以保持独特性，但完全与外界隔绝是无法获得发展的。如果把中华文明与人类的其他三大文明放在一起衡量，在对外交流上并不具备比较的优势。中华文明同人类的其他文明相距遥远，中国西部是耸入云霄的高山和人迹罕至的沙漠，东西落差构成巨大的三级阶梯，南北跨度达 30 个纬度，形成若干色彩斑斓而特点鲜明的自然生态和人文生态的区域环境。正是在不同的自然生态、人文生态环境之上形成的各民族文化、各区域文化之间的碰撞交流，为生生不息的中华文明提供了不竭的动力。特别是在中原地区的农耕文化与塞北地区的游牧、渔猎文化相激相融、互动互补的过程中，中华文明不断更新与发展，永不停顿与衰败，从而极大地提高、升华了中华文化。

丹纳的《艺术哲学》在论及希腊人的审美观念时，就突出了地理环境因素的作用，注重“自然界的结构留在民族精神上的印记”，认为“人类环境的任何变化都会引起他们心理的变化”。在丹纳看来，爱琴海边“温和的气候”和其他自然条件不仅造就了一个文明早熟、聪明活泼的希腊民族，熔铸了希腊人的“精神模子”，而且培育了“与民族精神完全一致”的希腊艺术。丹纳提出的一些美学原则，曾被普列汉诺夫推崇为“科学的文学史和美术史应该遵循的途径”①。而在我国，则有一句广为流行的俗语：“一方水土一方人。”实际上人和自然的关系也是社会生活的重要组成部分，地理环境对于人的精神风貌、审美趣味的影响虽然并非绝对的，却是巨大的。可以说在中华各民族文化、各区域文化相激相融、互动互补

① 普列汉诺夫:《普列汉诺夫哲学著作选集》第二卷，北京：三联书店，1974 年，第 178 页

的历史进程中，金代文化对于多元一体的中华文化发挥了十分积极的促进作用，做出了不可或缺的独特贡献。

金朝建立以前，女真族只有语言而没有文字。由于各部之间的长期交往，逐渐形成了统一的民族语言。因而《契丹国志》称女真“言语、衣装与熟女真国并同”①。女真语属阿尔泰语系通古斯语族，为满语的祖语，语音与满语略同，词汇则大同小异，句法结构也基本一致。女真语就词法形态而言属黏着型，词内有专门表示语法意义的附加成分，词根或词干同附加成分的关联比较松散。任何一种语言都有一个发展过程。女真语是女真族先民在长期的生产、生活实践中创造形成的。据文献记载，女真族先民肃慎“无文墨，以言语为约”②，则可知肃慎人并未创立文字。女真人的直系先民黑水靺鞨也是“俗无文字”③。但是女真人的语言则是从肃慎、靺鞨的语言中传承下来的。

随着女真社会的发展、同辽宋的交往以及破辽、克宋战争的胜利，女真文字的创制便提到日程上来。女真文字分女真大字与女真小字。其中，女真大字是完颜希尹受金太祖完颜阿骨打之命与叶鲁创制的；女真小字则由金熙宗创制。创制大字的完颜希尹女真名谷神，史载“金人初无文字，国势日强，与邻国交好，乃用契丹字。太祖命希尹撰本国字，备制度。希尹乃依仿汉人楷字，因契丹字制度，合本国语，制女直字。天辅三年八月，字书成，太祖大悦，命

---

① 叶隆礼:《契丹国志》卷二十二《四至邻国地理》,上海:上海古籍出版社,1985 年,第 213 页。

② 《晋书》卷九十七《肃慎氏传》,北京:中华书局,1975 年,第 2534 页。

③ 《旧五代史》卷一百三十八《外国列传》,北京:中华书局,1975 年,第 1844 页。

颁行之。赐希尹马一匹，衣一袭。其后熙宗制女直字，与希尹所制字俱行用。希尹所撰谓之女直大字，熙宗所撰谓之小字”[①]。女真小字于天眷元年（1138）创制，颁发于皇统五年（1145）五月，“初用御制小字”。女真文字创立以后，在女真人当中得到了比较广泛的应用，特别是金世宗完颜雍为了更好地传承女真文化，对女真文字的应用十分重视。比如金朝科举考试中曾经设立“女直学”，“自大定四年，以女直大小字译经书颁行之。后择猛安谋克内良家子弟为学生，诸路至三千人。……十三年，以策、诗取士，始设女直国子学，诸路设女直府学，以新进士为教授。国子学策论生百人，小学生百人。府州学二十二，中都、上京、胡里改、恤频、合懒、蒲与、婆速、咸平、泰州、临潢、北京、冀州、开州、丰州、西京、东京、盖州、隆州、东平、益都、河南、陕西置之”[②]，几乎涵盖了全国各地。“（大定）十六年，命皇家两从以上亲及宰相子，直赴御试。皇家袒免以上亲及执政官之子，直赴会试。至二十年，以徒单镒等教授中外，其学大振。遂定制，今后以策、诗试三场，策用女直大字，诗用小字，程试之期皆依汉进士例”[③]。其中女真文字学校的兴办，对于提升女真人的文化层次发挥了重要作用。在金朝的国史院中，还设有女真字书写官。而用女真文翻译的汉文经典，则有五经中的《书》《易》《春秋》《诗》《礼》等。女真文的使用由金历经元代，到明正统十年（1445）不再通用，在中国

① 《金史》卷七十三《完颜宗尹传》，北京：中华书局，1975 年，第 1684 页。

② 《金史》卷五十一《选举制》一，北京：中华书局，1975 年，第 1133—1134 页。

③ 《金史》卷五十一《选举制》一，北京：中华书局，1975 年，第 1141 页。

历史上发挥作用三百余年，为多维多元的中华文化做出了独特的贡献。

金代的科学技术有着相当程度的发展，集中反映在天文、数学、建筑、医学等领域。历代的统治者都相信“天人感应”，金代的统治者也重视天象的观测。天会五年（1127），司天杨级根据宋人的《纪元历》而增损修订为《大明历》，天会十五年（1137）颁行。“其法，以三亿八千三百七十六万八千六百五十七为历元，五千二百三十为日法”①。大定年间根据其中出现的误差和问题，乃命司天监赵知微重修《大明历》，并一直沿用至元代初期。而金代的数学家，则主要有杨云翼、麻九畴、李治等人。杨云翼历任吏部尚书、御史中丞，入仕以能称，当祸福荣辱之际敢于直言极谏，有不可夺之节。通天文、历法，司天有以《太乙新历》呈进者，尚书省檄杨云翼参订，云翼摘其不合者二十余条。有文集若干卷，又着有《勾股机要》《象数杂说》等。麻九畴初因经义学《易》，后喜邵尧夫《皇极书》，因学算术，又喜卜筮、射覆之术，晚更喜医，尽传名医张子和之学。李治为金末元初人，金末登进士第，所著《测圆海镜》《益古衍段》反映了金、元在数学方面的成就，在天元术（用代数方法列方程）、几何学（关于直角三角形和内接圆所形成的各线段之间的关系）方面颇有建树。《测圆海镜》传至西方，其法被称之为“借根法”。

金代的建筑技术也有可观的成就。如建成于章宗时期、传留至今的卢沟桥，坐落在今北京市西南永定河上，桥长 260. 5 米，宽 7. 5 米，桥下有十一个孔洞，是我国造桥技术因河制宜的创造性应用，经历代重修，今仍保存完好。金朝为了适应社会发展和人才

---

①《金史》卷二十一《历志》上，北京：中华书局，1975 年，第 441 页。

培养的需要，对于教育非常重视。金朝廷一级的学校称国子监，早在海陵天德三年（1151）即已设立；其中女真国子学则于大定十年（1170）设，以策、诗取士。诸府学则分别设立汉儿府学和女真府学。金代的教育一方面继承了唐、宋的教育制度和教育思想；另一方面也有自己的发展与创造，具有鲜明的民族特色。学校教育的主要内容大多沿袭唐、宋，以儒家学说和经、史为主。除了儒家经典以外，历代正史以及其他学派思想家的著述也被作为指定的教材。汉人和女真人所用的教材，则基本相同。除了传统的教育思想，金代的教育特别注重学以致用的原则。金世宗在大定十六年（1176）曾经说过："经籍之兴，其来久矣，垂教后世，无不尽善。今之学者，既能诵之，必须行之。然知而不能行者多矣。苟不能行，诵之何益。女直旧风最为纯直，虽不知书，然其祭天地，敬亲戚，尊耆老，接宾客，信朋友，礼意款曲，皆出自然，其善与古书所载无异。"① 金世宗强调女真，甚至国人在学习儒家经典时，都要保持和发扬女真人质直纯朴的风气，切不可忘记学以致用、知行统一的重要思想原则。这是对于中国传统的教育思想的重要补充与发展。

金代的宗教信仰，也颇有特点。金代女真人信奉的宗教原为萨满教。"萨满"为女真语，《三朝北盟会编》称："珊蛮者，女真语巫妪也，以其通变如神。"② 萨满教是北半球众多民族信奉的一种以氏族为本位、内向性相当强的原始自然宗教，是女真等北方民族灿烂文化之源，其中保留着人类原始愚蛮时期的宇宙观、美学观等精神文化财富。女真族早期对于萨满教十分重视，萨满教在女真人

---

① 《金史》卷七《世宗》中，北京：中华书局，1975 年，第 163—164 页

② 徐梦莘：《三朝北盟会编》甲集《政宣上帙三》，台北：大化书局，1979 年，第 28 页。

中则享有至高无上的权威，广泛地影响到社会生活的方方面面。金太祖完颜阿骨打兴兵反辽、祭天誓师，采用的就是萨满教仪式。而且“禳会之法”不仅“行于军中”（《大金得胜陀颂碑》），解决部落纷争乃至为人治病、代人求子等也都离不开萨满教。据《金史·谢里忽传》：“国俗，有被杀者，必使巫觋以诅祝杀之者，乃系刃于杖端，与众至其家，歌而诅之曰：‘取尔一角指天、一角指地之牛，无名之马，向之则华面，背之则白尾，横视之则有左右翼者。’其声哀切凄婉，若《蒿里》之音，既而以刃划地，劫取畜产财物而还。其家一经诅祝，家道则败。及来流水乌萨扎部杀完颜部人，昭祖往乌萨扎部以国俗治之，大有所获……”①（其中的“巫觋”即为萨满），“以国俗治之”，则很好地说明了萨满教在女真人中的普及性和权威性。

除了萨满教以外，佛教、道教也是金代重要的宗教信仰。金代佛教的传播在金人灭辽克宋以后，在当时汉人、契丹人的影响下，女真人渐渐接受佛教。金人占领原辽、宋地区以后，对原来的佛教僧寺大力保护。佛教在金朝内地流行，从金初即已开始。比如金初都城上京的寺庙，即有庆元寺、储庆寺等多处。太宗皈依佛教，每岁设立斋会，举行“饭僧”活动。熙宗曾“幸佛寺焚香”。至于佛教在金朝的盛行，当在世宗、章宗的大定、明昌时期。金世宗的母亲元妃李氏，辽阳人，其先人为渤海大族，天会十三年（1135）潞王宗辅卒后寡居。女真旧俗，妇女寡居宗族接续之，元妃李氏乃祝发为比丘尼，号通慧大师，返归故乡辽阳营建清安寺，别为尼院居之。最初李氏自建浮屠于辽阳，是为垂庆寺，在佛寺居住 26 年，临终谓世宗曰：“乡土之念，人情所同，吾已用浮屠法置塔于此，

① 《金史》卷六十五《谢里忽传》，北京：中华书局，1975 年，第 1540 页。

不必合葬也。我死，勿忘此言。”世宗深念母亲遗命，大定二年（1162）改葬睿宗（即潞王宗辅，世宗父）于景陵时，乃即辽阳清安寺建神御殿，并增大旧塔，起奉慈殿于塔前，礼部尚书王竞撰塔铭以叙其意。大定二十四年（1184），世宗东巡上京途中，曾临幸清安寺、垂庆寺。据《三朝北盟会编》记载，金代“奉佛尤谨”金代香火寺院之繁盛，多在名山胜地，如五台山、千山等。不少女真人出家为僧尼，包括名门望族。大定二十六年（1186）中都的香山寺建成时，金世宗曾亲自前往，赐名永安，给田两千亩，粟七千株，钱二万贯。金朝还有一套僧官制度，地位最高者为“国师”，有时金朝皇帝也要参拜国师。

金朝的佛学研究，万松行秀着有《从容录》。万松行秀弟子李纯甫则着有《鸣道集说》，阐发以佛教为中心的三教融合理论，对宣扬佛法起了推动作用。除了佛教，道教也很流行。《大金国志》指出：“金国崇重道教，与释教同，自奄有中州后，燕南、燕北皆有之。”① 金代的道教，最初有丹鼎、符箓两大派，而金熙宗时期一直到金末，在华北和中原地区则有新的道教派别全真教崛起，影响很大。女真族宗室名人完颜璹《全真教祖碑》称：“其教名之曰全真，屏去妄幻，独全其真者，神仙也。”全真教创始人为王喆，北宋徽宗政和二年（1112）生，道号重阳子。完颜璹《全真教祖碑》说王喆为咸阳大魏村人，字知明，“仙母孕二十四月又十八日生，按二十四气余土气而成真人也。先生美须髯，大目，身长六尺余寸。气豪言辩，以此得众。家业丰厚，以粟贷贫人，惠之者半，

① 《大金国志校证》卷三十六《道教》，北京：中华书局，1986 年，第 518 页。

其济物之心，略可见矣”[1]。全真教的其他代表人物，尚有马钰、谭处端、邱处机、王处一、郝璘、孙不二等，合称七真人。入元以后，全真教成为道教的主要流派之一。金代的统治者历来对道教比较重视，给予道士以很高的政治地位。比如金熙宗时设置道阶，分为六等。大定年间金世宗曾派遣使者访全真教门人，得邱处机、王处一，世宗命邱处机主持万寿节醮事，并亲自听其讲论至道。正如前人所说的，金代“贞祐丧乱之后荡然无纪纲文章，蚩蚩之民靡所趣向，为之教者独是家而已”（《佛祖历代通载》卷二十）。重视全真教等道教流派，也是建立统治秩序、社会秩序的需要。金代全真教另一个不可忽视的价值，是王喆等全真教代表人物创作大量的诗词作品，这些作品虽然带有某些消极的迷信色彩，却也包含着人类宗教文化的重要因子。对于这份文化遗产，国内外尚无人进行过认真的研究，应该引起学术界的重视。

第四节　金代文学艺术的特点与发展

金代文学就传播方式而言，可以划分为书写的文学与口传的文学两大类。其中女真族口耳相传的长篇叙事文学作品在列入国家级第一批非物质文化遗产名录的“满族说部”中的发现，说明女真族曾经难能可贵地为中国文学史增添了不可替代、无比生动的新资源，为金代文学研究提供了新的生长点，促使学术界对于金代文学的运行轨迹和深刻内涵做出新的概括、提出新的认识。

金代文学原本是一个复合型文明体系，当时作为精英文化的汉

---

① 张金吾辑:《金文最》,北京:中华书局,1990年,第1199页。

语书面文学和作为民间文化的女真语口承文学分流并进、共同发展，构成金代文学无比丰富的多样形态，使气象万千、多维多元的中国文学史在有金一代大放异彩。① 金代初期的汉语书面文学，以宇文虚中、蔡松年、吴激、完颜亮为代表。宇文虚中作为入金以前曾经活跃在北宋、南宋之交的文学家，血管里毕竟流淌着我国北方民族鲜卑人的血液，真率直爽的民族气质与禀赋使他不屑为文造情、钩章棘句，其崇尚自然、注重实用的文学观念同我国北方民族的话语方式、价值取向密切相关。他推崇“卓然浑成”的文风，反对“冥搜巧绘”的习气，强调文学作品要从“肺腑中流出”，从而塑造和引导了有金一代雄健自然的文风，给金代汉语书面文学的异军突起提供了一个颇高的起点。

蔡松年、吴激以词作著称。元人王邻在为《湛然居士文集》作序时有“贾、马丽则之赋，李、杜光焰之诗，词藻苏、黄，歌词吴、蔡”之语，把吴激、蔡松年与贾谊、司马相如、李白、杜甫、苏轼、黄庭坚相提并论，足见二人在金、元时期影响之大。至于金朝第四代国君完颜亮，则是一位杰出的诗人，有汉高祖、魏武帝之风。他从早年开始即好为诗词，所作笔力雄健，气象恢宏，铲尽浮词，语语本色，不仅绝无汉族文人诗词中常见的那种绮罗香泽的脂粉气，也绝无文绉绉扭捏作态的腐儒气，俚而实豪，诡而有致，在中国文学史上独树一帜，成为中原地区的农耕文化与北方民族的游猎文化双向交流、融合互补的结晶。金代中期的代表性作家，主要有蔡珪、王寂、王庭筠、周昂等人。他们的作品或以昂扬的格调见长，或以闲适的情趣取胜，反映和表现了由动乱走向复兴的社会现

① 周惠泉:《说部渊源的历史追寻与金代文学的深入研究》,《文学评论》2008 年第 2 期。

实。而周昂主要生活在蒙古崛起以后，诗作以唐代杜甫为法，沉郁苍凉，凝重洗练，堪称开金代诗风弃宋学唐的先河。

除了诗作以外，周昂又以务实求真的理论主张著称，为金代文学批评家王若虚的崛起作了准备。周昂自幼成长于农耕文明与游牧文明交汇地带的华北北部，其地民风淳朴敦厚，从而孕育了周昂质直真率的文学观念和话语方式。金代后期的代表性作家，主要有赵秉文、王若虚、李纯甫、李俊民、完颜璹、元好问等人。其中完颜璹是女真族的杰出作家，元好问称其为“百年以来宗室中第一流人也”（《中州集》卷五）。他是金世宗完颜雍之孙，作为女真族代表人物的完颜璹身上，尽管凝聚着民族意识与民族情感，不过在完颜璹的诗词中不仅对汉民族抱有亲善的态度与友好的感情，往往超越民族的视角与眼界，打破民族之间的壁垒与界限，站在中华各民族共同性的立脚点上抒情言志，谈古论今。在完颜璹的诗作当中，宋诗的弱点、特别是江西诗派从书本中讨生活的弊端很难看到，这是我国北方民族务实求真、经世致用的价值观念在文学创作中的反映和体现。

而集金代文学大成的文学家元好问（1190—1257），字裕之，号遗山，忻州秀容（今山西忻州市）人，兴定五年（1221）进士，累官行尚书省左司员外郎，金亡不仕。他是拓跋鲜卑的后裔，作为从大兴安岭原始森林中走出来的北朝魏代拓跋鲜卑的子孙，元好问天禀本多鲜卑族与汉民族相互融合所形成的豪健英杰之气，加上生长在质直尚义的云朔地区，又亲历了金源亡国、鼎革易代的社会巨变，从而赋予他的作品、特别是诗作以慷慨悲壮、沉郁刚健的格调。元好问在宋、金时期崛起北国，为异彩纷呈、气象万千的中国文学史提供了同宋代文学优势互补的杰出范本，而熔汇汉文化传统与北方民族文化传统为一炉，可以说是元好问艺术追求达到的制高点之所在。这一制高点不仅属于元好问个人，同时也标志和代表着金代文学在中国文学史上不可替代的价值和难能可贵的成就。元好问在金亡前后反映家国黍离之悲的诗作，则把国破家亡、生灵涂炭的一腔幽愤化为慷慨悲歌，情并七哀，变穷百代，堪称一代诗史而无愧。如《岐阳三首》其二“野蔓有情萦战骨，残阳何意照空城”、《壬辰十二月车驾东狩后即事》其二“高原水出山河改，战地风来草木腥”诸句，于严整工炼中别具肝肠迸裂之痛，一字字如血点泪滴和墨写成。所谓“唐以来律诗之可歌可泣者，少陵十数联外绝无嗣响，遗山则往往有之”（赵翼《瓯北诗话》卷八），诚为千古不易之论。元好问诗作的主体风格则诗风真淳简淡，不求自工，意在笔先，神余言外，从而形成了“不使奇字，新之又新，不用晦事，深之又深”，“虽倡优驵侩、牛童马走闻之，莫不以为此皆吾心上言”（杜仁杰《〈元遗山集〉后序》）的艺术境界，与江西末流尚奇务险、调低格卑的不竞之风形成鲜明的对照，说明元好问的诗歌创作在宗唐变宋、锐意创新的道路上已经达到炉火纯青、天籁自鸣的妙境。除了作为精英文化的汉语书面文学以外，作为民间文化的女真语口承文学也取得了前所未有的发展，为中华民族文学北雄南秀、气象万千历史格局的形成与发展做出了划时代的贡献。但是由于正统观念根深蒂固的影响，这些珍贵而独特的非物质文化遗产长期以来备受轻视和冷落，使女真语口承长篇叙事文学成为中国文学研究中不折不扣的空白点。《金史·完颜勗传》称：“女直既未有文字，亦未尝有记录，故祖宗事皆不载。宗翰好访问女直老人，多得祖宗遗事。……天会六年，诏书求访祖宗遗事，以备国史。”① 可见口述

① 《金史》卷六十六《完颜勗传》，北京：中华书局，1975 年，第 1558 页。

历史、口承文学在女真族保留民族文化记忆中所占的重要地位。

太宗时期，特别是太宗以后，由于金世宗完颜雍对于女真族非物质文化遗产大力保护和积极推动，金代女真族史诗性口承文学大量涌现。女真族同其他北方民族一样，创制文字的时间相对滞后，因而口承文学、口述历史十分发达。这些独特的口头非物质文化遗产，通过口耳相传代代相沿，历经数百年至今仍在女真族后裔——满族的“传统说部”中多有发现。传统说部满语称“乌勒本”（ulbun），汉译为传或传记之意，由于清朝中后期满语渐废，便改用“说部”或“英雄传”的称谓。与之相应的，讲唱说部也大都运用汉语，有时也夹杂某些满语（女真语）成分。经过民间口传心授的活态传承过程，终于形成篇幅浩瀚、雄浑壮阔的说部艺术，把北方民族口承长篇叙事文学推进到新的境界。传统说部内容凝重，气势恢宏，举凡氏族蛮荒古祭、部落兴衰、开疆拓土、英雄史传等皆包罗无遗。从现已抢救、整理、出版的满族说部看，超过三分之一的作品与女真族的杰出人物或女真族的口传文学密切相关。

这些口头非物质文化遗产主要有两类：一是同女真族信奉的原始宗教萨满教相联系的创世神话、英雄史诗；一是在族群兴衰过程和与辽宋的矛盾冲突中形成的波澜壮阔的长篇叙事文学。前者有《天宫大战》《乌布西奔妈妈》等，后者有《阿骨打传奇》《女真谱评》《苏木夫人传》《金世宗走国》等。黑水女真人的创世神话《天宫大战》，反映了北方民族原始先民对自然现象与生命现象的朴素认识，就宇宙的形成、日月的运行、生命的起源、人类的繁衍等问题都有无比天真的想象和十分生动的表现，反映了天人合一的可贵观念与价值取向，洋溢着民族文化的天籁真趣与原始活力。《天宫大战》保留了许多原型神话的元素，其中的神名多为女真语或萨满习用的通古斯语，对于我们了解女真文化的孕育发展过程有着独特的认识价值和审美价值。而《阿骨打传奇》《女真谱评》等作品，则生动地再现了女真起源、完颜氏崛起、金人灭辽、金宋交战，直到后金风云等女真民族金戈铁马、英勇悲壮的发展历程，还展现了金朝建立以前女真族成长壮大的历史画卷，充满历史的纵深感与沧桑感。这些口传心授的原生态作品，以苍莽朴直的气势和本真原始的活力，为精英文化、书写文化一统天下的中国文学史的既有研究模式增加和补充了草根文化、口传文化所独具的口口相传的重要范式，有力地推动学术界以创新思维实现中国文学史的架构由场域狭小、内涵单一的传统格局向视野开阔、多维多元的科学体系转型与跨越。①

金代的音乐与舞蹈往往是结合在一起的，不论是在宫廷与民间，往往都是如此。金代的宫廷音乐，据《金史·乐志》记载，包括雅乐、散乐、鼓吹乐、本朝乐曲、郊祀乐歌、宗庙乐歌、殿廷乐歌、鼓吹导引曲、采茨曲。作为金代的宫廷音乐，经历了一个从无到有、从草创到完备的发展过程。金人灭亡北宋以前，宫廷尚无音乐；灭亡北宋以后，始设金石之乐。最初宫廷音乐比较简朴，到了金代中期的大定、明昌之际经过日修月葺，终于粲然大备。金代的宫廷音乐，既有从中原王朝借鉴来的，也有从渤海国沿袭来的，还包括本朝乐曲。本朝乐曲中比如金世宗大定二十五年（1185）四月巡幸上京时所唱本曲，即是生动的一例。这一本曲，表达的是“祖宗创业艰难，及所以继述之意”。在金世宗招待宗室的这次宴会上，开始时宗室妇女翩翩起舞。世宗唱完本曲以后，诸老

① 周惠泉：《满族说部：北方民族生活的百科全书》，《新华文摘》2007年第16期。

人也一起歌唱本曲，如私家聚会，畅然欢洽。世宗接着又“续调歌曲，留坐一更，极欢而罢”这次盛会充分反映了女真族声气相求、上下一心的纯朴民族精神。而金代的民间音乐，有着悠久的历史，早在女真先民靺鞨时期，其特色鲜明的歌舞即曾受到中原王朝的激赏与盛赞。

而对于金人的音乐，《大金国志》称：“其乐唯鼓、笛，其歌唯鹧鸪，曲第高下长短，如鹧鸪声而已。”[①] 实际上女真族是一个能歌善舞的民族，其音乐舞蹈丰富多彩、纯朴自然，而散乐多为乐、舞相互配合的表演。北宋使者许亢宗宣和七年（金天会五年，1123年）使金时曾亲眼看见金人的乐舞场面：“舞者六七十人，但如常服，出手袖外，回旋曲折，莫知起止。”[②] 1973 年在黑龙江省伊春市金山屯出土的乐舞浮雕石幢，为柱状八面体，每面各雕一人，有的击鼓弄箫，有的翩翩起舞。河南、山西金代墓葬中还出土有女真陶俑，其中河南焦作陶舞俑的舞式为右臂上举，左臂后甩，腰部扭动，双足作前后跳跃状，动感鲜明，活灵活现。女真人不论贵族与平民，大都有音乐天赋，多能即兴创作。《金史·后妃传》记载，天会十年追谥为景祖召肃皇后的帅水隈鸦村唐括部人多保真，“能辑睦宗族，当时以为有丈夫之度云。”多保真曾自作自唱歌曲，以解决乌古乃之子劾里钵与桓赧、散达的矛盾，当时双方酒后“语相侵不能平，遂举刃相向。后起，两执其手，谓桓赧、散达曰：‘汝等皆吾夫时旧人，奈何一旦遽忘吾夫之恩，与小儿子辈忿争乎。’

---

① 《大金国志校证》卷三十九《初兴风土》，北京：中华书局，1986 年，第 551 页。

② 《全宋笔记》第四编《宣和乙巳奉使金国行程录》，郑州：大象出版社，2008 年，第 12 页。

因自作歌，桓赧、散达怒乃解。”① 此外，洪皓《松漠纪闻》记载兀惹女子与契丹、女真富家子弟互致情意时，女方“起舞讴歌以侑觞”，这是以边歌边舞表达感情的方式，可见歌舞已经成为金人生活的一部分。

《大金国志》记载女真人的婚姻状况时则称：“贫者以女年及笄，行歌于途。其歌也，乃自叙家世、妇工、容色，以伸求侣之意。听者有逑娶欲纳之，则携而归，后方具礼来女家以告父母。”② 这种连普通贫家女都能即兴自创自唱的歌曲，在女真人中曾经普遍流行，说明已经作为一种民俗而广泛存在于女真社会当中。女真人特色鲜明的音乐，在中原地区和汉族居民中产生了巨大的影响；难怪南宋诗人范成大乾道六年（金大定十年，1170 年）使金时，惊呼“虏乐悉变中华”（《真定舞》诗注，见《范石湖诗集》）了。不仅纳入金朝版图的原北宋地区如此；影响所及，甚至深入南宋境内。李焘《续资治通鉴长编》即承认：“临安府风俗……好为北乐”，“今都人静夜，十百为群，吹鹧鸪，拨洋琴”③。

此事发生在范成大出使金朝的前两年，即乾道四年（1168）。由此可见，女真民族音乐的艺术魅力不仅在金人占据的中原、华北地区，而且在隶属南宋的江淮以南地区，也是入人心脾，难以阻挡的。实际上范成大“虏乐悉变中华”的担心，虽然牵涉宋、金对立政权的政治原因，但是从中华文化历史发展的长过程观察，则纯属杞人忧天之论。辽、金、元时期，女真等北方民族的传统音乐对于

---

① 《金史》卷六十三《后妃传》上，北京：中华书局，1975 年，第 1500 页

② 《大金国志校证》卷二十九《婚姻》，北京：中华书局，1986 年，第 553 页。

③ 李焘：《续资治通鉴长编》，北京：中华书局，1985 年，第 3745 页

北曲的形成与发展无疑发挥了关键作用。其时燕乐渐衰，中原乐曲乃融汇女真等北方民族的乐曲滋演新声，自成乐系；甚至一时作者俱娴北调，不及南音。徐渭的《南词叙录》虽然表现出偏爱南曲的倾向，但是也不能不承认“南不逮北”，认为“胡部自来高于汉音，在唐，龟兹乐谱已出开元梨园之上。今之北曲，宜其高于南曲”。还指出，“今之北曲，盖辽、金北鄙杀伐之音，壮伟狠戾，武夫马上之歌，流入中原，遂为民间之日用。宋词既不可被管弦，南人迹遂尚此，上下风靡”。可见女真等北方民族的音乐对北曲在中国戏曲史上的推陈出新、发扬光大做出了重要贡献。

金代的绘画与雕刻艺术，也有很高的成就。比如金朝帝王中海陵王完颜亮善画竹，金显宗完颜允恭善画獐鹿人物。文学家兼书画家王庭筠以画山水、墨竹著称，冯璧挽王庭筠诗有“诗名摩诘画绝品，人品右军书入神”之句，将其诗画、书法与王维、王羲之相提并论，足见其水平之高。王庭筠的《幽竹枯槎图》，画幽竹和柏树，凛然风骨跃然纸上。武元直的《赤壁图》现藏台北故宫博物院，取材于苏轼的《赤壁赋》，画面上临江石壁的宏大气势，足以引发后人对于古战场的历史遐想。而现藏于吉林省博物馆的张瑀的画作《文姬归汉图》，是金朝绘画艺术中的精品，描绘了蔡文姬自漠北归汉途中的情景。骑在马上的蔡文姬在风沙中神情泰然自若，双目凝视远方，随行胡汉官员等或躬背缩首，或以袖掩口，与文姬形成鲜明的对照。整个画面疏密得当，错落有致，笔力雄健刚劲，线条规整流畅，是绘画史上不可多得的佳作。金代的壁画，也非常值得称道。山西繁峙县天岩村岩山寺创建于金正隆三年（1158），现仅存南殿，殿四周壁画以东壁、西壁绘画技巧最佳，为宫廷画师王逵所绘，是今存壁画中的上品。山西朔县崇福寺弥陀殿的金熙宗皇统年间壁画，为菩萨组会的《说法图》，规模宏伟，艺术精湛，是我国绘画史上的瑰宝。金代的雕刻艺术，也有可观的发展。今黑龙江阿城亚沟石刻，位于阿城亚沟镇东约5公里的山崖壁上，石刻男女二人，男为女真武士，身躯伟岸，头戴兜鍪，右手执剑，有赳赳武夫的气概，是金代早期女真线雕石刻的典型代表。金代的雕砖墓，在河南、山西都有发现。比如河南武陟县小董乡的雕砖墓，西北壁、东北壁皆有动感鲜明的人物画面。整个作品逼真形象，生活场景细致入微，把殷实富有之家的奢华生活场景表现得淋漓尽致。此外，还有保存至今的北京市西南永定河的卢沟桥石栏上雕刻的近500个石狮，形态各异，栩栩如生，堪称我国建筑和雕刻史上令人叹为观止的杰作，有着极高的艺术价值。

第四章
建州女真的崛起与清朝的建立

满族有着悠久的历史渊源，其直系先人为明代的女真。女真族在金亡以后，历经元、明，其中建州女真在明代后期崛起并不断发展壮大，统一女真各部，最后经清太宗皇太极之手在明亡以前改称满族。

第一节　明代建州女真的崛起

明代的女真主要分为建州女真、海西女真和野人女真三部分。建州女真原为金代的女真，是以建州三卫和毛怜卫为核心发展而来的。建州卫来源于元代的胡里改部，而毛怜卫是其分支；建州左卫来源于元代的斡朵怜部，而建州右卫是其分支。元朝曾在松花江下游地区设置胡里改等五个万户府，以管理女真各部。元末明初，随着元朝在全国、特别是在东北地区统治的崩溃，明朝对女真各部积极招抚，引发了女真人对中原物质文明的向往，促使他们向南迁徙。海西女真原来也是金代女真，海西女真长期生活在松花江流域，而松花江在元、明时称海西江。随着该地女真部落的南迁，海西女真不仅包括海西地区的女真诸部，还包括经海西向明朝纳贡的部落。野人女真指建州、海西以外的女真部落。《大明会典》指出：

“盖女直三种：居海西等处为海西女直，居建州、毛怜等处为建州女直……其极东为野人女直。野人女直去中国甚远，朝贡不常。”随着建州女真和海西女真的南迁，野人女真的一些部落也逐渐南移，其中有的则加入建州女真和海西女真。

明朝对南迁的女真各部实行羁縻政策。从明初至明中叶，明朝先后在女真地区设立数以百计的羁縻卫所，以女真各部首领为卫所世袭长官，发给“浩印带袭衣”，统属于奴儿干都司。随着女真社会的发展和女真部落的兼并，建州女真各部迁至抚顺以东，以浑河流域为中心，东达长白山中麓和北麓，南至鸭绿江边。海西女真迁至开原边外辉发河流域，北至松花江大拐弯处。野人女真散处于建州女真、海西女真以东、以北的广大地区，从松花江中游以下直达黑龙江、乌苏里江流域一带，东至海岸。在三部分女真人中，海西女真曾一度作为女真三大部中最强盛的部分，海西女真的哈达部首领速黑忒（《满洲实录》称克锡纳都督）、王忠、王台家族从 15 世纪末到 16 世纪 70 年代初的前后八十余年，“弦控之夷，凡万余人”（瞿九思《万历武功录》卷十一《王台列传》）。王台晚年政事昏乱，实力削弱，叶赫部乘势而起，成为海西诸部的强者。在海西女真哈达部兴旺发达之时，建州女真也在发展，并出现了王杲、王兀堂两个领袖人物。王杲是建州右卫指挥使，对明朝时顺时叛，不时拥众入寇边塞，明朝极力剿抚，最后以王杲失败而告终。王兀堂是建州左卫首领，率部驻牧和农耕，推动了建州经济的发展。但是他对明朝“时时窥塞下”，在明军的征剿下一蹶不振。当女真各部首领王台、王杲、王兀堂相继衰亡时，16 世纪后期女真社会出现了要求统一的趋势，“各部蜂起，皆称王争长，互相战杀，甚至骨肉相残，强凌弱，众暴寡”（《清太祖武皇帝实录》卷一），在各部互相兼并的征战中，建州女真首领努尔哈赤后来居上，成为女真族寻求统一的代表人物。

努尔哈赤（1559—1626）原姓夹古氏，后改姓爱新觉罗氏，名努尔哈赤，号淑勒贝勒，出生于建州左卫苏克素护部赫图阿拉城（后改称新京，今辽宁新宾满族自治县）。其先世为明建州左卫长官，其祖父觉昌安（又译作教场）和父亲塔克世（又译作他失）于万历十一年（1583年）在明军伐王杲之子阿台之战中任向导被明军误杀，“有殉国忠”（《明皇从信录》卷二十三），25岁时承袭父、祖为建州部首领。努尔哈赤认为，父、祖之死应由别部女真酋长尼堪外兰负责，遂以父、祖遗甲十三副起兵讨伐尼堪外兰，从此揭开了统一女真各部的序幕。万历十七年（1589），明朝封努尔哈赤为都督佥事，引起称霸扈伦四部的叶赫部的不满，万历二十一年（1593）叶赫部首领纳林卜禄和布斋纠集哈达部、乌拉部、辉发部等九部组成三万人的联军与努尔哈赤开战。因事先得到密报，努尔哈赤以逸待劳，一举粉碎了九部联军的来犯，阵斩叶赫部首领布斋，生擒乌拉部首领布占泰。

此役后努尔哈赤乘胜东进，征服朱舍里部、讷殷部，把势力扩展到建州女真老家长白山地区。万历二十三年（1595），明朝又晋封努尔哈赤为龙虎将军。在骗取明朝的信任后，他明顺暗违，不断兼并他部，壮大自己，由小到大，由弱到强，逐渐成长为一个可以同明朝相抗衡的军事政治实体。在兼并女真各部的过程中，他采取“恩威并行，顺者以德服，逆者以兵临”（《清太祖武皇帝实录》卷一）的方针，首先统一建州女真各部，并陆续统一海西女真、野人女真各部。万历二十七年（1599），海西女真叶赫部与哈达部发生战事，努尔哈赤趁机兼并哈达部，杀死哈达部首领孟格卜禄。明朝出面干涉，迫使努尔哈赤释放孟格卜禄之子武尔古岱，并让武尔古岱回到哈达部统领部众。两年后，哈达部出现饥荒，武尔古岱不得不投靠努尔哈赤。万历三十五年（1607），努尔哈赤攻陷辉发城，辉发部亦被兼并。其时乌拉部首领布占泰遭努尔哈赤俘获，被释放后继续采取敌对态度。万历四十一年（1613），努尔哈赤攻占乌拉城，布占泰逃往叶赫部。万历四十四年（1616年），努尔哈赤在基本上统一女真各部的基础上，于赫图阿拉称汗建元，建立大金国，史称后金。两年后的天命三年（即明万历四十六年，1618年），努尔哈赤以“七大恨”告天，历数明朝压制建州、偏袒叶赫的行径，誓师伐明，并一举攻下抚顺。第二年，明政府急调各路兵马近10万人，企图夺取努尔哈赤称汗建金的根据地赫图阿拉，发动了萨尔浒之战。萨尔浒，满语意为木橱，其地位于抚顺市大伙房水库东南。努尔哈赤针对明军分进合击的进攻战略，集中优势兵力各个击破。“凭尔几路来，我只一路去!”经过五天激战，明四路联军惨败，四万多人被歼。战后，努尔哈赤趁机灭亡叶赫，成为女真族即后来的满族统一的一个重要标志。

1621年，努尔哈赤迁都辽阳，兴建东京城。1625年，努尔哈赤迁都沈阳，改沈阳为盛京。次年正月，努尔哈赤统兵13万攻打辽河以西的宁远（辽宁兴城）时，因明将袁崇焕固守而受挫，并被葡萄牙人制的红夷大炮击伤，八个月后病卒。努尔哈赤卒后，葬于沈阳福陵（今沈阳东陵），庙号太祖，其第八子皇太极继位。

第二节　后金强盛与新的民族共同体产生

皇太极（1592—1643），爱新觉罗氏，正白旗，清朝的建立者，史称清太宗。皇太极生母叶赫那拉氏，为女真叶赫部首领杨佳努之女。皇太极自小面色赤红，眉清目秀，不仅聪明伶俐，过目不忘，而且举止端庄，行动稳健。当父兄积年累月为统一女真诸部而忙于出征作战时，七岁的皇太极就开始主持家政，把家庭日常事务、钱财收支等管理得井然有序，因而深受努尔哈赤的喜爱。皇太极八岁时，生母叶赫那拉氏病逝。他跟随父兄锻炼，迅速成长。

在后金政权的建立中，皇太极发挥了重要作用。努尔哈赤以父和汗的地位处于政权的中心。其下则是他的子侄四人即四大贝勒，按年齿顺序为大贝勒代善、二贝勒阿敏、三贝勒莽古尔泰、四贝勒皇太极，他们“共议国政，各置官属”。天命六年（1621）二月，努尔哈赤“命四大贝勒按月分直，国中一切事务，俱令直月贝勒掌握”。虽然在四大贝勒中皇太极年龄最小，但是其智其勇十分突出。比如努尔哈赤时代在后金的主要战事中，皇太极都做出了很大贡献。举其要者，有对乌拉作战、抚顺之战、萨尔浒之战、辽沈大战等。天命三年（1618），努尔哈赤已决心将兵锋所向直指明朝，但是具体如何行动迟迟未定。皇太极在努尔哈赤六十大寿的宴席上献上一计，提出在同明朝的战争中先从抚顺下手，认为“抚顺是我出入之处，必先取之”。抚顺之战，后金大获全胜，其中皇太极的献计献策和亲临战阵，发挥了重要作用。

抚顺兵败城陷的消息传到明朝都城，使明朝“朝野震骇”，多年不理朝政的明神宗十分惊恐。为了解决心腹大患，明朝于万历四十七年（后金天命四年，1619年）倾全国之力并联合女真叶赫部和朝鲜发动了萨尔浒之战，已如前述。虽然明朝进攻后金的军事行动在南方已经显露，但是后金的努尔哈赤、代善等还是判断明朝的西路军即来自抚顺的杜松军是主力。因而代善、达尔汉辖领兵开往抚顺方向。行至扎喀关，后金军想按兵不动，等待努尔哈赤。此时，皇太极却提出要加速前进，不可等待。按照皇太极的意见，后金军进至萨尔浒，与明军大战，歼杜松军于铁背山。其后皇太极和代善在阿布达里岗（今辽宁新宾县榆树乡嘎尔寨村南十里）与明军总兵官相遇，皇太极、代善互相配合，携手作战，一鼓作气，大败明军。萨尔浒之战是后金与明朝的一次大决战，皇太极为战争的胜利立下了汗马功劳。

萨尔浒战役不仅代表着后金与明朝力量对比的变化和军事实力的消长，随着叶赫与明朝联军的垮台，叶赫部依靠明朝的支持抵制努尔哈赤统一女真诸部的如意算盘也已彻底落空。但是叶赫首领金台石、布扬古拒不投降。天命四年（1619）八月，努尔哈赤进攻叶赫，金台石、布扬古分别占据东西二城顽抗。金台石在东城被攻破后请求见皇太极，皇太极是他的外甥，想尽百般办法劝其投降，始终未达到目的，最后金台石纵火自焚。叶赫部被统一，标志着女真人寻求内部统一的大业基本实现。在进占辽沈的战略决策中，皇太极也发挥了重要作用。皇太极是后金高层中较早认识辽沈的重要性并主张将其占领的人。天命六年（1621）努尔哈赤发动了辽沈大战，皇太极是大战的策划者之一和前线指挥官。三月十日后金出兵，十二日兵临沈阳城下，十三日占领沈阳。在这次大战中，后金将领雅松胆怯退兵，皇太极却毫无畏惧地冲上去，大败明军，并以百余骑击败明朝三总兵。雅松的所作所为引起努尔哈赤震怒："我的儿子皇太极，父兄依赖如眸子，因你之败，不得不杀入敌营，万一遭到不幸，你的罪何止千刀万剐!"并在怒斥雅松之后将其削职。皇太极继位以后，以辽沈为中心，统一东北全境，为以后满族即女真人挥师入关、取代明朝奠定了基础，创造了条件。

天聪九年（1635）农历十月十三日，皇太极下令废除“女真”旧称，改族名为“满洲”。并且在谕旨中说：“我国之名原有满洲、哈达、乌拉、叶赫、辉发等，每有无知之人称之为诸申。诸申之所谓者，乃席北墨尔根族人也，与我们何干！嗣后凡人皆须称我国原满洲之名，倘仍有以诸申为称者必罪之。”① 此后，史学界往往把皇太极的谕旨当成满族作为一个新的民族共同体出现的根据。实际上皇太极将“女真”之名改为“满洲”，既是出于现实状况的需要，也有其不可否认的政治目的。明清易代之际，在女真内部“诸申”已经演变成下层平民的称谓，不包括上层人士，甚至在康熙年间成书的《御制清文鉴》中，“诸申”一词更被解释为“满洲奴仆”，足见其地位之低下。这就是说，在女真内部用代表全民族的称谓取代“诸申”，属于历史发展的需要。但是皇太极提出“嗣后凡人皆称我国原满洲之名，倘仍有以诸申为称者必罪之。”态度如此坚决，显然出于政治上的考虑，其中包含着深思熟虑的政治策略。推行新的族称的结果，“诸申”（女真）之称在现实中虽然消失了，但是民族的本质并无变化。孟森先生指出：“清既为金之后，故清之人种为女真种。”② 皇太极之父努尔哈赤即承认，自己的先祖是“金汗的亲戚”，努尔哈赤的旁宗先祖也说过“大金乃我远祖”。因而努尔哈赤在赫图阿拉建立政权时国号称作“大金”绝非偶然。从族源上看，满族的远祖为肃慎，近祖则为女真，即“肃慎女真连满洲。”③ 就连后来主张“满族是一个新的民族共同体”的学者，也认为“满

① 《天聪九年档》，天津：天津古籍出版社，1987 年。
② 《满洲开国史》，上海：上海古籍出版社，1992 年。
③ 《满洲开国史》，上海：上海古籍出版社，1992 年。

族这个新的民族共同体是以女真人为主体”①。

当然也要承认，满族在历史发展中融进了一些外族人，如汉族、朝鲜族、蒙古族等。但是满族以女真人为主体的状况并无改变。而且一些由于某种原因离开女真族发祥地的女真人，其族属后来均为满族。如完颜宗弼长子芮王完颜亨的后人，现聚居于甘肃泾川县完颜村，据今人完颜玺（完颜亨的后人）撰著的《完颜氏变迁记》② 一书记载，完颜亨的子孙为了躲避海陵王完颜亮的迫害，于1161年远离家乡，将完颜亨的坟墓西迁至完颜宗弼、完颜亨旧部留守的甘肃泾川，在泾河北岸九顶梅花山麓聚居守墓，至今已经形成拥有五千多名女真完颜部后裔的完颜村。完颜宗弼长子完颜亨《金史》有传，亨传附宗弼传后，乃为海陵王完颜亮杀害。③ 此外，福建泉州、晋江、安南等市县的粘姓家族，为金代女真人完颜粘罕后裔，于1985—1986年被批准为满族。台湾彰化县伯兴乡粘上村、麦村、鹿港等地，有粘姓三千余人，现都参加台湾满族协会，台湾满族协会理事长为粘聪明先生，曾多次参加女真族发祥地黑龙江阿城金源文化交流活动。

另外，在努尔哈赤、皇太极统一女真族的历史过程中，有少量女真人一直不肯归附和编入八旗，他们逃入张广才岭的深山老林隐居下来。这些女真人被清政府称为巴拉人或巴懒尼雅玛，直到清朝末年才陆续走出深山，定居于黑龙江省的双城、阿城、宁安、延寿、尚志、方正、木兰、呼兰、通河、宾县、巴彦和吉林省的敦

---

① 李燕京、关捷：《满族通史》，沈阳：辽宁民族出版社，1991年。

② 完颜玺：《完颜氏变迁记》，长春：吉林摄影出版社，2007年。

③ 《金史》卷七十七《完颜亨传》，北京：中华书局，1975年，第1756—1758页。

化、蛟河等地。这些女真人的后裔后来也都加入到满族当中。

满族族人都认可他们是女真人的后裔，为什么皇太极对此拒不承认呢？这实际上是出于政治原因。日本学者市井瓒次郎在1909年发表的《清朝国号考》（《东洋学会调查部学术报告》第一册）一文中认为“满洲”名称为清太宗皇太极所伪造，此乃无知妄说。实际记载“满洲”一词的早期文献，是天聪九年（1635）编成的《满洲实录》和崇德元年（1636）编成的《清太祖武皇帝实录》。在《清太祖武皇帝实录》中，努尔哈赤自称或他称为“满洲”者有八十余处。努尔哈赤及其部下的家族是满洲部，其他建州女真各部是“环满洲而居者”，建州女真在1591年统一后则皆称满洲，与叶赫、乌拉、哈达、辉发对称，因而满洲之名实为历史存在，对此是不容怀疑的。而皇太极改“诸申”为“满洲”，接着又将国号由“金”改为“清”，主要着眼点改的是汉字，而不改满文。历史上的宋、金之际，当金人南下中原时，“众闻女真皆胆掉”（晁公溯《宇文蜀州墓志铭》），在中原地区引起的社会震荡是巨大的。明、清之际，对于清朝的发展，皇太极设想为三个步骤，第一步是统一东北，第二步是扩大到黄河以北，第三步才是统一全中国。崇德二年（1637），在征服朝鲜、获得大胜以后，皇太极梦中到了明朝，在皇宫中金代神像给了他一册金史。皇太极在向诸王贝勒、大学士等说梦时，大家都认为是得国吉兆，可见皇太极在改族称、改国号以后，梦绕魂牵的仍然是像金人那样入主中原。

崇德三年（1638）六月皇太极对喀尔喀蒙古囊苏喇嘛的一番谈话，说得更加明确：“昔辽、金、元三国之主，当征战时，西伐厄讷忒黑，东抵朝鲜，北极黑龙江，南至于海，朕今日正与相等也。”皇太极改族称、改国号，正是为了在以后入主中原时减少阻力、减少中原人对女真人的历史记忆。正如清史、女真史专家王钟翰先生在《关于满族形成中的几个问题》中所指出的，皇太极的这一举动实际上是“出于政治上的需要，为了避免明末汉人对宋代女真人所引起的反感，这就是为什么要把诸申（女真）这个世代相传的旧称改为满洲，连国号‘金’也改为‘清’的原因所在”①。正因为如此，皇太极继位以后，注意调整民族关系，强调满洲、汉人“均属一体”。特别是改变了努尔哈赤晚年歧视汉族文人，甚至公然“杀秀才”的错误做法，并于天聪三年（1629）降诏考试儒生，从幸存的三百余名生员中录用二百人到文馆任职，成为日后不时咨询的秘书班子成员。皇太极深知，汉官汉民受到歧视实乃祸乱之源，主张审罪、服役等取消差别，一视同仁，规定国内汉官汉民即使从前有逃跑迹象或令“奸细”往来的，事属以往，不再追究。还禁止诸贝勒大臣属下向汉官家中勒索财物、进行骚扰。凡此种种皆理顺了民族关系，为清朝入主中原、统一全国做了必要的准备。皇太极虽然终其一生未及进入关内和定都北京，但是正如清人所说的，努尔哈赤指挥的萨尔浒之战是“王基开”，皇太极指挥的松锦之战是“帝业定”，可以说皇太极为大清统一全国奠定了一代基业。皇太极在位期间推出了一系列重要举措，参照明朝官制设立六部，积极吸收汉族文化，颁布保护农业的法令。自皇太极改国号为清起，清朝共历十一帝，统治二百七十六年，加上以前的后金时期，合计近三百年，成为亚洲东部最强大的国家。

有清一代，政治、经济、文化都得到了相当可观的发展。建立后金和清朝的努尔哈赤、皇太极，在清代历史上有划时代的开创之

---

① 王钟翰:《关于满族形成中的几个问题》,《社会科学战线》1981 年第 1 期。

功。但是真正的考验还在清人入主中原、定鼎北京以后，因为称帝关东一隅同入关君临天下毕竟还是有区别的。面对文明程度高于自己的广大汉族士人，清代统治者如何实现角色的转换，既保持和发扬本民族文化的独特性，又借鉴和吸收汉民族文化的先进性，在政治、经济、文化诸方面取得高于汉族统治者的成就，这是新兴的满族政权必须认真面对、切实解决的重大问题。特别是皇太极病故以后，其子福临（年号顺治）继承帝位时年仅六岁，仅仅活到二十四岁。顺治皇帝在母亲孝庄皇后、摄政王多尔衮以及诸大臣的辅佐下，历经十八年，削平群雄，统一全国，为清朝全面实现大治奠定了基础。福临之子玄烨（年号康熙）继承帝位时年仅八岁，十五岁亲政，在位六十一年，不仅成功地稳定、巩固了大清江山，还开创了大清一百二十年的“康乾盛世”，成为中国历史上名副其实、时间最长的盛世。康熙、雍正、乾隆三朝，在中国封建社会的历史上是最好的历史时期之一。玄烨亲政以后，经过二十年的努力，以平定吴三桂的八年之乱为契机，顺利收降郑氏台湾回归祖国。接着康熙皇帝南巡，亲临治理黄河工地，阅视河工，标志着国家全面转入经济建设阶段。清代的满族统治者本是靠渔猎经济起家的，但是对于农业生产的重视程度并不逊色于汉族王朝，甚至有过之而无不及。清朝统治者以农为本的思想是很突出、很鲜明的，这在《清实录》中可以得到很好的印证。康熙皇帝曾说过：“农事实为国之本，俭用乃居家之道。是以朕听政时，必以两者为先务。”他提出：“从来致治之道，裕民为先，惟海内富庶为先。”在这一思想的指导下，清朝开始大规模发展农业，全面推行垦荒政策，自康熙元年（1662）起，下令要求五年内将全国的荒地全部垦为农田，凡垦荒成绩突出的省份和官员受奖，反之则受罚。同时指令各地驻军、特别是驻边疆地区的军队实行“军屯”。由于土地广为开垦，耕地陆续增加，到康熙六十年（1721）全国土地已达7.3亿亩，雍正时增至8.9亿亩，乾隆末年已超过10亿亩，号称极盛。此外又投入巨资治理黄、淮水患，使长期肆虐的黄淮水患得到根治，为连年的农业丰收创造了条件。全国的财政状况，也随之越来越好。顺治时，财政收入入不敷出；康熙末年，国库存银近1000万两；雍正五年已达5000万两；乾隆时高达8000万两。由于当时国家财政充足，执政者大规模减免钱粮税款。自康熙元年至康熙四十六年（1707），累计免去地亩人丁银1.17亿两，后又宣布“所生人丁永不加赋”。乾隆时四次减免全国钱粮，总额高达1.2亿两。凡此种种，显示盛世经济的繁荣乃是不争的事实。

清入关以后，时时以明亡为戒，大力整顿吏治，严惩官场腐败，横扫明末以来的贪腐之风，营造政治清明的新气象。摄政王多尔衮曾严令：“贪官必诛，何必论赃多少！”顺治帝也提出：“安民之本，首在严惩贪官。”进入康熙、雍正、乾隆三朝以后，对于吏治的整顿仍然摆在治国的首位。康熙“惟以察吏安民为要务”，严惩贪官污吏，奖励清官廉吏，如当时的于成龙、鄂尔泰，都是名满天下的清官，在封建社会的历史上也被传为佳话。乾隆朝虽已进入鼎盛时期，但仍不放松整治，只要犯赃，不管地位多高、权势多重，包括封疆大吏和朝中高官，甚至皇亲国戚，都严惩不贷。经过几十年的努力，终于出现吏治清明、政通人和的局面，使康乾盛世在中国历史上大放光彩。

第三节　满语文的兴盛、发展与衰落

有清一代，不仅经济、政治有可观的发展，在文化上也取得了令人叹为观止的成就。清代作为金代女真族后裔建立的多民族国家，其文化也有着鲜明的多民族特点，并取得了多方面的成就。满族能够以少数民族的身份入主中原，并且治理和统治在人口数量、文化发展上都超过自己的汉民族，与其特有的民族文化和开放的胸怀心态是分不开的。满族作为一个与时俱进的民族，不仅勇于学习汉民族的先进文化，也勇于改革本民族的落后习俗。比如天聪五年（1613）清太宗皇太极曾明令："凡娶继母、伯母、叔母、兄嫂、弟妇、侄妇，永行禁止。"①在文艺创作领域，伟大的满族作家曹雪芹撰写的长篇小说《红楼梦》，不仅在中国文坛，而且在世界文坛上也负有盛名。正如鲁迅所说："自有《红楼梦》出来以后，传统的思想和写法都打破了。"（鲁迅《中国小说的历史变迁》）而在自然科学领域，天文、数学、物理、医学等诸方面也都取得了很高的成就。自鸦片战争以后，仅据《八旗艺文编目》不完全统计，满族在哲学、社会科学、自然科学、文学艺术诸方面的著作有 930 多种。而满族特色鲜明的文化，如满语文和满族口头非物质文化遗产"满族说部"等，更是取得了令人瞩目的伟大成就。满文自明末和有清一代通行 300 余年，自身发展水平颇高，具有丰富而生动的词汇和准确而严格的表达手段，有相当程度的科学性，堪称中华民族宝贵的文化遗产。满族远祖是先秦时期的肃慎，因而满族属于肃慎族系。作为东北地区的一个大民族，三千多年以来语音、语法、词汇等语言的基本要素是一脉相承、不断发展的。语言是人类最重要的交际工具，人们借助语言保存和传递人类文明的成果。语言又是思维工具，同思维有着密切的联系，是思维的载体、物质外壳和表

---

① 《清入关前史料选集》，北京：中国人民大学出版社，1991 年，第 76 页。

现形式。正因为如此，清太宗皇太极把满语文同满族的生产方式、生活方式和行为方式紧密联系起来，以“国语骑射”表述满族鲜明而独特的民族特征。事见崇德元年（1636）十一月，当时皇太极临幸凤凰楼，召集诸王和文武百官，命弘文院大臣读《金史·世宗纪》，并以金世宗完颜雍为例谆谆告诫诸王、大臣：

> 世宗继位，奋图法祖，勤求治理，惟恐子孙仍效汉俗，预为禁约，屡以无忘祖宗为训，衣服语言悉遵旧制，时时练习骑射，以备武功。虽垂训如此，后世之君，渐至懈废，忘其骑射，至于哀宗，社稷倾危，国遂灭亡。乃知凡为君者，耽于酒色，未有不亡者也。先时儒臣巴克什达海、库尔缠，屡劝朕改满洲衣冠，效汉人服饰制度，朕不从，辄以为朕不纳谏。朕试为比喻，如我等于此聚集，宽衣大袖，左佩矢、右挟弓，忽遇硕翁科罗、巴图鲁劳萨挺身突入，我等能御之乎？若废骑射，宽衣大袖，待他人割肉而后食，与尚左手之人何以异耶！朕发此言，实为子孙万世之计也，在朕身岂有变更之理。恐日后子孙忘旧制，废骑射以效汉俗，故常此切虑耳。①

把保持“国语骑射”提到巩固政权和为子孙万世计的高度，足见以皇太极为代表的清代最高统治者对于这个问题的重视程度。清代统治者为了使满语文世代流传下来，1599年努尔哈赤命巴克什额尔德民和噶盖以蒙古文字母为基础创制文字，后称“老满文”；1632年，皇太极又命巴克什达海加以改进，称“新满文”。有清一代，满语被定为“国语”（亦称“清语”），使用范围非常广泛。满文也成为清朝的官方文字，朝廷各种军政要务、例行公文，多用满文书写，

① 《清太宗实录》卷三十二，北京：中华书局，1985年，第8—9页。

尤其是涉及国家重要机密的文件和重要条约都用满文来记录，因此留下了浩如烟海的满文档案和重要文献。清代从初期即开始编写词典和语法著作，如《大清全书》《清文总汇》《御制增订清文鉴》《清文虚字指南编》《无圈点字书》等，为我们了解满族的语言文字提供了可靠佐证和重要依据。满语词汇包括名词、动词、形容词、副词、数词、后置词、连词、拟声词、感叹词、助词。名词和代词有格和数的变化。数词分为基数词和序数词。形容词有程度和级的变化。动词有时态和格、式的变化，分现在时、过去时、将来时，主动态、被动态、使役态，陈述式、祈使式、条件式等。满语的演变经历了一个从产生发展、繁荣昌盛到逐渐衰落的过程。满族入关之初，颁布的很多法令都是专用满文或满、汉文合璧的，后来随着入关满族与汉族的密切接触与融合，汉语在入关满族中逐渐流行和使用，满语开始出现衰落的趋势。有鉴于此，乾隆帝提出“清语为国家根本”，并告诫满族贵族，要想维护国家统治，必须坚持说满语、用满文，乾隆十七年（1725）他还将前引清太宗皇太极有关“国语骑射”的训诫勒石立碑，提出“俾我后世子孙，庶咸知满洲旧制，敬谨遵循，学习骑射，娴熟国语。”① 虽然最高统治者三令五申，入关满族人数同汉族相比毕竟少得可怜，因而满语衰落的趋势难以改变。

至于在东北地区，满语的命运则截然不同，留在东北的满族人不仅继续使用满语文，而且有清一代的康熙、正雍、乾隆时期满语在东北地区、特别是吉林和黑龙江地区还得到了发扬光大。与之相应的是，东北满文学校的教育也大行其道。其中，盛京地区的八旗官学，满、汉文并重，后来由于科举考试的需要而转向汉文教育；

---

① 《清高宗实录》卷四百四十一，北京：中华书局，1987年，第8页。

吉林、黑龙江地区则一以贯之地坚持满文教育。仅以吉林将军辖区为例，鸦片战争以前吉林将军管辖地区设有十四所满文学校，包括吉林乌拉（位于今吉林省吉林市）左右翼官学，每年入学160人；宁古塔（位于今黑龙江省宁安市）左右翼官学，每年入学90人；三姓（位于今黑龙江省依兰县）左右翼官学，每年入学60人；伯都讷（位于今吉林省松原市）左右翼官学，每年入学人数48人；阿勒楚喀（位于今黑龙江省哈尔滨市阿城区）官学，每年入学21人；珲春（位于今吉林省珲春市）官学，每年入学人数不详；拉林（位于今黑龙江省五常市　拉林镇）官学，每年入学人数18人；额穆（位于今吉林省敦化市额穆乡）赫索罗官学，每年入学人数10人内。

总之，在满族崛起的东北地区，满语文的使用和流行状况同长城以南地区迥然不同。这固然出于当地满族人口相对集中、满语使用频率较高的原因，也与满族统治者在当地倡导和执行的满文教育密切相关。当然作为满族肇兴之地的东北大地上，满文教育也是有差别的，盛京地区的八旗学校由于科举的需要，逐渐从满、汉文教育转向汉文教育；吉林、黑龙江地区的八旗学校则始终坚持满文教育，使满语在康熙、雍正、乾隆时期一度出现繁荣的局面，为满语保留了一片生存和发展的空间。但是随着满族人口的大批南迁和满族聚居区的减少，在满族与汉族的密切接触中，满语的使用逐渐呈现下降的趋势。特别是辛亥革命以后，随着满族建立的清政权退出历史舞台，满族、满族文化、特别是满语受到猛烈冲击。以至于新中国成立以后还有不少满族同胞有意无意回避满族这一民族身份，直到十一届三中全会以后新的发展时期，有些满族同胞才敢如实填报民族身份。目前，满语的状况令人十分担忧。满族作为我国重要的少数民族，人口超过千万，是我们国家的第三大民族，而现在会说满语的人为数寥寥，据统计不足百人，而且主要是高龄老人，可见满语已经濒临消亡的边缘。实际上一种语言代表一种文化、一种思维方式，一种语言的消亡，绝不亚于一个物种的消失。在全球化的时代潮流中，如何保持人类文化的多样性，如何保护少数民族语言和文化的生存与发展，这是人类面临的严峻考验。有鉴于此，联合国教科文组织在2009年2月19日编绘了《世界濒危语言分布图》，标注了全球2500多种濒危语言的地理位置，在人类历史上第一次用“语言地图”的形式直观展示了人类的一些族群母语濒危的现状。全世界现有6000多种语言，使人类文化呈现无比丰富的多样性形态，但目前有不少语言处于衰退，甚至严重衰退的局面。在联合国教科文组织编绘的世界濒危语言地图中，中国的东北地区和陕晋黄河中游地区、西南边境地区是我们国家濒危语言最集中的地区，其中东北地区的满语，已经到了濒临灭绝的最后时刻。其实在社会融合程度不断增进的形势下，使用人数较少的语言即弱势语言，其交际功能正趋于萎缩，使用人数较多的语言即强势语言，其交际功能则不断提升。但是任何语言既是交际的工具，也是文化的载体。每一种语言都是人类认知世界的一种方式，都蕴藏着一个民族独特的文化智能，有着丰富的文化信息和宝贵的文化价值。保存一种语言，就意味着保存一种文化。民族语言的消失，将带来该民族文化的丧失，造成人类文明多样性无可挽回的损失。因而联合国教科文组织决定从2000年开始把每年的2月21日作为“世界母语日”，向全球宣传保护语言的重要性，希望世界各国关注濒危语言，避免地球上大部分语言的消失，以保持人类语言和文化的多样性。在我国，为了抢救濒危的少数民族语言，国家正通过加强双语教育等措施以保护少数民族语言。我们认为，针对像满语这样濒危状况严重的少数民族语言，应该采取非常规的措施加大保护的力度。唯其如此，才能使抢救、保护的速度有可能不落后于衰败、消亡的速度。在人类历史上，对于严重濒危语言大力挽救，并实现其复兴是不乏先例的，比如日本对于阿伊努语。日本的土著阿伊努人的语言一度濒临灭绝，到 20 世纪 80 年代只有 8 个人能说这种语言。后来日本政府调整政策，建立基金会，开办文化馆，引导阿伊努人学习自己的语言，使这一语言可喜地呈现了复苏的局面。随着我们国家经济的发展与国力的提升，已经有条件把少数民族语言与文化的保护提到重要议事日程上。特别是对濒危状况相当严重的满语如不迅速有效地采取非常规的抢救保护措施，满语将很快在人类历史上消亡。

第四节　满族说部源起、传承与价值

与满语相联系的另一珍贵文化遗产，是在 2006 年经国务院批准列入国家级第一批非物质文化遗产名录的“满族说部”。满族说部作为满族及其先民女真人从金代以来用女真语和满语口头传讲的长篇叙事文学，是女真族和满族十分独特、无比珍贵的非物质文化遗产。目前满族说部主要用汉语传讲。据俄国人类学家、通古斯语言和文化的权威学者史禄国（C. C. 米哈伊洛维奇）1915 年在访问和考察黑龙江南岸瑷珲地区的满族人期间，一位满族老太太讲述给他满族说部《特普他林》时，讲述者使用的还是满语。史禄国将这部口传的满族说部誉之为“满族的《奥德赛》”，并称“这部美不胜收的史诗以及满族民间文学的其他资料有一些部分已被翻译出来，但由于俄国的政治动荡而未能发表。”① 满族说部俗称“乌勒本”（ulabun），对于满族来说就是“唱根子”“说族史”，数千年来在满族先世女真众部落和满族诸姓氏族中代代传讲，是女真族和满族凝聚氏族、激励子孙的重要手段，也是长期备受崇尚的族规和民俗。

满族说部，在女真族和满族中原称“乌勒本”，随着满语的式微与渐废，瑷珲、吉林和京畿等地的满族人便将满语“乌勒本”改称“英雄传”“说部”等名称，而“乌勒本”的称谓仅在满族谱牒和萨满神谕里可见到。“乌勒本”的出现历史久远，是从满族先民女真人承袭而来的。满族及其先民是一个自古以来便生息繁衍于白山黑水的古老民族，自商周以来，其远祖肃慎人便向中原王朝进献“楛矢石砮”。历经三千年风风雨雨的历史砥砺，锤炼民族精神与民族品格，为中华民族创造了源远流长、光辉灿烂的北方民族文化。特别是辽、金以降，满族先世中的一支黑水女真部崛起，击败称雄一时的大辽王朝，开创和建立了雄踞江淮以北的大金政权。到素有“北方小尧舜”之称的金世宗完颜乌禄时代，使北方民族文化和经济等形成空前鼎盛的局面。在金代传承下来的著名说部作品《忠烈罕王遗事》中，翔实、生动地介绍了金世宗完颜乌禄、忠烈罕王完颜宗弼、海陵王完颜亮的事迹和情况，为元人撰写的《金史》所鲜载。金代集中涌现的说部作品，如《阿骨打传奇》《苏木夫人传》《金世宗走国》《女真谱评》等，同当时民族文化的高扬和金世宗对于女真文化的推动密切相关。历经元、明，进入清代以后，满族诸

① 史禄国:《满族的社会组织——满族民族组织研究》,高丙中译,北京:商务印书馆,1997 年,第 2 页。

氏族迁徙动荡，分合频繁，特别是为了抵御沙俄侵扰的重大外患，各个氏族都无法选择地交织在波澜壮阔的历史漩涡里，涌现出众多的英雄人物和辉煌业绩，从而为满族说部提供了感人至深、无比生动的珍贵素材。因而继金代的女真人之后，清代的满族相继诞生《东海沉冤录》《顺康秘录》《萨大人传》《飞啸三巧传奇》等大量说部作品就是顺理成章的了。传统说部即“乌勒本”，以激昂磅礴的精神气势、浑厚凝重的文化积淀、传袭不衰的讲唱形式，记录氏族聚散、部落兴衰，讴歌英雄人物、非凡伟业，以洋洋洒洒的鸿篇巨制同满族活泼短小的“朱伦”“朱奔”即歌谣、故事、“奶奶口中的古趣儿”划开了界限，堪称民族的史诗和百科全书，在口传心授的过程中世世代代锤炼和陶冶着民族精神和民族品格。

满族说部是由一个主要故事为经即主轴，辅以数个、十数个，甚至数十个枝节故事为纬，环环紧扣，构成错综复杂、生动感人的长篇巨著。传统说部多为叙事体，以说为主，或说唱结合，夹叙夹议，并偶尔伴有讲唱者模拟说部中人物动作的表演，以增强浓烈的气氛。讲唱时多喜用蛇、鸟、鱼、狍等皮蒙制的满族小花抓鼓和小扎板伴奏，情绪高昂时听众也跟着呼应，叩击双膝伴唱，构成悬念和跌宕氛围，引人入胜。氏族传讲说部，常选在隆重的祭礼、寿诞、庆功、庆丰收、婚嫁等氏族盛大节日，听众则要长幼分明、井然有序地围坐聆听。一般情况下，在某个固定的场合可以连续讲唱十余天，甚至长达月余。满族先民自古“无文墨，以言语为约”，因而说部作品是以口头形式产生和流传的，讲唱内容全凭口传心授。最初的助记手段常佐以刻镂、堆石、结绳、积木或简单的绘画等。古人望图生义，看形想事，观画讲古。到清代以后，创制满文，后又出现讲述提纲。但是对于说部作品一般不用文字书写，因为说部内容属祖先遗事，书写文字外泄视为对祖先的不敬，因而说部作品的口头性保留至今。

作为口耳相传的非物质文化遗产，传承人对于满族说部至关重要，每一部说部作品都有传承谱系。据田野调查掌握，满族说部的传承方式主要有以下三种：第一种是氏族内传承。满族及其先民自古就有祖先崇拜，传承说部就是祖先崇拜的具体表现。各氏族的先祖，都有征战厮杀、开疆拓土的英雄业绩，通过传承说部使氏族先祖的事迹代代相传，是满族及其先人慎终追远、敬祖忆祖的需要。例如说部传承人关墨卿、傅英仁传承的《萨布苏外传》即如此。第二，血缘关系传承。满族及其先民，长期处于渔猎生活的狭小范围，其文化有着很强的内向性，因而满族说部的传承往往是在血缘关系之间传承，祖传父，父传子，子子孙孙，世代不渝。如说部传承人富育光讲述的《萨大人传》，从远祖在康熙朝奉旨落户瑷珲的托雍额将军传其子伯奇泰，伯奇泰再传其后裔果拉查，一直传到咸丰朝侍卫发福凌阿，福凌阿又传子伊郎阿，伊郎阿传其子德连，德连又传其子富希陆，富希陆在病榻上又传给其子富育光，一直传承了 325 年之久。说部传承人赵东升讲述的《扈伦传奇》，可追溯到十五代德明（骁骑校）传十六代伊侄富隆阿（笔帖式），再传伊子十七代双庆（四品翼领），双庆为赵东升的曾祖，传伊子十八代崇禄（八品委官）。赵东升之父英年早逝，所以祖父直接传给他。第三，萨满传承。在清代以前，萨满祭祀规程和萨满神话是绝对不许对外讲述的，以免在社会流传开来遭到曲解，因而只能在萨满中讲述传承。说部传承人傅英仁 13 岁时曾得过精神病，病愈后被关寿海大萨满收为小萨满。关寿海大萨满向他传授了有关《东海窝集传》中萨满神话和祭祀规程。傅英仁因为当了小萨满，才有幸得到其真传。

通过田野调查和多方面掌握，可知满族说部拥有一大批足以继往开来的传承人。对于已经确认的满族说部传承人和他们讲述的代表性作品，现简列如下表：

姓名	性别	民族	住址	代表性说部
孟晓光	女	满族	黑龙江省呼玛县	《萨大人传》《漠北精英传》
杨青山	男	汉族	黑龙江省黑河市瑷珲区	《雪妃娘娘和包鲁嘎汗》《漠北精英传》
傅英仁	男	满族	黑龙江省宁安市	《金世宗走国》《东海窝集传》《老将军八十一件事》《红罗女》
关墨卿 傅英仁	男	满族	黑龙江省宁安市	《比剑联姻》《萨布素外传》
马文业	男	满族	黑龙江省宁安市	《宁古塔传奇》
陈氏兄弟	男	满族	北京市	《两世罕王传》
马熙运	男	满族	北京市	《燕京史话》《满洲马佳氏家传》
富察·庄净	男	满族	北京市西城区	《京师墨画演义》《北京丹青史话》
李克忠	男	满族	黑龙江省依兰县	《三姓传奇》《依克唐阿传》《镜泊湖吊棺传奇》
刘显之	男	满族	四川省成都市	《成都满蒙史话》
赵文金	男	满族	吉林省永吉县	《后府传奇》《黑妃娘娘》
许明达	男	汉族	吉林省永吉县	《松水凤楼传》《姻缘传》《白花点将传奇》
何玉霖	男	满族	吉林省珲春市	《红罗绿罗传奇》《白马银鬃》
白长祥	男	蒙古族	黑龙江省黑河市瑷珲区	《江东六十四屯传奇》
金洪汉	男	满族	辽宁省抚顺市	《罕王传奇》
韩福德	男	赫哲族	黑龙江省佳木斯市	《金兀朮传》
马亚川	男	满族	黑龙江省双城镇	《女真谱评》《瑞白传》
富希陆	男	满族	黑龙江省黑河市瑷珲区	《天宫大战》《萨大人传》《雪妃娘娘和包鲁嘎汗》《飞啸三巧传奇》《东海沉冤录》
王恩祥	男	汉族	河北省石家庄市	《忠烈罕王遗事》

何世环	女	满族	黑龙江省孙吴县	《音姜萨满》
温秀林	男	满族	吉林省伊通县	《伊通传奇》
郎伯君	男	满族	吉林省珲春市	《郎姓传奇》
富育光	男	满族	吉林省长春市	《乌布西奔妈妈》《双钩记》《顺康秘录》
赵东升	男	满族	吉林省长春市	《扈伦四部传奇》《碧血龙江传》《乌拉国佚史》

上述传统说部的诸多传承人，虽然未掌握生花的妙笔，用满族夸赞说部传承人的赞语形容却都有着“金子一样的嘴”。通过这些人坚持不懈的努力，使传统说部虽无书册印刷、金石刻载之便，长期以来却在满族群众中以口传心授的方式代代相传、沿袭不衰，对于说部的保护与传承做出了历史性的贡献。满族说部能够原汁原味地流传下来，保存至今，为我们极其生动地展现了满族及其先民千百年来曲折、辉煌的奋斗历史和心路历程。长白山是满族及其先民的重要发祥地，在这片神奇的土地上肃慎族系生息繁衍、成长壮大，是一个数度走向辉煌、两度入主中原的伟大民族。在中华民族的历史上，各个民族对于祖国历史文化的发展都做出了自己不可或缺的独特贡献。不过在众多的边疆民族中，能够入主中原的民族实属凤毛麟角，先后两度入主中原的民族更是绝无仅有。那么满族及其先民有什么超常潜能与非凡智慧能够逐鹿中原而捷足先登、独一无二地成就如此这般的宏图大业？女真族、满族文化有什么神奇的魔力足以对其有效的统治提供智力支持和精神动力？目前流传下来的洋洋1000多万言的传统说部，将为我们提供原汁原味、活灵活现的生动答案。人类的文化从传承方式上看可以划分为书写的文化与口传的文化两大类，满族说部在20世纪末联合国教科文组织“保护非物质文化遗产”的热潮中的大量发现并引起瞩目，将填补中国文化史上北方民族口

传文化的空白，为新的世纪构建中国文化史的科学框架和完备体系做出重大贡献。长期以来，中国文化史的研究基本上指向中原地区汉民族的精英文化，不仅使中国文化史多维多元的丰富内涵处于残缺不全的状态，也使学术界对于中华文化的认识陷入以偏概全的误区。中华文明历经五千年没有中断，这在世界文明史上是绝无仅有的。中华文明同人类的其他文明相距遥远，中国西部是耸入云霄的高山和人迹罕至的沙漠，东西落差构成巨大的三级阶梯，南北跨度达30个纬度，形成若干色彩斑斓而特点鲜明的不同区域、不同民族的文化圈。正是在不同区域、不同民族文化的碰撞交流中，为生生不息的中华文明提供了不竭的动力。以满族及其先民创造的包括传统说部在内的北方民族文化在同中原地区汉民族的文化互动互补、相激相融的过程中，使中华文化不断更新与发展，永不停顿与衰败，这就是中华文明历经五千年不衰不堕的根本原因之所在。

第五章
富察氏家族与说部的传承(上)

第一节　满洲富察氏族史概略

满姓“富察哈喇”,金史标汉字“蒲察”,清史标用汉字“富察”,今沿用“富察”。辽金之前,族源无可稽考。据清代地方志书《黑龙江地方志》中记载,金代女真依所据地域分白号与黑号两大姓氏谱系,皆金开国勋爵。蒲察氏为金众部中之显赫大族,列于女真黑号姓谱系表中。故此可知,富察氏家族,源远流长,乃我国北方女真人中一支古老的望族。另据现存于黑龙江省故乡大五家子村富察氏家藏之民国初 1912 年满汉文老谱《满洲蒲察哈喇宗谱牒序》记载尤详:“稽我蒲察,祖延绵绵,生息黑水,长弓饱腹。大安初,子弟徙居,长兄留黑水,伯仲从布吉烈征徙松水,粟末一统为家焉。荒江炊烟,渔歌互答,垦陌平畴,鸡犬鸣晨,史有‘蒲察之野’之誉。明万历中,先祖尔德伊率群归附建州努尔哈赤父子。努尔哈赤创旗制,乃隶杨古利额驸正黄旗下,清祚定鼎,子孙忠贞佐弼,世享封诰。襄者,奉旨驰驱乌拉,筹垦打牲军务,继之奉旨宁古塔,招抚新满洲,皆屡创奇功,再继之奉旨北上黑龙江,抵御罗刹,子孙忠勤,永戌瑷珲为家焉。”

富察氏耆老们常向儿孙自豪地嘱咐:“吾富察氏族史乃满洲悠久历史之见证,勿要有辱家风。”有史可考,金太祖称帝(1115)至今算起，历时近千载——九百九十余年的北疆生存开拓史。俗话说得好：“时势造英雄”。富察氏家族初兴时期，恰逢我国北方社会变幻最剧烈的年代。当年的北方诸族崛起，地方政权部落纷争不息。金灭大辽，元亡金源，明衰清起，风云跌宕。在这些重大的历史变革中，富察氏家族涌现出多少英雄，流传下多少不平凡的慷慨佚闻。而且不尽如此，近百年间中国北方外患深重，国难当头，远在外贝加尔湖以北之俄罗斯沙皇帝国，中国北方诸民族俗称“罗刹”，野心勃勃，一贯觊觎我大清宝地。从明朝中后期始，不断东扩，越过勒拿河，进入西伯利亚和外兴安岭，窃据我大清国固有领土的黑龙江北方疆域，猖獗蚕食和肆意构筑军事要塞，抢掠民财，遍插鹰头旗，辟建俄罗斯户籍，成为重大顽敌。富察氏家族子孙，多忠义报国之士，世世代代，义无反顾地投入捍卫大清故土的历史旋涡之中，前仆后继，血沃北疆，留下了无数悲壮恸天的英雄故事。

满洲最初不兴谱牒。大元灭金，惨戮女真，元人惮惧女真聚伙反目，自忽必烈称帝（1277）至妥欢帖木儿顺帝亡（1367）数十年间，女真田陌荒芜，人口锐减，大批女真被掠进西域草原充作蒙古王公控马奴，或被远徙长城之内甚至长江之南，改换族籍，沦为汉儿或南方蛮夷，以此消减女真人口。明朝景宪之后，“诸申醒悟，习汉俗立谱聚众，复启金代古姓，严立宗枝之制，始有谱牍之礼”①。富察氏阖族初创《满洲蒲察哈喇宗谱》，约成于明世宗嘉靖年后。因战事频仍，立谱不祭谱，直至大清国顺治年之后，江山永固，四海升平，满族续谱祭谱之礼神圣不怠。满洲诸姓谱书，堪称时代的镜子，历史的见证。只要通读《满洲蒲察哈喇宗谱》，就会对富察氏家族的历史一目了然。《满洲蒲察哈喇宗谱》详细记录了富察氏家族近千年来，

① 参见《满洲蒲察哈喇宗谱牒序》。

特别是自进入后金以来，所走过的非凡历程。大明成化末年，富察氏先祖尔德伊率族归附于努尔哈赤旗下，跟随努尔哈赤父子驰骋疆场，投入了统一女真诸部的大小无数鏖战，获胜后，又于大明万历十一年（1583），随努尔哈赤以遗甲十三副誓师起兵伐明，攻广宁，拔宁远，所向披靡。尔德伊征战中病殁，其子孙不辱祖望，奋勇当先，直至明天启六年（1626）努尔哈赤病逝，四十三年间，始终忠心追随罕王左右。

努尔哈赤之子、八贝勒皇太极，自明天启六年（1626）九月，承继其父努尔哈赤罕位起，至大清崇德八年（1643）八月皇太极病逝，富察氏子孙多为太宗皇帝皇太极心腹佐臣。谱书亦详载：后金天命六年（明天启元年，1621 年），努尔哈赤率领众儿子和八旗将士，分兵八路，攻打沈阳。时有明兵数千人，奋死坚守，飞箭如雨。后金兵马冒雨强上，喊声震撼，血沃城垣如红城。此刻，皇太极被惊马摔下，明将见努尔哈赤心爱儿子坠落马下，战鼓雷鸣，像窝蜂一齐冲向皇太极，争捕皇太极。万般危难之时，富察氏族六世孙猛将哈勒苏率领号称“五虎上将”的五个儿子，舞动起一百八十余斤重的大砍刀，犹如猛虎一般杀入重围，救出了皇太极。众将把贝勒爷皇太极抱到努尔哈赤驾前，努尔哈赤感激地泣不成声。此刻，罕王爷努尔哈赤和身边所有的王公大人们，才看到屹立在他们面前的哈勒苏父子，个个全身被贯插利箭，威武豪迈，没喊叫一声，而老英雄哈勒苏右眼亦贯一箭，自已大喝一声拨了出来，晕厥过去。八旗将士们，在努尔哈赤父子带领下，夺下了沈阳城，努尔哈赤迁都沈阳。富察氏哈勒苏父子救主功高，由此威名大震，屡得封赏。明天启六年（后金天命十一年丙寅，1626 年），努尔哈赤因宁远城之战蒙受箭伤，八月十一日由清河返回沈阳后病逝，众贝勒公推皇太极继承后金汗位。皇太极即帝位以后改元崇德，建国号大清。

皇太极当上大清皇帝伊始，首先就想到了践行努尔哈赤生前遗愿，尽早为清军创建起可靠的乌拉打牲[①]后方供应基地，这是后金能够最终战胜大明的长久之策。当时，乌拉地方社会动荡，虽然乌拉部已灭，乌拉贝勒布占泰已降，乌拉领地已在皇太极统辖之下，但乌拉社会不稳，地方各部势力仍明争暗斗，杀掠不息。当务之急，必须速派得力将领去整治乌拉，去创建后金打牲基地。然而，面对当时的危境，谁都感到却步，视为一桩极其棘手之事。皇太极思忖多日，究竟该选派哪位将军呢？他认定，必须要挑选智勇兼备且又是最可靠的心腹将领才行。于是，皇太极想到了他的得意爱将富察哈喇哈勒苏父子，时在后金天聪元年九月，明天启七年(1627)，皇太极将富察哈喇哈勒苏父子派往乌拉地方，富察哈喇家族从此离开了沈阳，阖家迁至吉林乌拉。哈勒苏在吉林共住约两年，初建了打牲基地后，又受皇太极旨意，留下两个儿子在吉林乌拉参与治理吉林，他率幼子赴宁古塔莅任，从此富察氏子孙就分驻吉林、宁古塔两地。哈勒苏奉旨带着小儿子虽哈那，赴北疆宁古塔地方，哈勒苏幼子虽哈那任宁古塔城守尉，由年迈的哈勒苏将军襄赞军务。当时的宁古塔，原属于呼尔哈部所在地，不少地方并未受皇太极赫图阿拉管辖，黑龙江以北还有不少氏族和部落不时来袭扰宁古塔，民心紊乱，需派兵以恩威并施之策，招抚新满洲，统一北疆，稳定最北方的疆域。

---

① 乌拉打牲，指清朝从顺治年间起，为了补给清八旗兵马粮草和所有家眷人口的给养而专设的后勤打牲基地。乾隆年间正式设立吉林乌拉打牲总管衙门，二品衔，后晋升为一品衔，直接受内务府统领。

第二节　鼎定中原后治理北疆功勋之族

哈勒苏父子到宁古塔之后，率领富察氏家族子孙联络北方满洲诸姓，培训宁古塔300骑兵、200呼尔哈河水手，兵威日壮，五年间平定兴凯毕尔腾地方（即今之兴凯湖和乌苏里江一带），并北上富锦、同江，直抵黑龙江、混同江和出海口。当地野人乞烈迷人亦诚服后金，年年入贡。富察哈喇人能征善战、勇不怕死之大无畏气概，名留史册。皇太极逝世时，哈勒苏父子亲赴盛京，协助大贝勒代善排除众议，支持皇太极之子福临称帝，定鼎京师，功不可没。富察氏就是从那时起，阖族迁入宁古塔，一直到清康熙二十一年(1682)，整整在宁古塔住了53年，真正成为宁古塔地方的望族老户了。为壮大宁古塔力量，乾隆朝之后，宁古塔扩八旗兵制，由原四旗增为八旗。富察氏家族便被分拨入正黄、镶黄两旗。本家族仍隶属于正黄旗。因沙俄屡屡犯边，康熙皇帝忧心如焚，为了能够寻求彻底解决大患之计，他亲自东巡考察，于康熙二十一年（1682）春二月，奉太皇太后并带太子东巡辽东，三月先拜谒福陵、昭陵，驻跸盛京，然后巡幸吉林，到乌拉行围，望祭长白山，留下了著名的御制诗《泛舟松花江》，抒发了爱土逐寇的宏图壮志，回銮前还赐宁古塔将军和副都统宴。回京后，康熙帝便全力忙于降伏沙俄的决策。他于当年十二月，亲听郎谈将军赴黑龙江查勘沙俄犯边事态归来之奏报，当即复命宁古塔将军巴海、富察氏族人副都统萨布素率师防御，建木城于黑龙江、呼玛尔，分军屯田。康熙二十二年(1684）三月，任命彭春公为满洲都统，统领辽东满洲八旗军务，以备御俄。四月，康熙皇帝下旨命宁古塔将军巴海驻乌拉，副都统萨布素和瓦礼祜率师驻黑龙江额苏里沙俄前线备边。十月，康熙皇帝颁旨增设黑龙江衙门于瑷珲[①]，钦点宁古塔副都统萨布素擢升为黑龙江首任将军。东北地区的行政统署在康熙朝之前，只有吉林和盛京两处。宁古塔地方一直归吉林管辖。直到清康熙二十二年之后，中央政权为便于加强对吉林以北广袤地域的有效管理，更为了有利于抵御沙俄的南侵，才做出这一非常重要的决策。辽东地方除原设吉林、盛京之外，将吉林北部地域以及乌苏里江以东至日本海、黑龙江以北直至外兴安岭广阔地区，专设黑龙江将军衙门，由黑龙江将军全权署理统辖。所谓“全权署理统辖”，就是意味着在远离京师北京中央政权的北方漠北边陲，一旦发生重大事件，黑龙江将军有权统领管理，事后再禀奏皇帝，以防延迟军务。往昔，在清政府之前，东北不设黑龙江治所，广袤数千里的黑龙江地域，皆由远在内地相隔八百里之遥的宁古塔都统衙门统理。山水阻遏，鞭长莫及。若边疆一旦有警，宁古塔无力获悉和迅及应对，常常酿成大患，贻害无穷。自清顺治年以来，沙皇俄国屡屡进犯我黑龙江流域，蚕食领土，掠夺人财，北方诸族苦不堪言。每有事时，清政府设在数百里外的宁古塔都要在事发后的十数日方获信息、再经快马先将边情传檄盛京，再由盛京呈报京师，又需时十余日后宫中各部大臣才可过目，然后呈奏皇上御览，朱批下达，继由快马再将京师大内传下来的批复，日夜兼程，十万火急地飞送宁古塔。如此上下反复，行文最速已经月余。侵略者久已掠劫远遁，受害者只有北疆各族兄弟。聪睿的康熙皇帝东巡后，发现此痼疾，回銮后当即下旨

① 瑷珲，在《清史舆图》中，皆用“瑷珲”两字标注，该地名民国年间延续未变，只是新中国成立以后简化汉字后将“瑷珲”简化为“爱辉”。本文为了便于讲清富察氏家史，节省文字，避免混乱，仍用原“瑷珲”两字。

辽东除设盛京、吉林两将军衙门不变外，增设黑龙江将军衙门。东北三省的设治，从此沿袭至今，就是康熙朝确定下来的。康熙皇帝远见卓识，黑龙江将军衙门就设在黑龙江畔的瑷珲古城，四周环居抗俄八旗兵勇的官屯，由吉林调拨和扩建水师营，铺设通往京师的千里铁车旱路，沿途筑建驿站和永固的烽火台。御敌之兵护守前哨，极大地震慑和惩治了沙俄军队，也有力地扼制了沙俄的猖狂南进。

康熙皇帝亲点富察氏家族精英、宁古塔原副都统萨布素将军为黑龙江第一任将军，统理黑龙江一切军政大权，并令萨布素率军北上迎敌。萨布素得令后便迅及返回家乡，与他童年时代好友、宁古塔副都统瓦礼祜将军，共同筹措远征军的后勤给养，并着手在宁古塔满洲八旗子弟中，验选开赴黑龙江前线的壮勇。据《瑷珲县志》载："瑷珲满汉族人均系康熙年间始从吉林（乌拉）、宁古塔、盛京等地调来，其中包括水师营人，汉军、驿站、关庄等部分人。"旨意规定，"吉林盛京录选人丁，均由各地迅办，届期各地官员率所有壮勇人等于两江口办差北上。"要知道，当年宁古塔人还都不熟悉漠北的瑷珲，只知那里冬天最长，人迹罕至，冰雪覆盖。试想，谁愿意抛家舍业，远离亲人，到数百里之遥的黑龙江陌生之地！时间紧急，发动族众工作确是异常艰难。于是，萨布素和瓦礼祜两人挨门挨户访问族中长老，全凭一腔爱国热忱，热心在全族中宣讲解释。为此，他们先从动员自家亲属做起。他俩都是宁古塔当地将领，所选拔的壮勇，都是本家族的亲戚弟兄。萨布素挑选的人，就是自己本家近支兄弟。萨布素和瓦礼祜这些举动，在宁古塔满族诸姓中影响甚好，感动了诸姓满族人家，他们纷纷主动报名出征。按朝廷要求，凡宁古塔满洲诸姓旗户，父子兄弟两人必出一丁，北上瑷珲，入旗充差。富察氏家族向以矢志报国为家风，部落长老们当即吹奏锣号，校场比武，从宁古塔故乡子弟中，选拔派往瑷珲戍边的富察氏家族中的成员数十名，一个个都是族中出类拔萃的弓马骑射精英。遵照旨意，富察氏家族北戍丁勇由佐领伯尔泰和领催托雍额统辖率队，先祖伯奇泰和伯僧额都是萨布素同族兄弟，从小关系就十分要好，萨布素说服他们成为萨布素北征队伍的领头人。在伯奇泰和伯僧额率领下，会同宁古塔其他诸姓满族八旗兵丁共计 500 人，在全宁古塔将领、官员、众姓穆昆达、男女老少，载歌载舞，倾城欢送十里地。北征队伍于清康熙二十一年（1682）春始，骑马、泛舟两路向黑龙江瑷珲地方连夜进发。在三江口与吉林和盛京赶来的丁勇会合，很快兵发黑龙江要隘额苏里。康熙皇帝所选定之额苏里，是很早之前就与军机处等众官员审定之战略要地，河岸有岛，岛上林木丛生，便于兵船人马埋伏隐蔽，是能攻易守之地，有利于阻击沙俄军队的猖狂侵犯。据《老谱》记载，先祖伯奇泰和伯僧额自到达瑷珲之后，为驱逐沙俄侵略者，大军渡江到黑龙江对岸征战，歼敌之后便屯兵江东。初始，住在黑龙江对岸额苏里地方，后迁至江东六十四屯。康熙二十二年（1683）秋，朝廷感到清军大营兵马、粮草、家眷都聚在大江对岸，物资供应、军情联络十分不便。因当时正进行历史上著名的雅克萨保卫战，同凶恶的沙俄入侵者作战，黑龙江江水既深且宽，一旦江水泛滥成灾，化成无边的泽国，将会严重阻遏军情急报，对京师指挥战争十分不利。于是，黑龙江将军行辕大营和所统率之抗俄大军，全部奉命撤回黑龙江西岸，俗称“江右”，或称“江西”，即东北内地。这样，抗俄大军不再受黑龙江水困厄，所有军情要务一昼夜即可送达京师，抗俄阵地也更加广阔巩固，保障了雅克萨保卫战的最终胜利。

黑龙江将军衙门由江东迁至瑷珲，这里是达斡尔人早年居住过的托尔加古城，以一条称为“艾浒”的小河而得名。清军在康熙皇帝部署下，由都统彭春公和萨布素等众将军指挥，发起包剿沙俄侵略军的呼玛尔战役。沙俄侵略兵凭借先进的火枪，拼死挣扎，野蛮屠戮百姓，但清军八旗将士浴血奋战，视死如归，终于驱逐顽敌，夺回被沙俄长期窃据的江东雅克萨要塞。侵略军弃城逃窜，清军获取全胜。此后，大清国政府与沙俄政府签订了历史上著名的《尼布楚条约》，重新划定了两国边界。雅克萨保卫战之后，在雍正、乾隆、嘉庆、道光几朝百余年间，黑龙江流域赢得了一段较为安定的局面。

古语云：“涓涓不塞，将为江河。”满族及其先民女真人自古爱群、向心、重扶持凝聚，世为族训。富察氏家族世代信仰萨满教，敬祀祖先，纵然社会几经风云遽变，百难频胁，缅祖敬祖族心不泯。自从迁入瑷珲地方以来，始终遵循祖制，颂扬先贤、继往开来的祭祖拜谱大典，自康熙后，历朝终未改变。初到人迹罕至的瑷珲，万难重重。然而，凡祖祭之时，族众依然乘车、骑马、泛舟，八方麇聚，设坛献牲，篝火映天，载歌载舞，开创北疆盛景。这就是富察氏家数三百年来，氏族日大，生命力烁然不衰的根本奥秘。氏族首领和穆昆达们，竭尽全力凝聚氏族，是生存制胜的法宝，也是氏族传袭不改的宗族习惯法。富察氏被征调到当时人迹罕至的黑龙江地方，人烟十分稀少，到处只有成群的野鹿、狍子、野兔，偶尔见到一群群带着许多小崽的野猪走过，还有在臭李子树上爬来爬去、正摘果吃的一帮小黑熊。富察氏先祖伯奇泰和伯僧额率领本族子弟们，最初几日就睡在大树上，以防野兽，然后选取高岗、林莽、草坪，挖掘一排排的地窨子，先用火烧，使地干燥，再累石砌墙，上面铺盖枝叶，也很温暖。直到一年以后，圣旨又下，虽因保卫雅克萨之战胜利，沙俄被驱逐出境了，但大清的兵马不撤，就地坚守，永戍瑷珲。忠于大清的富察氏家族子孙，毫无怨言，遵将军指令，辟建长远安居的官屯和拖克索。富察氏家族被分配安家到黑龙江畔的“呼鲁吐”地方，汉意“骏马之乡”。又因这里最早居住有富察、吴扎拉、瓜尔佳、孟哲勒、章佳五姓哈喇满洲人，因此被称“五大家子”。富察氏另一居住官屯称“拖阿拖克索”，汉意是“四季温暖的火屯”，即“四季屯”。大五家子和四季屯两屯之间有三座山相连，十数里远，互助联络很是方便。从此，富察氏家族，就在黑龙江落叶生根，居住下来。家族人等都是八旗将勇，与当地的鄂伦春、达斡尔族兄弟相处得很融洽，有事共同出征，常要顺黑龙江乘船直下抵出海口，或到库页岛，那都是大清的国土。每次巡狩，少则数月，多则半载，回来就从事屯田，开垦地营子，或者网鱼、捕猎，生活非常愉快。由此，黑龙江畔又有了一枝富察氏家族，在域北落叶生根，繁衍生息，成为瑷珲一带赫赫有名的满洲一大望族。

世代深受萨满教英雄崇拜观念濡养的富察氏家族，每当氏族祭礼、婚嫁、寿诞等隆重盛节，族中德高望重的妈妈、玛发们，都要尽情颂赞阖族为国家、为民族安危做出非凡的英雄业绩，颂祖先，唱族史，争做“巴图鲁”（英雄），引以为荣。以此激励子孙们的英雄主义精神，奋志蹈进，继往开来，成为富察氏家族世代不移的传统家风。富察氏家族从宁古塔迁来伊始，除掌管全族军事、生产、衣食住行的统理穆昆达之外，尚有司掌祭礼和文档大任的数名文才出众的萨满和笔特曷色夫（即主管文墨的书记官），负责记录、整理、宣讲本族各噶珊中涌现的英雄事迹。而且都是后一代记述前代，代代相袭，永续不止。富察氏家族谨按迁来瑷珲的祖先谱系是：第一代托雍阿，第二代伯奇泰，第三代发度，第四代果拉查，第五代嘎泰，第六代达期哈，第七代吗奇泰，第八代岳力，第九代西林保，第十代吉屯保，第十一代依郎阿，第十二代德连，第十三代富希陆。从谱书可知，富察氏家族在有清一代，文武人才辈出，历代都有显贵名流，出没于朝廷，执掌权柄，不少人士曾参与众多机要政务，是清史的知情者和见证人。正因如此，满洲富察氏家族所家传之满族说部其内容、价值与数量，都具有代表性和典型意义。富察氏家族的生存史，就是明清以来中国北方民族的发祥史和抵御外侮英雄史的典型缩影。

第三节　富察氏家族的祖训与谱牒文化

据族中耆老回忆，富察氏家族最早的续谱档案累积甚多。但许多史料文档资料在清光绪二十六年（1900）庚子俄难（即沙俄制造的“江东六十四屯血案”）时，被沙俄侵略军焚毁无存。目前，尚存谱牍遗物仅是在庚子俄难后族人重新补入的。阖族从齐齐哈尔逃难归来，经过休整生息后于1912年旧历二月二日在穆昆达富俊山家举办续谱大会，延请当时屯中著名的通晓满文的四海亭老人，用黄布以满文书写宗谱，这是目前阖族保留下来的最珍贵的古老谱书。富察氏家族，此后，又在1928年、1938年、1962年、1983年、1994年六次举行阖族续谱活动，历经十八代，三百一十余年。

又据富希陆先生生前回忆，他在民国年间，一次阖族家祭时曾亲耳聆听过著名穆昆达、其父德连公讲述家族最早年的办谱历史：富察氏在黑龙江的家族子孙最难忘的是，大约于康熙二十三年甲子

(1683)，时逢鼠年。按照龙虎年和鼠年皆可办谱的满洲古俗，在瑷珲第一代祖、阖族总祀穆昆达托雍阿率领下，为凝聚阖族力量，增进亲情，也为了在陌生北方更如愿以偿地办好皇上交给的戍边重差，在瑷珲新居址举办第一届富察氏子孙立谱大典。

满洲人立谱仪礼，有以下诸传统程序：一是要由总祀穆昆达和家族萨满先期献牲占卜，选订吉日良辰；二是设祖先神案祠堂，杀牲祭祖；三是拜名堂。凡同姓子孙首先拜谒祖先明堂，并要严分辈分，依序参拜族中男女长辈，互识长幼和尊亲之制，防止杜绝日久同姓中错生乱序乱伦之虞；四是上档册，将同宗人等名讳依辈序造册上档，即立谱。富察氏北上族众，便是按此古俗设立的瑷珲富察氏分枝谱。届时，凡富察氏北迁瑷珲的所有男女老少族人齐聚一堂，包括在北征军中任职的富察氏所有同宗人等，如以萨布素将军为首的众将军、协领、牛录大人及拨什库、马甲兵丁，也毫不例外地遵时莅临，参加全族上谱仪式。据祖上老人们传讲，当年立谱十分隆重。当时，黑龙江直达出海口和库页岛，全归黑龙江将军管辖，为办谱族人专程从黑龙江出海口捕来一尾灰鲸，设鲸鱼宴、鹿宴和熊掌宴，还请来北征将士中的鄂伦春、达斡尔族等族兄弟们，同享欢乐。他们从来栖居山林，喜吃生食和烤食，从没有吃过内地烹饪的十几碟碗的大宴席。大家采撷当地山果、香草，自酿出野果酒和米酒，足足欢乐三天三夜。此刻，恰逢抗击沙俄入侵的雅克萨之战，历时一年有余，大获全胜，富察氏子孙殉职近百，蒙朝廷下旨褒赏。立谱大典，阖族戴孝叩拜，哀乐中萨布素将军和穆昆达洒酒挥毫，首先用黑笔在展开的长长大谱上，恭书为国捐躯的英烈名讳，完毕后，各支才依序唱呼族人名讳，由笔特曷（执笔人）写在大谱上。当年续谱，彰显谱系传承，只书男儿，不记女性。因女子外嫁，终属外族。从此，有了富察哈喇家族满文瑷珲分枝谱，并选出伯奇泰和伯僧额为总穆昆达，随军接来的本姓萨满保杜勒钦玛发，仍尊为萨满，由他择吉创立富察氏萨满神堂新址和应祭事宜。就在此次立谱盛典上，萨布素将军书就阖族共同遵守之族规五则，写入老谱中，老少皆知，一直传留至今。

现将富察哈喇老谱中所载之五规抄录如下：

> 凡我族人，颂祖克诚，宁古塔老家一应族事恪守如前：重筑宗祠，应届祭谱，诚兮谨兮，乃吾子孙也；凡我族人，忠勇宁古塔“蒲察石”，先祖北海拓疆物迹，犹如明鉴彻天，北戍壮儿，不辱祖命，乃吾子孙也；凡我族人，爱族爱群，泛爱众生，邻里相亲，苦乐同甘，乃吾子孙也；择勘宝地，建富察墓地，光耀英名，四时致祭，乃吾子孙也；凡我族人，不废弓马，勿惰勿奢，族规昭昭，严守不渝，乃吾子孙也。

自康熙二十三年（1683）甲子在瑷珲大五家子拖克索谱制出第一套满文《满洲蒲察哈喇宗谱》后，随着社会发展，人口日增，到清雍正初年，阖族再聚首于大五家子拖克索，续写满文第二套《满洲蒲察哈喇宗谱》。第一套谱书，因当年人口少，仅用单篇大幅的茅头纸书写满文“锡勒趟”（族辈线图示）名讳谱，满语称“都鲁干瓦单”，即汉语谱单。此件至今存藏。到雍正时代，族中人丁大增，续谱时再用谱单续写阖族“锡勒趟”，显然亦无法容纳阖族名讳。拉查任总祀穆昆达时，商议先形成书函式满文谱书，然后再创绘大幅绢缎挂谱。这是富察氏采用绢缎绘谱之始。进入乾隆初年时代，富察氏总穆昆达、第六代传人达期哈，进行具有历史意义的第三次大型隆重续谱礼。据传讲，京城和外任的富察氏有声望的文武官员多数都莅临圣典。在此次聚首中，总祀穆昆达和各分枝穆昆达以及众萨满们议定：

一、光大康熙朝阖族创谱之约，续谱旨在慎终追远，奋志蹈进，崇德宗功，继往开来，凡我儿孙代代不可废辍；

二、按满洲古俗龙虎年冬至月例行续谱，届期各支聚首大五家子托克索，不另劳时通檄，误期自责；

三、每届续谱，阖族共摊银资，重制新谱。凡我哈喇族人男丁入谱，女眷终因外嫁不入谱，凡谱上增添男丁新口，则书红字；凡原谱名讳中有亡人，在书写新谱时，亡人名讳不注销，则书改黑字。除制新谱书之外，要重新按新谱书另彩绘，便于悬挂与祭礼备用之长幅大谱一份。前届绘制之旧谱书和旧长幅挂谱，不可玷污或遗失，议定在大五家子托克索增建"谱房子"五间。历届谱档均依序妥善珍藏，防虫蛀、鼠害，应时致祭。嘉庆后，富察氏又制白绢宗谱，洁净而可久藏如新。数百年来，富察氏谱牒像纽带，脉脉维系，富察氏各宗枝子孙，像苍劲葱茏的参天大树，像波澜滚滚的江河，朝气勃勃，生生不息。

据富希陆先生生前追忆，他生于清宣统二年庚戌（1910），当时富察氏家族过着古老的共聚生活，并未有分居，全家族男女老幼近三百口人。阖族上下分有总穆昆达、分支穆昆达、统辖数个噶珊达和塔坦达。噶珊达是全家族最基层的生活集群，所有族众的衣、食、住、行、学文、习武、生活余兴等，都在一个噶珊里进行。平时，家族中的祭礼、婚嫁、寿诞等亦在噶珊里举办，除非有重大的举措，才由总穆昆或分支穆昆主办。掌管族中重要礼仪和文教事务的萨满们，主要也生活于各噶珊群众之中。可见，噶珊是早期氏族组织中最富有生命力的活跃细胞。噶珊是全氏族藏龙卧虎之地，许多氏族的精英、神技盖世的萨满、德高望重和文韬武略的氏族文化人，都出自众噶珊之间。塔坦达下属又分有采集、畜养、渔牧、耕营诸“博什库”（即日常生产组织），主要掌管和支配全家族的经济命脉与富有资源。直到进入民国年间以后，富希陆先生在童年时代，庞大的家族受到时代发展的强大冲击，无法再维系倾颓的大厦，家族分化成为十数个分支，财产分割，独立门户，分居度日。但是，家族祭礼等礼仪仍遵祖制，沿袭龙虎年续谱的族规。阖族届期便仍由总祠穆昆达和萨满达统理，欢聚一起举行隆重的续谱大典。

富察氏严遵祖训，做到凡逢龙虎等年份旧历春二月二“应届祭谱”的诚愿，不论是天灾人患，还是族事冗繁，届期必办续谱仪式，族众亦以为习。清亡后仍沿袭不辍。《满洲蒲察哈喇宗谱》便是富察氏在清亡后的民国元年（1912）旧历春二月，所修撰之满文宗谱。此后，富察氏届时续谱一直沿袭下来，最后一次是在1994年。据该族耆老回忆，从清代到民国以来，全族共兴办了六次续谱仪式。第二次是在民国十七年（1928）旧历春二月，在清亡后阖族欢聚富保山家，举行隆重的抬家谱仪式。此次修谱和续谱，十分重要。因满文遭废弃，不致使满族固有古俗遗忘，特将原藏满文谱牒，除了延请当年著名满学师傅德子玉先生，修撰一套满文谱牒外，又请当地著名汉人师傅郑古晨老先生修撰汉文楷书谱牒一套。由此奠定了富察氏家族珍藏宗谱的满汉两种格式，年年奉祀，一直珍存至今。第三次是在于伪满康德五年（1938）旧历春二月，阖族再聚富臣山家增修汉文宗谱一套。第四次延续时日最长，是24年后举办的。因为日伪投降后，国民党发动内战，东北社会动荡，直到东北解放，新中国建立后的1962年旧历春二月，富察氏人口增加很快，生产、生活都有了很大改善。经阖族共议，决定举行隆重的续谱仪式，便选在富保山家老房子举办续谱大典。鉴于全族子孙繁衍，原有之本族辈分歌已临排完，故在富万义等族人倡议下，重新续编《富察哈喇十字辈分歌》一份。十字辈分歌是：“万、瑞、永、贵、长、庆、玉、吉、祥、照”，作为富氏家族后裔续谱者排辈的名讳。第五次是在 1983 年旧历春二月，阖族在富凤祥家举办续谱典礼，由富士良主持，谱单抄在黄布上。该谱用正楷汉字书写。第六次是在 1994 年旧历春二月，由本族富士良、富育占、富贵仁主持，举办阖族续谱大典。

富察氏宗谱在黑龙江满族中，保存最为丰富完备。老谱载富察氏家族现存宗谱谱单共计满汉文字谱三套。1983 年又复制一套谱。现珍藏最早的阖族宗谱是清康熙二十二年（1683）旧历春二月的满文老谱，弥足珍贵，此为富察氏祖先当年由宁古塔被分拨到瑷珲后，在瑷珲所新立的分支谱，因年湮日久，至今尚未能同宁古塔总谱相对照。尽管如此，无论是其历史久远，还是其所乘载之文化价值，在全国都是少有的历史文物，引起了国内外学界的瞩目。

富察哈喇家族代代英雄辈出，成为子孙的骄傲和楷模。在每次阖族喜庆、寿诞、婚嫁、征伐、盛祭之时，阖族难忘先贤，在每次族中祭祀或续谱，都要先拜神堂，焚香叩祭。

富察氏族人，不忘自己的英雄儿女，在妈妈、玛发口中，代代向儿孙们传讲着一宗宗、一件件沁人肺腑的爱国故事。下面所录记之英雄谱，源于清史、县志及家族记忆。满族人名讳，自古只书本人名讳，不赘述家族姓氏，以下英雄谱均系富察氏子孙。

富察哈喇族人历世捐躯英雄谱：

1. 萨布素，清康熙朝着名抗俄英雄。黑龙江首任将军，与都统彭春公等清朝将领指挥了著名的保卫雅克萨战争，痛击俄寇，保卫了大清北方国土，与沙俄侵略者最后签订了逐俄国于外兴安岭疆域之外的《尼布楚条约》(见《清史稿》及满族说部《萨大人传》)；

2. 阿拉密，康熙朝黑龙江将军衙门拨什库，战死额苏里（见《族谱》及《萨大人传》)；

3. 达其罕，康熙朝黑龙江将军衙门拨什库，战死额苏里（见《族谱》及《萨大人传》)；

4. 乌林保，康熙朝黑龙江将军衙门马甲，战死雅克萨（见《族谱》及《萨大人传》)；

5. 舒尔功额，康熙朝黑龙江将军衙门马甲，战死雅克萨（见《族谱》及《萨大人传》)；

6. 德顺保，康熙朝黑龙江将军衙门哨探，战死呼玛尔（见《族谱》及《萨大人传》)；

7. 富凌阿，咸丰朝瑷珲副都统衙门副都统，巡狩外兴安岭遇害，终年 31 岁，尸体未归葬（见《族谱》及《飞啸三巧传奇》)；

8. 伯奇纳，同治至光绪朝瑷珲副都统衙门佐领衔委哨官，巡视黑龙江下游，密抵苦兀（今库页岛）遭俘被埋，尸体未归葬（见《族谱》及《黑水英雄传》)；

9. 依郎阿，光绪朝瑷珲副都统衙门记名佐领委哨官。1900 年 8 月 10 日，瑷珲失守，依郎阿随同瑷珲副都统凤翔指挥余部退守北二龙山，与沙俄激战后退至北大岭。13 日，依郎阿率三子德连、全连、顺连抗击俄寇，血战半日，凤翔将军与依郎阿壮烈殉国，其子与富察氏族众及八旗兵勇 12 人在统领宗玉率领下坚持战斗。16 日，得到补充的沙俄侵略兵疯狂攻击，因兵力相差悬殊，北大岭最终完全失守。沙俄兵直向省城齐齐哈尔猛进。依郎阿殉国时年五十有五，朝廷恩赏晋升三品参领衔，长子德连袭赐拨什库职（见《瑷珲县志》及《黑水英雄传》)；

10. 陈氏丫丫，依郎阿胞妹。1900 年，沙俄侵略军制造“江东六十四屯血案”，火烧海兰泡，渡江后又继续火焚瑷珲城，抢夺财物。沙俄士兵突闯陈氏家，陈氏女毅然保护患病的丈夫，不为俄兵污辱，引火自焚，年仅二十有七，后入“烈女坊”(见《瑷珲县志》及《黑水英雄传》)；

11. 富力布，富察氏子孙，披甲。沙俄火烧瑷珲城，他奋不顾身与俄兵搏拼，最终以身殉国(见《瑷珲县志》)；

12. 富色讷，富察氏子孙，披甲。沙俄火烧瑷珲城，为援救侄儿富力布，杀入俄营殉国(见《瑷珲县志》)；

13. 尼玛兰，富察氏子孙，由西丹新升披甲。沙俄火烧瑷珲城殉国(见《瑷珲县志》)。

第六章
富察氏家族与说部的传承（中）

第一节　“乌勒本”是训育子孙的历史宝典

满族世代根深蒂固的氏族祖先崇拜观念，是满族传统说部永葆无限生命力的源泉，也恰是满族说部至今得以流传的奥秘所在。在东北满族聚居的诸姓中，至今仍维系着凝聚氏族力量的精神支柱——穆昆制。古老的穆昆制度，是以同一“哈喇”（姓）为轴心，凝聚成坚强而紧密的同一血亲的氏族生存集群。恩格斯曾说“氏族的名字创造了谱系”①，实际上就是“哈喇谱系”。凡在这同一谱系下的本“哈喇”子孙，既有弘扬本“哈喇”之天职，又有承袭本“哈喇”一切遗产之权利。为此，氏族首领穆昆达、哈喇达以及萨满们，处心积虑地创造本哈喇的非凡和荣耀，传咏下来本族的创世神话和不胜枚举的祖先英雄故事，作为氏族的精神财富，并培育儿孙驾驭“对周围生物环境的高度熟悉、热心关切，以及关于它的精确知识”② 的本领，成为高扬氏族文明的后继者。这种古老而严峻

---

① 恩格斯：《家庭、私有制及国家的起源》，北京：三联书店，1950年，第110页。

② 列维-斯特劳斯：《野性的思维》，李幼蒸译，北京：商务印书馆，1987年，第9页。

的观念，潜移默化地激励和影响满族说部的世代传承。就富察氏家族而言，该族古老的氏族穆昆制，由清代延续至民国，由民国延续至日伪时期，又从东北解放到中华人民共和国成立，至今依然未变。全家族上下人等虽然各户经济自立，分居生活，但是全家族的主要生活支配，例如婚嫁、寿诞、祭祀等仍统由阖族共同选举的总穆昆达安排统筹。穆昆在全族中威信依然很高，说话很是算数的，特别是在属于全族礼仪等民俗事宜中，始终是沿袭着在总穆昆达领导下统一进行重要社会活动的旧习。

富察氏家族，自古就传袭极严格而独特的族礼家规。族人们从康熙时代由宁古塔北戍瑷珲起，族规礼仪仍沿旧制。全家族文武渔耕涉外事务多由男穆昆达总持；人丁育教、饱暖、杂艺、家祭等，多由掌家姑奶奶分派。虽互有分工，相辅主政，但掌家姑奶奶的族权高于男穆昆达。讲唱族史说部不仅仅寓教于乐，而且是弘扬祖德、继往开来的大事，掌家姑奶奶虽然主管，但主要是对幼龄儿童传唱教育，至于属于阖族上下人等神圣的传讲“乌勒本”这等重要书目的安排和举行，多在阖族重大的节庆、祭礼、婚嫁过后的余兴中举办。阖族人口众多，又分担着农、渔、牧、猎、栽培、育儿等事务，则都是由掌管家族内外事务的男女总穆昆达和萨满们，共同商定，相互协助，巧妙支配。每次应选讲哪部说部，由谁讲唱，讲唱要连续多少时日，都有非常详细而明确的筹划，而且每次传讲说部，都很热烈隆重，每个讲唱单元结束之后，男女老少的族人们都盼望着下一次能再给讲唱下去，足见男女总穆昆达和萨满们对讲唱说部倾注了大量心血。在往昔久居乡野的满族族众，所有的娱乐就是迷恋在全氏族最神秘火爆的萨满祭祀表演和族中长辈优美动听的说部故事。族中长老们，也就充分利用传讲说部的机会，全神贯注地精心重视对儿孙们品德和素养的教育。讲唱满族说部是最深入人心的育人手段之一。富察氏家族确不同于一般满族人家，对子女教育抓得甚紧，除了请师傅授课外，就是安排氏族长者给孩子们讲唱喜闻乐见的说部故事，故事长短搭配，也有讲满族寓言和谜语，让孩子们总是兴趣不减。满族说部和众多小故事岔子，组成了富察氏家族子弟从童年走向成丁时期的必修课业。①

追溯富察氏家族讲颂“乌勒本”的传统，还要更为遥远。据该家族所传诵的“乌勒本”，有从家族萨满妈妈、玛发口中传世数百年的古歌《西林色夫》《苏木妈妈》《忠烈罕王遗事》等金源时代脍炙人口的长篇故事。总之，富察氏家族世代谨遵祖训，氏族内讲颂说部久已成制，而且规矩甚严。只要是阖族逢寿诞、婚嫁、远征、奏凯、大祭等盛典，必有讲唱“乌勒本”的余兴。每讲必先由萨满奶奶从西墙神龛，请下装伴奏用的恰板、铜钟、铜镜等物件的神匣，众族人拜祖祭祷，尔后由族中长老、萨满或遴选的杰出“色夫”（师傅）们，焚香漱口，击鼓板、弹“木库连”（口弦琴）讲唱“乌勒本”。这是家族的宝卷、氏族的子弟书，凡富氏子孙，必依序而坐，虔心恭听。在讲唱家族“乌勒本”前，咏唱者必先唱一段《雅鲁顺》，就是书引子，昭告众位听者知道他此番所讲唱的要点和场内应有的规矩。在特定历史条件下，往昔农村“乌勒本”是最贴近民众心理的文化生活，最易被族众喜闻乐见。情节扣人心弦，很快就能抓住族众敬神敬祖的赤诚心理，以神的行为和祖先英雄为楷模，娱人寓教，于潜移默化中向族人渗透着民族习性，教人们涉世

① 满族自清代以来就规定男女13岁时为幼丁，乾隆年后幼丁14岁，成丁16—17岁。到幼丁年龄，男孩可以充当养育兵，即随军的预备兵；13岁的女孩可以出嫁。

时在各个方面所应持有的立身准则。族规首重诚信，最恶谎骗懒惰，不求上进，不习弓马。平日若违犯族法，依据情节，由长辈或兄长笞责不赦。这也是为什么富察氏家族有清以来多慷慨忠义之士，在本朝内外颇有声誉，深受各族姓氏敬慕的原因，这与家族世代的严谨家规有着极大的关系。

第二节　“乌勒本”是记述传承家族变迁的历史档案

据本人所掌握的富察氏家族说部遗产分析，富察氏家族所讲述的传统说部，主要是以颂扬本家族祖先的英雄历史为中心内容，讲唱人都是本家族、隶属某噶珊的某一支（辈）、在何年、何因、何种历史事件中发生何种结局的当事人或其直系亲属，将其所承受、所亲历、所熟悉的非凡历程全盘陈述出来，这就是满族传统说部的基本雏形。然后再由本族中那些富有艺术天才的“荷马”们，以唱叙形式创作并诞生出新的满族说部，在以后不间断地唱讲中丰富、提升，日积月累，千锤百炼，汇聚成波澜壮阔的泱泱大篇。就富察氏家族所成型的许多说部而言，最初的说部讲唱人和传承人，大多数都是该说部的创造者。如郭霍罗氏富察·美容，《雪妃娘娘和包鲁嘎汗》《飞啸三巧传奇》《东海沉冤录》等，就是她最先讲唱，后来为更多的人传唱起来的。族中珍藏说部日多，讲唱说部就开始有了分工，特别是尊敬地请族中德高望重的妈妈、玛发、萨满和被选定的讲唱色夫们讲唱，就倍显隆重和尊贵，也是阖族对祖先“乌勒本”的无上敬仰和崇拜。在长期氏族内部的传承形成了一个规矩，即说部在长期讲述过程中，自然而然地形成了每一篇说部的主人——讲唱者管理说部，说部由讲唱者妥善保存，只是说部的世代保存、修复资料和讲唱的伴唱器乐等，由族中统一收藏。

富察氏家族第十三代传承人富希陆先生，于20世纪30年代所撰写的满族民俗笔记《瑷珲十里长江俗记》中云："乌勒本皆咏己事，不言外姓哈喇轶闻趣话。盖因祭规如此。凡所叙故事，与神案谱牒同样至尊，享俎奠，春秋岁列阖族祭仪中。唱讲者各姓不一，有穆昆达，有萨玛。而萨玛唱讲者居多，睿智金口，滔滔如注，庶众弗及也。"这就是本家族世代讲唱说部的基本形态。讲唱满族说部就是敬祖、颂祖，是祖制家规，富察氏家族早在清初还在吉林乌拉的时候，就谨遵当时掌家祖太奶奶遗命："每岁春秋，恭听祖宗'乌勒本'，勿堕锐志。"[①] 可见，所有满族包括富察氏家族讲颂说部已成定制，而且规矩很多。凡被阖族最权威的穆昆长老会议承认的所有传世"乌勒本"传本，在全族中皆被视为祖先的象征，同萨满神谕一样享受祭奠，神圣不可亵渎。说部传本的存放其讲究，均由氏族穆昆达或萨满在专备的神匣中珍藏。清中期后多有"乌勒本"手抄传本传世，与祖先神匣供于西墙神龛之上，享阖族致祭，以备应时请用。满族说部讲唱者在族中倍受尊敬，擅讲唱说部的人被族人称为"有金子一样的嘴"，视若圣哲，尊称"色夫"(师傅)，人人敬慕。族中少年受父兄耳濡目染，勤学苦练，将学讲"乌勒本"、竞作传人视为己任。说部的传教，谨遵氏族内传程序而行，皆由传承人嫡传长子世代承袭。为使讲唱者人才济济，各宗枝亦常有遴选聪颖好学、非嫡传子弟收作说部传人者之例，被选者父母亦甚显荣贵。近世以来，满洲富察氏家族中有几位长者，一生奉先爱群、恪守祖训、身体力行、如数家珍般的虔诚传讲祖宗"乌勒本"，

① 引黑龙江省瑷珲满族《富察氏谱书·序文》。

成为阖族传颂“乌勒本”德高望重的忠诚传承人。家族曾几番险遭战火和匪患，可敬的族中长老们到祖先祠堂先背走祖先影像和“乌勒本”宝卷，他们宁舍金玉财宝，也要用生命保护“乌勒本”遗稿不受些微损失，对满族说部的继承与传播，做出了可钦可敬的重大贡献。

满族众姓及其先民，亘古生存于荒寒漠北，以渔猎为生，在与恶劣的自然环境和猛兽拼搏中谋求生存的机会，养成自强不息的坚强意志。《瑷珲十里长江俗记》言：“古昔生计，向以域地巍石为徽，以岩画铭胸臆，以踏捶声号啸聚群氓。辽金智能文兴，乐吟‘乌勒本’扬家风，缅祖仪礼益诚焉。”① 可知，属于满族及其女真先民传袭古老的民间口承艺术“乌勒本”，最早应成熟于辽金之际，当时在我国北方各部落中得到迅速传播。

富察氏家族世代拼搏，人人争先，开拓了黑龙江地方三百余年辉煌的开发史。他们所取得骄人的影响和成就，有许多成为可资唱讲的英雄说部，据富希陆先生转述其母富察·美容曾向族人们常讲的话：“你们要记住，咱们富察氏家族，走到今天可真不易啊！从宁古塔老根来到冰天雪地的黑龙江，生了十几辈子人了，男女老少个个都是咬着牙猛闯硬拼，没让死给吓住过，没给皇上、祖上丢过脸，出了多少英雄虎将，留下了多少座坟啊！从老将军时候起，代代讲英雄、唱英雄，这就是富察氏的家风！”富察氏家族能世代重视讲唱说部的传统，主要是本家族有深厚的文化素质。这个奥秘，还是自本族远见卓识的首领、黑龙江第一任将军萨布素始。他非常注重对全体氏族成员，特别是子孙们的文化教育和严格训导。黑龙江能在康熙朝就创办官学，就是萨布素将军最先倡议的。他们为了

---

① 引自富希陆编修的《瑷珲十里长江俗记》。

克服愚昧少文的困境，亲赴盛京和京师拜请满汉名师，接回北疆，建专舍供养，一日三餐亲选美食，奉若父母，此举受到了东巡的康熙皇帝的赞许。富察氏家族延请文武名师任教之举，直到乾嘉之时亦是如此。萨布素曾向阖族约法三章，后代穆昆达始终恪守："凡富察子孙要勤习弓马，要知书达礼，要通羌文，报效皇恩，光宗耀祖。"① 萨布素将军影响下，本家族历代掌家穆昆达们，都倍加重视培育族中子孙的文武德行，奖勤罚懒，形成一大家风。阖族自康熙年间，就有戒律，规定本族子弟凡至入塾年龄，必须进入八旗官学就读，家长绝不准阻碍，"凡我旗下儿女，必要依循学龄受教，攻习国学汉书，不可逃逸怠惰，长辈尤应管束，奖魁罚懒，每年冬至节由各枝穆昆分发赏银"②。正因如此，富察氏家族在乡试和殿试中，代代皆有夺魁而登堂入仕者，成为朝廷、州、府文武重臣。有清以来，在历朝中官宦日多，交友亦愈广，朝中故事亦甚谙熟。从富察氏家族所世代传诵的满族说部可见，其内容广泛宏富，历史时限夸度亦很久远——上自远古神话，下至辽金时期契丹和完颜部金源故事、渤海时期故事、前明朱元璋讨元及开国故事，以及清朝三百余年长城内外的风云故事。而且上述众多故事全被糅入本家族世代传讲的"乌勒本"说部之中，其情节与富察氏家族先世的发轫兴亡和英雄业绩融汇一起，成为富察氏望族传世的家藏传统说部，并以此来训育子孙，彰显本族的荣耀和源远流长。

满族是善于学习、积极进取的民族。早年"几乎所有的满族人

① 引自《萨大人传》。其中，所言"要通羌文"系萨布素将军勉励富察氏家族成员为了更好地卫国守土，要通晓俄国习俗和语言。

② 参见《满洲富察氏族人约守戒规数则》。

都读满文、写满文，他们也懂汉语，并且对汉语文献极有兴趣”①。《清史稿·选举志·学校》载：清倍加重视八旗教育，“有清学校向沿明制，京师曰国学，并设八旗宗室等官学。直省曰府州县学。世祖定鼎燕京，修明北监为太学，顺治元年置祭酒、司业及监承、博士、助教、学录、典籍、典簿等官，设六堂为讲肆之所，曰率性修道，诚心正义、崇志广业，一仍明旧。”又载：“康乾间天子东巡，亲诣阙里，拔取生员。”在满族民众中，不论是妇孺少年还是荒野牧童、马夫，抑或是古稀之年的男女老者，都能记得自己长辈留下来的一向非常耳熟的口头禅：满语“苏都离阿勒勒”“夫勒赫阿勒勒”,〗汉意就是“说族史”“唱根子”，可见讲唱满族说部多么深入人心，在富察氏家族中亦是如此。满族老人倍受尊敬，因为他们每一位都是优美动听的“乌勒本”的讲唱者，特别是这些老者倍崇古俗，沿袭古风，凡有寿辰、婚嫁、出征、远猎、丧葬、祭祀等举动之余兴，都是他们最喜好讲唱“乌勒本”，互相竞比，通宵达旦，寓教于乐，激励众心。这种言传身教的淳厚古风，恰是古代部落为凝聚族众、激励子孙、奋志蹈进的重要手段，是世世代代潜移默化的民族习惯法，深受族众喜爱。正是在族中长辈长期熏陶下，后生子弟们皆以能唱讲族中说部为荣，于是代代各部族所创造、积累、传袭下来的“乌勒本”口碑故事，愈来愈斑斓多彩。脍炙人口的满族说部，以激昂磅礴的气势、雄浑凝重的历史文化积淀、传袭不衰的独特讲唱形式，讴歌氏族聚散、古代征战、部落兴亡发轫、英雄颂歌、蛮荒古祭、民族和重要人物史传，堪称民族文化瑰宝，是民族的史诗和百科全书，在我国北方诸民族民间文学遗产中，占有着

---

① 史禄国:《满族的社会组织——满族氏族组织研究》,高丙中译,北京:商务印书馆,1997 年,第 164 页。

重要的地位。

值得特别一提的是，据富察氏家族老一代人的追忆，该家族先世追随努尔哈赤父子征战、创建后金政权、参加后金满洲八旗之外，原属金后裔完颜家族等子孙，也包括原属金朝黑号姓的富察氏等家族，尤其是崇拜和拥戴建州部英雄努尔哈赤父子，认为他自蒙古灭金以来，经过大明朝二百余年的历史，重新举起承继大金的后金国旗帜，益加组织和团结了北方少数民族群众，声势越加强大。当时，在努尔哈赤占据的赫图阿拉为了能够招募更多兵马，组成抗明势力，也极力宣扬金代声威。满洲众多姓氏原本都是金朝的黑号和白号姓氏，经过元、明两朝数百余年来亡国之苦，在努尔哈赤创建后金政权鼓舞之下，积极响应。

所有这些，在清初期很长的一段时期内的满洲众姓八旗将士中，均以原是大金众姓氏后裔为荣耀，在客观上为努尔哈赤队伍中，所有满洲八旗后裔们畅述祖先的英雄勋业提供了条件，有力地弘扬了金代时期的历史与文化。

第三节　“乌勒本”是民族神话传说的历史史诗

通过调查发现，满族众姓氏萨满神谕和各姓耆老记忆中，对金源神话和传说故事都不陌生，各自都有不同程度的留存和流传。只是因为年湮日久，长期不被社会注意，尤其是离我们现实更遥远的不少金代说部故事，更少为世人注意，大量散失和被人们遗忘。我们不得不承认，满族说部的抢救和挖掘，仅是近些年的积极提倡和行为举措还不够，有关北方诸民族古老文化抢救的普及与宣传还要深入持久地做下去。满族等北方诸民族自古有个好传统，就是家家都长时期保留着特有的民族信仰痼习——崇信原始萨满祭礼。这种民族习俗，一直到新中国成立后乃至今天，在东北地区的许多满族中，仍有许多姓氏还有氏族萨满和定期举行的以祖先崇拜为主的萨满祭祀礼仪。众所周知，萨满教的传播是民族古老文化的稳定剂，使数千年来固有的民族信仰习俗得以持久地宣泄与延续。如20世纪90年代，笔者由辽宁大学出版社出版的《萨满教与神话》一书中，公布了1934—1937年间流传在黑龙江省孙吴县四季屯满族萨满后裔白蒙元唱述下来的黑水女真人创世神话《天宫大战》，共计有九腓凌，即九章，译成汉字近十余万字，引起国内外极大的反响。美国、意大利、德国、俄罗斯、日本、韩国等国家陆续用本国文字译出，全文或部分发表。

创世神话《天宫大战》，在萨满祭神满语中，被尊称为“窝车库乌勒本”，即“神龛上的故事”，是由富希陆与吴纪贤两先生从萨满后裔白蒙元口述中记录，并由笔者正式公布出来。人们只知这是满族先世萨满教古老的创世神话，那么究竟产生在具体的什么年代？满族诸姓在萨满祭祀中保留下来许多朗朗上口的优美神话，考其源流，大抵皆发端于女真时代。金因辽俗，金代萨满教崇拜沿袭辽代原始崇拜观念达到了极其鼎盛时期。南宋徐梦莘所撰《三朝北盟会编》中就最早记述当时女真人普遍信仰深入民心的萨满教：“国人号曰珊蛮。珊蛮者女真语巫妪也，以其通变如神。粘罕之下，皆莫能及。”① 富察氏家族最早的祖先文化记忆，从祖传萨满祭礼和萨满神谕记载中，都明确地说明自辽金以来代代传袭至今的。据富希陆先生当年采访时记忆，白蒙元唱述下来的黑水女真人创世神

① 徐梦莘:《三朝北盟会编》甲集《政宣上帙三》,台北:大化书局,1979年,第28页。

话《天宫大战》，是由其先人从本姓萨满神谕中世代传下来的。白蒙元的祖上是满洲正白旗人，金代白号姓，久居黑水，属黑水女真后裔，可以认为其传世神话当然是金源神话了。富察氏家族也世代保留一些金源时期神话与传说故事。如从该族第七代著名大萨满富察·宝音、第八代著名大萨满富察·小昌，都在萨满祭祀神歌中传袭下来金代故事，并被该族以满族说部形式保存下来，如《苏木夫人传》《苏木妈妈》《韩普娶亲》《海东青复仇》《九鹿缘——阿骨达祭旗》《昭祖跃马白山》《海陵轶事》《忠烈罕王遗事》等，都是历代家族萨满们精心珍藏并热心传给后代的。① 吉林省满族传统说部集成编委会从2007年至2009年连续出版的满族说部，有《天宫大战》续篇神话史诗《恩切布库》《西伦安班玛发》《苏木妈妈》《女真谱评》《阿骨达传奇》及《金世宗走国》等，都是金源时期说部在满族中被有幸保存下来的部分遗存。这些珍贵说部诸篇得以世代完好无损地传播和传承，不能不归功和得益于氏族萨满教习俗的传承和保护。满族诸姓氏族至今能够传讲一些创世神话，也都是依赖萨满教这一重要文化载体的存在和未遭受破坏的根本原因，在萨满教万神崇拜中，金源神话等达到极致和得以高扬。这些不朽神话传播者、传承人，就是氏族世代的众位萨满，他们就是诗人、歌手，由萨满创造，萨满传讲，萨满咏歌，并且完全写入所有萨满祭祀神歌之中，成为萨满世代珍贵而神圣的神歌、神曲。

1911年辛亥革命后，清政府退出了中国历史舞台，满族文化遗产也遭被扬弃的噩运，民国以来更不被重视。近世随着社会的变

① 这些满族说部的名目及金代传袭等情况，系富希陆先生生前向族人讲述的。可惜，这些文化遗存在1900年“庚子俄难”时，原始资料遭入侵者劫掠焚毁，很多说部只留下一个书名，令后世族人十分痛心。

革和生活的变迁，满族文化包括其所从属的满族说部“乌勒本”也渐被人们遗忘，早已濒临消散的危境。“乌勒本”的传播区，随着满族人口自清乃至民国以来，日益融入强大的汉族群众生活之中，满族诸多固有习俗，随着民族文化的融合，特别是最能保持民族性的语言和文字的废弃和消失，民族特征亦日显淡薄。经以吉林为代表的民族学者近30年来对满族说部蕴藏情况的社会调查已知，满族文化遗产主要重点仍是在东北地区。若以能够简单保留有满族地方口语的地域为标准计算，目前，全国属于上述形态——满族民族文化和习俗较浓厚的代表性区域，已为数甚少。东北地区满族文化保持态势，亦是由南向北该民族习俗越显浓重些。辽宁逊于吉林，吉林逊于黑龙江，黑龙江地方较之原始生态保持更多些。满族众姓老人口中还较多能听到一些满族说部故事，满族固有的语言词汇和古俗保留亦明显丰富许多。主要局限于辽、吉、黑东北三省地区，严格说来，主要就是黑龙江省富裕县三家子村以及黑河市瑷珲区、孙吴县、逊克县所属一些村镇，尚有代表性。这些地方还有许多满族文化知情人和传承人，仍是满族古老文化亟待保护和挖掘抢救的重点地区。

正是许多位有远见卓识的满汉人士极大地注意和关怀早期的满族说部，不辞辛劳，身体力行，才留存了大量的满族说部遗著。他们是最值得我们尊敬的民族文化的守望者和开掘者。笔者所传承下来的富察氏家族满族说部，真正地开拓者和奠基者是，富希陆、吴纪贤、何荣恩、程林元、张石头、杨青山、徐昶兴、陈凌山诸先生。他们多数都是当地颇有名气的教师，在现实生活中深切感悟到抢救这些遗产迫不及待，是当务之急，而且他们各自分秒必争地创造条件，身体力行。从20世纪三四十年代开始，他们就默默无闻地到民族中采集整理，保留下来大批极珍贵的民族文化遗产。也正是这些先贤们，深感在当时满语久已废弃，不少人亦不懂满语的窘境，更有不少人士不晓“乌勒本”究为何物的现实状态下，如何重新激起有关部门和满族族众的认知和责任感，动员更多的合作者和生力军认识其价值，投入这一伟大的民族文化拯救工程中去。为此，他们想到最能接近群众的方法是，先给满族“乌勒本”起一个大家听后即懂的响亮名字。富希陆先生在世时，就跟笔者多次讲述他们的这片衷情。他们认为，最好的办法就是用满汉群众都易接受的语言，来重新宣传满族传统说部的现实价值与抓紧抢救的特殊意义。为此，他们商量想出一个新的名字便于人们易于理解、容易接受，于是想到了与满族“乌勒本”性质相近的汉族评词、说书，便将满语“乌勒本”改称“说古”“满洲书”等名称。“乌勒本”是满语，只在谱牒和萨满神谕里依稀可见。“满洲书”等称谓，也未能鲜明体现“乌勒本”浑宏内容的艺术特征。20 世纪 30 年代后，瑷珲等地满族说部传承人们便用“说部”一词代替，借以表示并区别在满族斑斓多彩的民间文学遗产中，除有喜闻乐见、家喻户晓的“朱伦”“朱奔”，即活泼短小的歌谣、俚语、“奶奶口中的古趣儿”之外，尚有大宗独特而神圣的家珍，那便是祖先留下的一部部恭放在神龛上炫耀氏族生存历史、记载家族非凡伟业的泱泱巨篇。“说部”虽借用汉词，其实与笔者家乡黑河市瑷珲区大五家子村老人们常说“满朱衣德布达林”（manju I tebtelin），汉意即“满洲人的段落较长的说唱文学”，即韵体满族说部含义很近似。“德布达林”艺术形式在满族等北方民族中出现很多，实际上就是民间叙事诗，专有讲唱艺人，有不少题材就是民间史诗。如至今仍有满族老人会咏唱的《莉坤珠逃婚记》，又叫《莉坤珠德布达林》，就是一部动情的悲情史诗。“说部”一词一经叫出便被族众所接受，沿用至今。①笔者于1993年在《民族文学研究》第三期发表《满族传统说部艺术“乌勒本”研考》一文，首次向国内外公布了满族这一特有文学艺术形式的特征、价值、意义及当前所面临的危难境地，引起了国内外的重视。就是在本文中，笔者首次公布了“说部”的称谓，使很多人士熟悉了这个特有的满族民间文学名词。

“乌勒本”与“说部”两个名称，代表时代的发展，标志着满族说部随着社会生活巨变和观念的发展，亦有很显明的变革与丰富，而且随着社会进步，满族说部还在发生变化。“乌勒本”从内涵到形式严循古风古制，使用满语讲唱，由氏族长辈或名师讲述，有严格的礼俗和秩序，显示氏族的凝聚力和神圣性。“说部”发展到近世，恰恰是满族社会生活变化后的演进形态，也是“乌勒本”口传艺术传播过程中的嬗变。满语已逐渐退出历史舞台，氏族影响力日淡，讲唱“说部”失去往昔的排场，而且有的说部不以某氏族所独有，已传入社会，统属权出现问题，有了很大的扩散趋势和自由性，甚至有的“说部”表现形式趋向话本和评书。

我们今日在研究满族传统说部时，还不能遗忘国外一位著名人士——史禄国，他一生中对濒临消失的满族文化呕心沥血。民国以来，有关我国早期满族民间说唱活动的记载，很少有人问津，资料十分匮缺。故此，考察中国北方满族等通古斯民族早期社会现状的

① 公布“说部”一词，见拙著《萨满教与神话》后记，沈阳：辽宁大学出版社，1990年，第340页。另，1986年4月在广西南宁“中芬两国民间文学搜集保管学术会”上，笔者发表吉林省学者多年对满族传统说部挖掘抢救成果的论文。次年12月，中国民间文艺出版社出版《中芬民间文学搜集保管学术研讨会文集》收入此文。

社会调查，不能不提及史禄国先生。令我们兴奋的是，他的《满族的社会组织——满族氏族组织研究》和《北方通古斯的社会组织》两部呕心力作，用大量亲身考察的生动素材，为我们记述了20世纪前期中国北方满族等诸民族社会组织的生态原貌，留下难以复现的珍贵史料，弥足珍贵。他“于1912年开始对通古斯人进行民族调查，并于1915年来到阿穆尔河（即我国之黑龙江）两岸，在这里的通古斯部落和满族人之中呆了约18个月。”① “1912年和1913年我曾到后贝加尔作过三次考察，1915至1917年期间我又去蒙古和满洲作了考察”②。史禄国在本书中最早披露了满族民众中传统的“说古”盛事：“讲述传说和故事是满族人喜闻乐见的一种消遣方式。这里有一种半专业性的故事能手，他们在人们空闲的时候表演。满族人把幻想性的故事（他们称为‘说古’）与历史性的故事相区别，他们通常更喜欢历史性的故事。只有在冬天，满族人才为了听故事聚在一起，他们在下午和晚上花很长的时间听故事能手讲述。他们更喜欢男故事能手，而不是女故事能手。”③ 文中强调“更喜欢男故事能手，而不是女故事能手”的说法，记述十分真实，完全证明史禄国先生确实参与了民间活动，感触才会如此真切。

满族人性格奔放，很少受中原礼教的束缚，讲唱说部，无拘无束。满语本身幽默含蓄，绘声绘色。若是男人讲唱，当然要比女人更随意，情趣横生，尤增魅力。史禄国在他另一部传世名著《北方

① 史禄国:《满族的社会组织——满族氏族组织研究》前言，高丙中译，北京:商务印书馆，1997年。

② 史禄国:《北方通古斯的社会组织》作者序言，吴有刚等译，呼和浩特:内蒙古人民出版社，1985年。

③ 史禄国:《满族的社会组织——满族氏族组织研究》，高丙中译，北京:商务印书馆，1997年，第166页。

通古斯的社会组织》中，又以极大的热情，占用不少篇幅记述通古斯语群（包括满族）固有的说唱艺术。“通古斯”一词，“通常将操通古斯语群的民族称为通古斯北支，将以满洲族为中心的诸民族称为南支，两支总称为‘通古斯’”①。所以，在学术界一般讲到“通古斯”，亦涉及满族。“通古斯人非常喜欢各种社交活动，如婚礼、萨满跳神、象年度集市那样的商业集会等等。他们利用这些机会娱乐。”② “通古斯人爱听故事。有各种年龄、性别和风格的讲故事人。优秀的讲故事人受到场人们的赞赏。……他们讲的故事有好多种类，即多少被遗忘的叙事诗、历史传说、狩猎故事、恋爱故事以及关于动物和萨满教的故事等。……生动的场面和表情，往往由于听众的要求而重复表演。”③ “往往因为受较长的故事或议论的吸引通宵不寐，一般是过半夜很久之后才就寝。”④ 值得我们注意的是，文中提出在满洲通古斯人讲唱中有“多少被遗忘的叙事诗”，引起史禄国的关注。这又恰是我们在民族民间文学采风中，常忽略的方面。在我们的习惯意识中，似乎总以为我国不同于西方，缺少诗情，故而常常“遗忘”民族抒情诗的挖掘和抢救。史禄国先生有力证明满洲通古斯语群等北方诸民族中，确流传着脍炙人口的民间叙事诗。他讲“在访问瑷珲（今黑河——译注）地区的满族人期间，我采录了称得上是满族的《奥德赛》的《特普他林》（tebtelin），它

① 《民族词典》，上海：上海辞书出版社，1987 年，第 953 页。

② 史禄国：《北方通古斯的社会组织》，吴有刚等译，呼和浩特：内蒙古人民出版社，1985 年，第 503 页。

③ 史禄国：《北方通古斯的社会组织》，吴有刚等译，呼和浩特：内蒙古人民出版社，1985 年，第 504 页。

④ 史禄国：《北方通古斯的社会组织》，吴有刚等译，呼和浩特：内蒙古人民出版社，1985 年，第 493 页。

是由一位老太太口述给我的。我所记录的这一诗篇以及其他的故事、传说和各种不同的萨满歌词是我们进行民族研究的极好的参考资料。”① “这部美不胜收的史诗以及满族民间文学的其他资料有一些部分已被翻译出来，但由于俄国的政治动荡而未能发表。”② 他不仅说明满族存在史诗，还将其比作“满族的《奥德赛》”③。笔者多年来在北方民族文化田野考察中，深切感受满族等北方诸民族有着豪迈而乐观的禀赋和叱咤风云的民族性格，在社会生存和原始古祭中创造出众多激情跌宕、饱蕴理念的长歌长诗，如《天宫大战》《乌布西奔妈妈》《恩切布库》《西林大玛发》《苏木妈妈》等，但这仅仅是凤毛麟角，还有许多脍炙人口的古老民族古歌久已散失，特别令人痛惜是，许多天才的满族故事家和民歌手，在历次政治运动特别是在“文革”期间遭到迫害，近些年相继离世，许多传世长歌没能记录下来，这个重大的损失是永远无法弥补的。

英国著名文化人类学家爱德华·泰勒说：“历史是口头的或书面的回忆”，“研究蒙昧状态和野蛮状态及半文明状态的关系，需要几乎全部关于史前或史外的材料”④。满族传统说部的传承，源远流长，为后世保留下一笔重要的口头或书面的历史回忆。经我们长期苦心搜求，所获最早的说部体遗文，可追溯到辽金时代，而且数

---

① 史禄国:《满族的社会组织——满族氏族组织研究》前言，高丙中译，北京：商务印书馆，1997 年，第 2 页。

② 史禄国:《满族的社会组织——满族氏族组织研究》前言，高丙中译，北京：商务印书馆，1997 年，第 3 页。

③ 作者似乎是指《尼山萨满》，可见 1917—1918 年当时瑷珲满人仍讲满语，当地人称为《音姜萨满》。

④ 爱德华·泰勒:《原始文化》，连树声译，上海：上海文艺出版社，1992 年，第 38 页。

目可观，如《苏木夫人传》《忠烈罕王遗事》《金兀术传》《女真谱评》《金世宗走国》《海陵遗闻》《白花公主》等。其中，有的说部不论史学价值或者艺术价值都达到一定造诣，生活气息浓烈，保留金源古俗，千载流传不衰。金代历史传说故事如此丰富，绝非偶然。这与金王朝开创者完颜氏家族金戈铁马的降辽伟业、金代君臣身体力行地倡导祖德宗功，密不可分。《金史》载："女真既未有文字，亦未尝有记录，故祖宗事皆不载。宗翰好访问女真老人，多得祖宗遗事。……天会六年，诏书求访祖宗遗事，以备国史……"① 这段记载，必对当时金代女真部族讲唱"祖宗遗事"或"乌勒本"活动是极好的推动。世宗完颜雍，女真名乌禄，是金史中颇有政绩的著名女真君主，不忘女真旧俗，热心倡导女真古风。大定十三年（1173）四月，他对皇太子说："朕思先祖所行之事，未尝暂忘，故时听此曲（指在睿思殿上歌者所歌之女真词），亦欲令汝辈知之。汝辈自幼惟习汉人风俗，不知女真纯实之风，至于文字语言，或不通晓，是忘本也。"② 金世宗不令女真后裔忘本，重视女真纯实之风，于大定二十五年（1185）四月，幸上京，宴宗室于皇武殿，共饮乐。在群臣故老起舞后，自己吟歌，"曲道祖宗创业艰难……至慨想祖宗音容如睹之语，悲感不复能成声"③。元人宇文懋昭在《大金国志》中，还记载金代女真人有趣的古习，"贫者以女年及笄行歌于途，其歌也乃自叙家世"④，形象而生动地描绘当年在民间

---

① 《金史》卷六十六《完颜勗传》，北京：中华书局，1975年，第1558页。

② 《金史》卷七《世宗》中，北京：中华书局，1975年，第159页。

③ 《金史》卷三十九《乐志》上，北京：中华书局，1975年，第892页。

④ 《大金国志校证》卷二十九《婚姻》，北京：中华书局，1986年，第553页。

就有女孩子们讲唱身世故事，以此赢来求偶的喜乐活动。

渤海靺鞨时期，满族说部内涵亦有可喜发展，如在吉林省珲春地方搜集到日伪时期日本人采录的传颂红罗女忠贞爱情的《银鬃白马》[①] 和新中国成立以来我们陆续录记和征集的《红罗女》《红罗女三打契丹》《红罗与绿罗》《二十四块石传奇》等，均属同一主题。进入明代，特别是明中叶以后，中国北方满族说部的产生和传播进入空前繁荣期，题材广，形式活泼，内容宏富，讲述与传承者亦不单纯拘泥于某个氏族哈喇（姓氏），甚有高官显贵亦加入说部的创作、讲述与传播中，倍加彰显了满族说部的史乘和文学艺术价值。如为人们熟知的《扈伦传奇》《萨大人传》《老将军八十一件事》《飞啸三巧传奇》《雪妃娘娘和包鲁嘎罕》《东海沉冤录》《两世罕王传》等，都载述明清以来在历史上卓有建树的名人勋业，便是典型代表。

---

① 《白马银鬃》系日伪时期由东京出版的一本日文《满洲昔话》书中刊载，该文 1985 年译后现存笔者处。

第七章
富察氏家族与说部的传承（下）

第一节　富察氏说部传承代表人士概述

总览富察氏家族满族说部的传承历史，就是该家族为抗击外侮、由宁古塔戍边北疆瑷珲的三百余年生存史和奋斗史。若梳理好该家族在风云变幻、历史沧桑中的文化旅程，其中，最核心的重要传承人就是该家族第十三代传人富希陆先生。他一生为弘扬民族文化，承前启后，继往开来，栉风沐雨，甘做民风采录人。满族说部得以发扬光大，他是全家族功名显赫的承继者和传播者。

富希陆（1910—1980）字伯严，满洲正黄旗，出身名胄，晚清受业于本乡满洲官学，民国年间毕业于齐齐哈尔省立中学堂，满汉齐通，一生喜书画，擅书法，颇有声誉，为富察氏家族第十三代传人，其先祖随本家同宗黑龙江第一任将军萨布素，由宁古塔永戍瑷珲，太爷发福凌阿为咸丰帝御前侍卫。祖父依郎阿为瑷珲副都统衙门四品委哨官，通晓俄语、达斡尔语、索伦语、鄂伦春语、费雅喀语、那乃语、雅库特语等多种语言，与北方多民族交友，在咸丰、同治、光绪三朝中，经常受命率兵乔装深入黑龙江口及以北地带和堪察加、库页岛等俄罗斯侵占地方勘察民情，密探俄军动向，为大清国北方民族团结、疆域安危，屡建奇功，为晚清著名抗俄名将。

清光绪二十六年（1900）庚子，沙俄兵马突然抢占我江东六十四屯，血洗大清国民，用马队践踏，用枪刺威逼我赤手空拳的屯民们，像赶羊似的强行往黑龙江水里驱赶，一霎时江面一片人头，僵尸泛泳，惨不忍睹，绝大多数亡命江中，仅有少数力壮者逃过江来。继之，沙俄兵火烧海兰泡，渡江焚烧我瑷珲古城，依郎阿将军随黑龙江副都统凤翔将军率所部清兵，与沙俄侵略军死战于瑷珲，一房一舍据守血战，终因敌强我弱，清军败退至西岗子，后又退至嫩江大岭，沙俄侵略兵攻陷大岭，最后依郎阿与凤翔两将军壮烈殉国。清廷为表彰其英武，死后下旨赐升三品衔，其长子、富希陆之父德连世袭“拨什库”职。富希陆自幼受家教熏陶，常聆听族训，敬爱各族父老长幼，尤其是酷爱民族文化，从小就喜欢听族中长辈用满语讲唱满洲古书古谣，自己也学唱学画，赢得“阿济格笔特曷”（小秀才）的美称。15 岁时他受父命，认为在家乡大五家子乡塾仅能学习满学和旧礼仪，应进入新学堂去深造，于是到齐齐哈尔省城大姐处居住，在省立中学堂就读，生活全由大姐和大姐夫帮助，直到中学毕业。大姐和大姐夫本身就是文化人士，对他要求很严，对富希陆未来的文学、艺术造诣和鉴赏能力，都有莫大的裨益。此时，正是“九一八”以后，东北建立伪满傀儡政权，沦陷为日本帝国主义的殖民地。富希陆毕业后，经大姐夫陈先生托朋友关系，先推荐到哈尔滨、后到吉林粮秣厂为伪政府充任文书、录士等职，两载有余。但他看不惯日军的欺凌，平生亦不恋繁华都市，想念故土亲人和民情，1933 年夏，借为父办丧为由，毅然辞退城里差事，携家返籍。1934 年春投奔时在孙吴县四季屯（离故乡大五家子村 45 华里远）任屯长的本家叔叔富全元处，开始了在四季屯小学做教员的生涯。全校共有四个年级 20 多名小学生，每个班平均不到 7 名学生。1944 年转在该县大桦树林子小学教书，学生数额也同四季屯相仿。1945 年春又到孙吴县郊区兴隆屯小学当教员，因学校地处山区，生员亦仅十几名。东北光复后，他积极参加了苏联红军在孙吴县镇内成立的维持会，协助做粮米分发等事务，1947 年春妻子病逝，子女又多，生活艰难，便返回大五家子故里。1954 年黑河市爱辉区政府因其有一定文化，选入县供销合作社，在本乡、下马场、四嘉子等乡社供销社工作，1980 年病逝，亨年六十有九。

富希陆先生因自幼受家族、父母、长辈影响和民族文化的熏染，深感满族古老文化长期被社会遗忘，无限惋惜，从小就有一股为民族文化复兴的志向。所以，他立志有了文化之后，不到外地做官经商，而是要久住民间，联合有志之士，为将灿烂的民族文化弘扬出去，贡献出自己的微薄之力。从 20 世纪二三十年代起，他就在农村当小学教员时期，除教学以外，很长时间都和同族中父老耕种、牧猎、生活在一起，体察民情，记录民歌、民谣、民俗和各种轶闻故事。他同瑷珲、孙吴、逊克等地区北方诸友——吴纪贤、程林元、郭荣恩、郭文昌、吴老师（绰号吴大个）等诸先生，长期结伴同行，在民族耆老中，问俗论神，一言一事均做笔录。瑷珲和孙吴等地方，满族大姓有关、吴、富、白、杨、臧、葛、赵、阎、陶诸户，聚居在黑龙江畔各屯。此外还有达斡尔族德、王、吴诸姓，鄂伦春族有孟、莫、葛、吴、关诸姓。除此，还有散居的赫哲、鄂温克（索伦）兄弟。松花江入黑龙江汇合处的同江地区赫哲兄弟，与之久有往来。沿江各组除有亲戚关系外，经济上互通有无，以物易物，自古如此。各屯中都有几位造诣很深的穆昆达、噶珊达、萨满达和笔特色夫（文书师傅），都是德高望重的长者。那时，村屯间鸡犬相闻，马群驰骋。逢年节“鞑子秧歌”走屯串户。若逢春秋祭祀，铃鼓声夜传十数里，不分亲族相邀共饮，融如一家。有时一宿可赶马爬犁雪中连吃十数家的白肉血肠。乌春莽式舞更是宴席间乐事，各族竞相献舞，互不相让，通宵达旦。族中耆老和萨满们，怕族风日染汉俗，除将满文萨满神谕用汉字标音传教后代外，说史讲古最招引族众。孙吴县四季屯一带擅讲古者有当年九十岁高龄的清末遗老富常阿（后辈尊称其老祖宗），臧太爷爷、吴太爷爷、何太爷爷、何太奶奶等都能讲萨大人（萨布素将军）传、讲雅克萨故事，讲萨满故事，有时连宿唱满语《音姜萨满》（即《尼山萨满》）等口碑说部。先父自幼受家教熏陶，常聆听族训，在其两姊的帮助下，广征满文书籍和文物，采录民情里俗。他与吴纪贤、程林元等先辈，常奔走于大五家子、四季屯、下马厂、黄旗营子、瑷珲、兰旗沟、前后拉腰子屯、吴家堡、曾家堡、大桦树林子、霍尔莫津、哈达彦、车陆、奇克、逊克等地村屯，故对北方诸族习俗十分谙熟，粗通晓数族日常语词，交友甚厚，与各地长者、猎达、渔达、穆昆、萨满都有交往，常夜过其舍，杀禽狍等做长夜谈。北方各族素有古风，客过家门不美食款待亦不放行。多年惨淡积蓄，富希陆与吴纪贤等先生，在一起草记了《富察哈喇礼序跳神录》《瑷珲祖风拾遗》《吴氏我射库祭谱》《满洲神位发微》《瑷珲十里长江俗记》等。所撰内容，不求公之于世，只求传世备忘。

富希陆先生对富察氏家族的族史和世代传承的满族说部，在家族长辈和自己的父母影响下，始终是作为自己一生的主要追求目标，很注意涉猎有关的说部线索和资料，早在日伪时期就在孙吴县和故乡瑷珲县地区，除与自己的亲友征集满族的民俗资料以外，就全力到处访问征集满族的长篇说部故事。在他的影响下，他和吴纪贤、程林元等人记录了已经失传的满族许多说部故事，新中国成立以后，富希陆先生除有本职的供销社工作外，业余时间仍然注意收集满族的濒临消失的说部轶闻。时值建国初期，特别是我国北方，因与苏联疆土接壤，从20世纪60年代以后，苏联与中国的关系比较紧张。在当时形势下，对有反映中俄关系的所有文史资料和满族说部都非常敏感，黑龙江地方政府控制严格，而且此时极“左”思潮非常严重，将这些满族文化都视为“迷信之尤”，看作是“封、资、修”的遗存。为此，富希陆先生曾多次到县里领导和公安部门的谈话，有些资料被没收，至今都没有返还。这些资料中有不少是富希陆先生十数年来在农村许多地方偷偷调查、征集、收买上来的珍贵文化资料，包括许多满文文献。当时富希陆的月工资仅有46元，但要抚养家中五个子女，生活困窘。尽管如此，富希陆先生并没有打消继续抢救民族文化的热情。他暗暗鼓励自己的儿子富育光，不要忘记自己的民族文化，忘记了民族文化就是忘记了根，劝其无论工作有多繁忙也要多读中国的历史，特别是东北受侮辱的外族侵略的历史，并坚信政府早晚会重视这些历史资料的。在20世纪60年代以来全国还处在极“左”思潮的严重影响，许多民族古老的文化不能得到正常对待的情况下，他们父子悄悄搜集、积累、整理了200余万字的手抄资料。这些资料有些是在富希陆身边珍藏，有些由富育光暗自保存，1980年，富希陆先生病逝，他的许多“保密资料”一部分交给了他的大女儿富倩华保存，一部分转给了富育光。2002年，富倩华病逝，她保存的那部分“保密资料”又转到了富育光处。富育光在对这些资料进行多年研究后，发表了一系列研究成果，披露了众多满族的古神话和民俗资料，多数已被国内外学者大量引用，甚至在美国、日本、韩国、意大利、俄罗斯、德国等国家被转译和发表。富育光等学者所撰写的中国北方满（族）

学、萨满教学等众多珍贵的资料，能在国内外产生重要影响，应归功于富希陆先生在最艰难的历史时期不顾个人安危和生活拮据，努力开掘、获得的早期原始资料。日本著名民族学家植松明石教授访问、了解富希陆整理的《天宫大战》资料后，感慨地说："富先生是个伟大的人物，给世界上留下这么好的神话，你们中国学者，能有这样的老一代人的艰苦努力，多幸运呀!"正因为富希陆先生的资料开掘的深广开阔，我们在中国北方民族学研究、北方民族关系史研究、北方疆域史研究、北方民族民间口承文学研究，始终在国际占有一定的主动地位。

第二节　富察氏乌勒本是满族说部的代表性体系

关于满族富察氏家族说部的传承，皆是以富希陆先生为中心，多年来所积累、形成的满族说部体系。满族富察氏家族世代所传袭的传统说部《萨大人传》，能够传播于今日，其核心人物仍然是富希陆先生。

传统说部《萨大人传》的征集，是在20世纪80年代吉林省社科院满族文化研究室提出课题，并于1980年开始组织调查、抢救的。《萨大人传》的形成，是富察氏家族于康熙二十二年（1683），清廷为抵御外侮入侵，由宁古塔、吉林、盛京所组成的八旗劲旅，远戍瑷珲。

自康熙朝在彭春、郎坦、玛喇、萨布素等清军将领影响下，习爱满学和讲唱说部之风，始终延续下来，培养了众多学子。瑷珲成为北疆人才荟萃之地，流传众多满族说部与此有着必然联系。清康熙朝之前，瑷珲本是荒芜千年的漠北渔村。据满族说部《黑水精英传》《萨大人传》讲述，清康熙二十一年（1682），清军都统郎谈、彭春，副都统玛喇，奉旨由京师星夜兼程抵达瑷珲，马背上除驮干粮、水囊外，带来康熙帝赏赐瑷珲地方的汉书和国学（满文）读本。八旗将士空隙时，彭春、玛喇教授满文。瑷珲从此最先燃起文化的曙光。《瑷珲十里长江俗记》载："瑷珲满文长于宁古塔，几族同窗，共延满师，日久打虎儿、索伦有国学绝精者，盖兴旺自圣祖朝彭春公之创。"瑷珲、齐齐哈尔等地还相继建立满洲官学。康熙三十四年（1695），黑龙江将军萨布素于墨尔根（嫩江）两翼各立一学，这是黑龙江设立最早的官学。此后，经乾隆朝一直到咸丰、同治年间，瑷珲地方官学始终坚持下来，培养出众多北方各族名流。子弟乡试、殿试名列魁元者，历朝有之。当年，清军大营中还留下排序讲唱满族说部的传统。八旗丁勇，应召来自吉林、盛京、宁古塔等几处，初驻北域，且又各族乍聚，语言习俗迥异，帐外风雪坚冰，寒夜难度。都统彭春公率先给大营众将士讲唱满洲说部，还让各旗牛录领兵大人都要参与讲唱，达斡尔族、鄂伦春族将士也讲唱本族故事。清军胜利回师后，瑷珲各族将传播满文、唱讲说部之风，一直传袭下来。

有清一代齐齐哈尔、瑷珲、墨尔根文化荟萃，影响四周集镇，各地诸种满文传抄件甚多，直至民国期间亦甚突出。以此窥见，满族传统长篇说部虽为数十万甚或近百万言泱泱巨篇，绝非文化愚氓者所能为。它集多种条件和因素而凝生，有着广泛的社会基础和深厚的文化底蕴。事实如此，考满族说部的创始者，虽有荷马史诗型人士，更有满汉齐通的大家，朝廷的学士、编修、将军。他们博古通今，甚或通达阿尔泰语系诸民族语言、风俗，本身都是才智多能者。使满族说部独具一格，具有历史学、民族学、宗教学、社会学、民俗学等多学科价值，令各方人士百听不厌，爱不释手。满族诸姓望族还不惜银两，延请国学和汉学名师，意在满族说部的延续和传承。经我们调查发现，就黑龙江省黑河市瑷珲区，孙吴、逊克诸县，世代是满族和达斡尔人家聚居之地，有清以来当地出现过许多满学大家。民国以降，因社会变迁，民众迁徙，关内汉人大量迁了进来，相互通婚亦多了起来。原居住的满族臧、张、关姓老年人谢世，年轻人出外地打工，满族特点越来越少，而且早年家藏的满族说部佚失或失传，亦再无法培训本家族的民族文化人士和说部传承人。在黑龙江省黑河市瑷珲地区、孙吴县，发现近世满族说部的传承人，其中几位不仅通晓汉文且满文亦佳，如祁世和、何荣恩、程林元、富希陆、徐昶兴、孟晓光（女）等，都是满族诸姓中有较高文化的著名人士，他们虽然姓氏不同，从家族血缘关系论，都与富察氏家族有着亲密的亲戚关系，其中不少是富氏家族的几代姑婿，有的从小就在富氏家族延请的师傅处习学的满学，受传富察氏家族的传统说部。又如，黑龙江省孙吴县四季屯村，至今能讲流畅满语的何世环老人，亦 79 岁。其父何蔼如先生满汉齐通，是黑河市瑷珲区下马场村小学校长，幼年时，在大五家子富察氏族塾就学满文。何世环是随其父学的满汉文。总之，富察氏家族不单世代沿袭满族固有习俗，而且以其家族深有影响的凝聚力，团结、引导和影响着周围众多满族姓氏，使濒危消散的满族传统说部遗产，得以部分保留下来。这个事实非常重要，它可以消除社会上有些人对满族说部存在的某些疑虑。21 世纪至今，在满族在社会上较普遍地被认为其民族特征久已不甚明显，几乎与汉族生活分辨不出来多少差异的状态下，吉林省还能够抢救到这么多珍贵的满族古老的说部艺术，就因为至今在北方聚居的满族族群之中，尽管社会纷纭变化，但仍有一批深有影响的满族望族大姓强大的凝聚力并未被时代和社会所冲击折服。黑龙江省以富希陆先生为核心的瑷珲满族富察氏家族和以傅英仁先生为核心的宁安满族富察氏家族就是最有典型意义的代表。此次，吉林省满族传统说部集成编委会所挖掘、抢救、整理、出版的众多满族说部文化遗产中，许多就是这些家族贡献出来的。

据富希陆老人回忆，富察氏家族所以能够世代传讲“乌勒本”说部、代代有传承人，关键是历代穆昆达忠实遵照祖先遗训，管理好祖先传下来的各式各样的大小说部传本，不使其毁坏或遗失。故此，每届的总穆昆达们，均按祖制作好每届的交接事宜，经宗族族长亲点之后，陈放于专门制作的神匣内，登记入册，委以专人存藏，并定期晾晒、撒药，严防虫蛀鼠咬。阖族亦格外敬重祖上说部传本，视如家珍，为防范散失，任何族人不经总穆昆达允许，都无权擅自外传全族说部存本。满族从清朝以来就有不少戒规：“传本因由‘色夫’缮写讲用，允许专人保管在手，若遇疾患、病逝等情，传本统归族里；传本若有删补、歧义等纷争，依族长议决，惟恪守祖宗原貌至要；学讲‘乌勒本’乃大公大德之举，阖族护爱，实有拮据者应享族银微济；弟子族内拔优公推；传本彰祖宗之迹，族人无权外传。”① 经我们调查，满族大户望族早年都有此类大同小异的约束，对说部留存起了保护作用。说部视比祖传田产，屡经时代变革，珍爱程度仍在族众心中恪守不渝。

满族说部因其讲唱内容独特，在漫长的社会演进中已逐渐形成一些严格的不同传播形态，构成满族说部现实特有的传承与保护

---

① 引自1962年夏笔者赴黑河市瑷珲区大五家子和兰旗沟村，录记传承人杨青山讲述的说部《雪妃娘娘和包鲁嘎罕》。

特征：

1. 凡讲唱本家族族源历史或家族英雄传奇类的说部，原传袭家族视为祖传遗产，至今多由有直系血亲关系的后裔承继和保护，父传子，子传孙，直系无嫡传则传庶出，有清晰的传承谱系。这类说部始终保持单传性质。如久居黑龙江畔的富察氏家族，原祖籍宁古塔（今宁安市），清康熙朝为抵御沙俄奉旨永戍黑龙江瑷珲的。家藏除满文宗谱、文档及珍贵的历史文化史料外，并有家藏的本族英雄传——满族说部《萨大人传》《漠北精英传》《北巡记》等，已传袭300余年。此外，与该家族生产生活密切联系的同族其他姓氏，在平时社会交往中所传袭下来的奇人轶事，被满族文化人士所感动，逐渐丰富积累而形成满族说部。

2. 满族传统说部除属少量上述祖先传记体类型说部外，大宗满族说部则包罗万象，涉猎满族及其先世文化历史的各个方面，是满族说部艺术流传的主流。这类说部尤具传播的广泛性和时期的久远性，情节跌宕、深入人心，完全融入满族及北方各族社会生活，可能有的渗入几个朝代的传承史，有的成为北方民族共同精神财富。这些满族说部在民间流传的时间或传承的脉络线索错综复杂，已无法准确考究其最初产生在什么时间、出自哪一哈喇的讲唱艺术，更无法详知其究竟经历了多少哈喇的传述、修润与承袭，后又经何情结辗转收藏入某部落、某哈喇、某个人手里。我们只能从其流传地域和故事内容、脉络分析，大约推断其形成和传播经历的概貌。这些满族说部，就是在这种不断提高、不断丰富、不断传承中得到艺术升华，说部传承者就是满族族众，是民族智慧的长期共同结晶。这些都充分证明满族传统说部源远流长及其历史价值。不过，这并不能意味着满族说部失去传承特征，流传中得到无数族众的继承和传承，在一定时期内依附一定的传承人，得到继续地传统保护，使之传袭不衰。这也是满族说部延续中一条特有的口承传承规律。如《红罗女》《红罗女三打契丹》《金世宗走国》《两世罕王传》《红罗和绿罗》等，都是分别在满族诸姓存藏中征集到的。我们在录记、整理过程中，力求弄清楚其传承人群与地域特征，有利于说部的诠释与研究。

3. 满族说部的挖掘、抢救与保护，有其历史与现实的特殊性。正如前述，满族说部早期在民间靠满语传承与保护，但从文史学与民俗学考察可知，在汉文化强大氛围下，早在清中叶后满人在官场上便习用汉语，而满人以汉文为诗词书画或戏剧小说者，佼佼者金以来代有人出。迨到辛亥革命之后，“严格禁止用满语教学。从此之后，满语只局限在家庭生活中继续使用，并且一点一点地让位给汉语。”“在吉林和盛京，汉语的影响一直很大。在 20 世纪前半叶，满语的运用已经明显衰微，而在宁古塔地区这一满族人本来的范围内，人们几乎完全不再使用满语。”① 新中国成立后，满语言文字没有像藏、蒙古等少数民族语言文字一样，被作为少数民族的语言文字受到国家保护——即使在各满族自治县、满族乡等满族聚居区。满语因而被废弃成为“死去的语言”，被大多数满族人遗忘。

满族人在长期的社会历史进程中，在与广大汉族交往中，早已习惯于汉文汉语。我们多年来田野调查实践证明，事实亦正如此，我们所征集到的满族文化遗存都是满族老人们用汉语讲述的，只在口述中保留一些满语词汇。或在满族聚居地区，偶尔搜集到满语歌谣或遇见少数年过古稀老人说一些满语或讲述简短的满语故事。仅

---

① 史禄国:《满族的社会组织——满族氏族组织研究》引言，高丙中译，北京:商务印书馆，1997 年，第 12 页。

有部分萨满神谕、宗谱等因系家藏清中后期至民国初遗物，有满文和汉字标音手抄传件，但多数仍为潇洒的汉文墨迹珍品。满族非物质文化遗产的抢救，像满族说部等口碑遗存已是以汉文学形式保护下来的古文化传承物。为了不遗漏满族固有文化，我们在满族文化抢救中，还坚持采取双向努力的原则，既对大量以汉文字叙述的遗产的抢救，又以极大的热情兼顾对残散满文遗存（民歌、民谣、谱牒、神歌）的征询、采录和搜集。笔者曾多次到黑龙江省孙吴、逊克两县录制满族老人何世环、傅金荣、何金芝、孟秋英等用满语讲述的《音姜萨满》、《白云格格》、《骄傲的鲤鱼》、《獾子和貉子的故事》、《萨哈连乌拉依朱奔》（《黑龙江的故事》），以及迎送、求雨歌谣等。在录记满族说部和上述满文遗存中，常常搜集到大量用汉字注音满语的手抄件。满语方音土语变化甚大，汉字标音又杂乱不准确，常为破解一个关键词需要花费一二年时间。在一些民族老人的帮助下，为翻译和整理解决了很多困难和障碍。然而，这些老人均有七八十岁高龄，满语已濒临消失的境地。

在满族说部抢救、记述、整理中，努力收录与鉴释满族方言土语，忠实记录，保持原胎性，杜绝随意修正，当然因历史文化素养不尽如人意，力争创造条件出版和公布原胎的资料本。这是需要时间与实力的。但是，不能不强调指出，就富察氏家族而言，历史悠远、家族人口已三百余年共同聚居生活在黑龙江省黑河市爱辉区，尽管如此，家族运用满语能力已是逐年衰退，至今能通晓满语者只是几位耄耋老人。绝不能因满语消失，而不致力于积极抢救满族固有文化遗产，不可因噎废食，否则将会造成不可弥补的损失。当前，满语满文的民间记音记录都是难度比较大的细致工作。皆因满文满语长期废弃，东北满族群众早已习惯使用汉字，而且即使是满语书册，所习惯用字，已经久已不是用原来的满文字了，而是借用汉字来注音满语。何况东北地区满语方音土语，各地变化又甚大，常常要花费较长时间进行辨识，在翻译整理中都带来诸多问题。若再进行满语的复原工作则就是更加深层次的细腻工程。近些年来，我们在满族老人的帮助下，已将《天宫大战》《西林安班玛发》和满族说部《萨大人传》部分章节重译成口语满文，在四嘉子村富希陆三子富亚光家中讲唱，引来很多乡亲父老，气氛异常热烈，因为多少年没听过满语说“乌勒本”，觉得格外亲切。满族说部最关键的保护措施，实践证明就是要积极地培养通晓满语的文化传承人，而且能够在满族中逐渐地讲唱起来。满文化的推广与传播，也不可以急于求成，需要慢慢地做工作。这是在培养满学生力军的酝酿和组织工作。在漫长的社会历史进程中，众多满族群众对本民族的说部艺术，已经陌生了，只有在族中倡导讲唱满族说部，由熟悉进而亲近，喜好讲唱说部故事是最具群众性的传播、延续与开掘。由陌生到喜爱，具备往昔讲唱“乌勒本”的氛围和浓重的环境。这项复原工程就要如此循序渐进地进行下去。满族说部的传承，我们坚信会出现崭新的曙光。满族老人们建议很实际；“别挑剔，讲起来就好。”民间传承终究是民间自己的事，就按照满族群众自己现有习惯采用的形式为好，不必拘泥于群众久已遗忘的旧习惯。只要如此，满族文化遗产，仍可后继有人地很好保护传续、发扬光大下去。①

综上所述，讲唱“乌勒本”为满族世代家风。满族富察氏家族虽从宁古塔迁来瑷珲，亦带来许多传统的“乌勒本”说部段子，但

① 经调查，吉林省九台市其塔木乡刘家，曾有位著名人士叫关云鹏，满族，小学教师，传下说部《赵家坟》《七星山》《快马杨三》等，其子与族人仍在民间用汉语讲颂，足见口承文化的感染力。

是那均属于传讲祖先英雄故事，而真正开辟蹊径，独立门户，阖族集思广益，发挥聪明才智，独立构思、创造并代代承袭不衰的满族第一部家乘“乌勒本”泱泱大篇，就是自康熙朝传讲下来的《萨宁姑乌勒本》，或称《萨宁姑安巴尼亚玛笔特合》，即《萨大人传》。《萨大人传》不同于其他任何说部，它诞生于外敌入侵、同赴国难的疆场上，是捍卫大清北疆的英雄史诗，充满爱国主义的无限情怀。《萨大人传》成书后，又由满族传播各地，为各族所传咏，至今已有300余年。

第三节　《萨大人传》的典型性和特殊性

满族说部《萨大人传》的传承情况大致如下：

富察氏家族先人都是当年随同族同姓黑龙江最高首领萨布素将军背井离乡、出生入死走过来的，有着非同寻常的亲情。萨布素将军宽厚仁慈，身先士卒，受各族人爱戴，不少族人追随他苦筑墨尔根（嫩江）、降风沙，建卜奎（即齐齐哈尔），同甘共苦，生死不弃。萨布素将军晚年因嫩江连年洪祸，人畜毙野，擅动国粮救灾而获罪遭贬，不久郁愤而终。老将军的溘然长逝，震惊朝野上下，拜祭者嚎哭将军衙门前，悲歌、孝幡百日不落。富察氏家族从省城齐齐哈尔奉迎灵牌，归返黑水故地瑷珲，举行隆重的立祠奠祭礼。祭礼时，老将军生前同宗的长辈、同辈、晚辈以及各族兄弟朋友人等都含泪齐聚。鼙鼓号炮声声，富察氏家族为巴图鲁（英雄）萨布素送葬用黑龙江口的鲸、鹿献牲大礼，荐献灵堂。众萨满咏歌祝祷，奠酒抛盏，穆昆达玛发以高亢的满洲传统古调，缅怀老将军之德，长忆老将军之威，英风长存，高扬永祀。自康熙朝为老将军立祀故乡之祭始，便独立成祭，祭必有颂，沿成常例。这便是《萨大人传》这部满族传统说部产生的过程。据族人们回忆，《萨大人传》能传流后世，凝聚了几代人心血。康熙末年，在三世祖穆昆达果拉查筹谋下，大量采录了老将军生前个人口述的生平回忆。萨布素将军深受祖父哈勒苏将军影响，倔强幽默，豪爽乐观，喜欢将自己苦辣酸甜的人生趣事，讲给众人听。在他死后，族人广邀各族遗老和老将军亲随家人，以及曾蒙恩于老将军夫妇的北方族众和宁古塔、吉林故地人士，叙谈所知的老将军往事，纠误修缮说部故事，才使这部“乌勒本”初具了长篇规模。当时，富察氏家族讲唱之老将军故事传本，名称并非统一：有称《萨克达额真玛发乌勒本》的，即《老主人传》，也有称《萨宁姑乌勒本》或《萨宁姑安巴尼亚玛笔特合》的，即《萨大人传》。后来确定以《萨大人传》命名，在族中及周围的拖克索（村）和噶珊（屯）中传讲。

《萨大人传》第二次增补，时间持续很长。从乾隆末年至道光、咸丰、同治年间，在几代本族穆昆达奔走操劳下，先后向萨布素同朝的彭春、马喇、巴海、林兴珠之后人，借阅过文牍函册，问询轶闻往事。还曾向雍正朝任黑龙江将军的萨布素季子常德，赠送老将军遗文墨宝，详解其父灵车归葬遇水患事。咸丰朝因罪谪贬齐齐哈尔之大学士英和，在瑷珲聆听说部后便倡议：“勿囿于内，广而昭之。”英和还热心教授汉文。从此，《萨大人传》始用两种语言讲诵。族内依旧沿用满语；款待汉官客人时，由通晓汉语族人用汉语给讲唱《萨大人传》。初始，用汉语讲述故事，时间很短而情节也较简单，后来才逐渐充实丰满起来。进入光绪朝以后，用汉语畅讲《萨大人传》，成为族中男女长幼不感到陌生的常事了。由于《萨大人传》用汉语讲唱，更加扩大了它的社会感召力。此外，道光、咸丰两朝戴均元、赛冲阿、倭仁、富俊等几位大人都非常关爱《萨大人传》，叮嘱说部多载民情风物，重史乘之说，杜“姑妄言之”之弊。这尤其加深了《萨大人传》囊括史实的厚重内涵，使其更具有了感召的生命力。1900年庚子俄难，大量房屋被焚，许多手足同胞惨死黑龙江，富察氏家族当年由琪任格太奶奶掌家，丈夫依郎阿抗俄殉国，为凝聚阖族溃散之心，激奋重创家园之志，率族人套獐狍杀牲祭祖，然后她亲讲《萨大人传》。兴起时，拉起族人载歌载舞，铿锵歌舞吸引来荒塞北域逃难归来的满洲瓜尔佳氏（关）、吴扎拉氏（吴）、尼玛查氏（杨）、章佳氏（张）等族亲和沿江毗邻之汉、达斡尔、鄂伦春、索伦（鄂温克）等族兄弟。《萨大人传》成为须臾不可离的良师益友，是瑷珲一带很受欢迎之满族口碑说部书目之一。

《萨大人传》除第一次和第二次颇有影响的增补举措之后，到咸丰、同治两朝以来，亦皆有几次不同程度的润饰，使其益加亲切，朗朗上口，传诵愈广。讲唱《萨大人传》，在清康熙、雍正、乾隆、嘉庆几朝，始终都是以满语口耳相传，并以满语形式长期在民众中流传着。进入咸丰、同治两朝之后，社会上使用汉语的人越来越多，就连一些满族人士也开始习惯于用汉语聊天，或用汉语迎酬宾朋，讲唱“乌勒本”也随之变通，特别是在汉族宾朋云集的厅堂中说书人尤要显出娴熟汉语的技艺，令满堂喝彩。如此应承，反而推动了满族上下人等乐习汉语之风，兴起使用汉语唱讲《萨大人传》之习，渐渐习以为常了。民国兴，满语废弃，汉语使用日盛。满族老人们恐惧民族风俗和语言被后代遗忘，便着意选择一些年轻后生专用满语背诵《萨大人传》。所以，尽管世事变幻，社会发生了巨大变革，直到解放初期，在黑龙江省瑷珲大五家子、四季屯、兰旗沟、下马场一带，即该说部产生的地域，还有不少中老年男女用满语说唱《萨大人传》的。2009 年，在黑龙江省孙吴县沿江乡四季屯村仍有些满族高龄老者能用流畅满语讲唱《萨大人传》片段。

像所有“乌勒本”传本一样，当它诞生之初，完全凭借讲述者的天才、口才与智慧，巧夺天工般地创造出脍炙人口、悬念无穷的美妙动听故事，在族众中绘声绘色地演绎并传布开来，日积月累，不停地修润与美化，使它焕发出无限的生命力和艺术魅力，最终成为阖族光照千秋的精神大厦。这就是满族说部产生的奥秘。最初说唱《萨大人传》，多无固定唱本，直至清末，为了讲唱有所依据，流传方便，才有人用茅头纸记下了讲唱提纲，且一个故事一个纲。然后再将这些记述各个故事的提纲结集成本，便形成了这部“乌勒本”传本。有了传本，则将有利于更多的人参加讲唱。本来满族诸姓，当然富察氏家族也不例外，素有敬祖的礼俗，慎终追远，继往开来。每逢节庆、祝寿、新春伊始，都要举行家祭。家祭之后的一项重要活动，就是讲唱“乌勒本”《萨大人传》，以将军的故事、英雄的业绩黾勉后辈子孙，不辱祖望，奋志蹈进，代代传袭爱国之志，保卫边陲，光耀家风。这样，讲唱《萨大人传》，便逐渐成了富察氏家族敬祖的一个不可或缺的组成部分。讲唱也就不仅仅是一种单纯的娱乐，更是一种讲家风、述族史、唱英雄、扬族威的传承教育的虔诚、肃穆之举。讲述的传本，被称之为神本，并像供奉族谱、神器一样，放在木匣之内，平时供于西山炕墙上。讲唱时，再恭恭敬敬地请下来。

本部《萨大人传》，就是 20 世纪 20 年代瑷珲大五家子富察氏家族总穆昆、说部总领富察德连先生承继的祖传珍藏本。这个古老的传本，自康熙朝果拉查起，经历朝已有 270 余年传承史。其传承的顺序大体是：富察氏家族第十世祖、清道光朝武将发福凌阿（又名

“吉屯保”)，对族传说部极为钟爱，讲唱人小有疏漏，必严词申斥。据传发福凌阿老玛发，身为武将，素喜文章，在清后期社会江河日下情况下，主张要恪守礼俗，对全家族满洲说部的传藏，特别是能够保留到今日，起到了关键作用。他在咸丰初年告老还乡，荣归瑷珲故里，率族人拜祠祭祖后，他谦恭地在中堂为族人讲唱《萨大人传》中“老将军雨夜挑灯护江堤”的故事。老人家返乡无事，便同穆昆们推敲《萨大人传》。该“说部”能成为全家族的重要宝卷，应归功于发福凌阿老人。发福凌阿在晚清后期对《萨大人传》倍加呵护，使之得以完整地传唱至今。同治初，他在卧榻边将本家族说部总领事务传给长子、瑷珲副都统衙门委哨官伊郎阿将军，然后与世长辞。伊郎阿因光绪庚子年（1900）抗俄，与凤翔大人等殉难于大岭。灾祸突降，阖族议定将全族说部总领事务并说部卷匣由伊郎阿将军妻子琪任格太奶奶掌管。她病逝后，委于长子富察德连。德连公于民国年间病故，传给其子富希陆和其侄富安禄、富荣禄。由富希陆收藏。此时社会动乱，家族已经没有祭礼和讲唱说部之举了。

富希陆本人便是在经常聆听《萨大人传》成长起来的一代传人，对萨布素充满深厚的感情，所以，在他后半生，社会极度变更下，仍然忠实的承继祖先衣钵，千方百计地保管、珍藏《萨大人传》零碎的残稿资料，尽管有许多残稿因当时匪患多数被毁，他都偷偷地凭记忆秘写下来，补充进去。《萨大人传》遗稿从地窖传到仓房，送进地营子又传到大五家西山石洞里，后来悄悄取回，放进桶里，埋入家中的内暖阁地窖。新中国成立后，富氏家族中的富荣禄被批斗抄家，木桶也被挖出，文稿被没收。在“文革”中富希陆长期受到迫害，富希陆后来秘密回忆誊写的部分残稿也被收被焚，他也伤残致疾。1980 年秋，富希陆病危，他命三子富亚光电告长子富育光，急返故乡。富育光返回四嘉子村，见老人躺在炕上病事沉重，心情十分哀伤。富希陆病中命儿子归来，只有一个信念，就是为了家族《萨大人传》的承继和保护大事。老人一边饮着汤药，一边向儿子将自己的心情倾诉。富育光深解老人的情怀，边安慰父亲，每天早晚陪伴父亲身边，聆听父亲讲述《萨大人传》。足有月余，将遗稿记录完毕。终因公务甚忙，洒泪离别慈父，不久富希陆辞世。2002 年，吉林省文化厅成立了“吉林省中国满族传统说部集成编委会”，富育光怀着对先辈崇仰之情，用半年多时间，将《萨大人传》传本讲述录音，谨献于世，使《萨大人传》得见天日，于 2007 年 12 月由吉林人民出版社正式出版。

自清康熙朝以来，《萨大人传》的历代主要说部传承人有：

1. 康熙朝富察氏家族总穆昆——伯奇泰、伯僧额；

2. 雍正、乾隆两朝富察氏家族总穆昆——果拉查；

3. 道光至咸丰朝富察氏家族总穆昆——发福凌阿；

4. 同治至光绪朝富察氏家族总穆昆——萨满富小昌、伊郎阿；

5. 光绪朝至民国初——郭霍洛·琪任格；

6. 民国至日伪时期——德连、郭霍洛·美荣、富希陆、张石头、杨青山；

7. 东北解放至建国时期——富希陆、张石头；

8. 新中国成立至今——富希陆、富育光、富亚光。

第四节　《飞啸三巧传奇》

——北方民族最受欢迎的说部

富察氏家族满族传统说部《飞啸三巧传奇》，是富希陆先生所传袭下来的又一部重要的满族说部书目。

满族传统说部《飞啸三巧传奇》，在黑龙江沿岸的满族人家中，已流传很多年了。早些年，在北方，一到大雪纷飞的腊月，诸项农事和狩猎业已完毕。那时，漫山遍野，白雪皑皑，朔风凛冽，唯有各个家舍的炉火烘烘，热炕暖融融。全族上下老少围坐在炕上，听讲《飞啸三巧传奇》。这是北方满族人家最受欢迎的一部说部，就连住在北方的一些汉族、鄂伦春族、达斡尔族、赫哲族兄弟们也都爱听，不少人还能有声有色地讲上几段。

说来《飞啸三巧传奇》，绝非只是塞北各族人家爱讲爱听的满族长篇说部，在当时清道光末年直到咸丰、同治年间，在京师或州府里巷传讲，也是颇有耳闻的书目。特别是京旗满洲有头有脸的贵胄人家，多多少少都跟说部中某些人物的喜怒哀乐有点过节，竟有时办堂会，听"三巧"，"为的是那放了肚囊儿的气儿心敞亮"，足见这部说部的打人儿影响。当年，京中有个"花儿棚"。这伙爷儿们多是燕冀鲁豫一带因黄祸（蝗与黄河水患）流入京中贫苦无依的民人。据传，舵主自号"共碗粥"，乾隆五十八年（1793）仲秋号聚一千花儿兄弟反京师，"共碗粥"被八旗兵腰斩，众花儿兄弟鸟兽散，不少人归附了皇太子嘉亲王。不久，嘉亲王继帝位即嘉庆皇帝，花儿推新舵主，重讲花儿规，遂又发实起来，为京师的稳定真出了不少力。《飞啸三巧传奇》传进京师后，就在这帮花儿里传出了一首"隐字儿喀儿"："雀（巧）儿来，鹤儿飞（悲）；两林来，一林归。"这四句隐字喀儿，实际上是隐喻谜，破解开便是《飞啸三巧传奇》说部中所传讲或未讲的朝中事：勋臣遗孤三巧入京陛见、权臣穆彰阿（字鹤舫）愁恐不安、帝师林、彤二老返京、两广总督林则徐（字少穆）不屈洋人要遭革职。由这几句歌谜亦可看出满洲说部《飞啸三巧传奇》故事在当时深得民心，扣人心弦，家喻户晓。

满洲说部之所以为世人喜爱，是有其重要的社会与历史原因的。自清康熙二十八年（1689）七月二十四日中俄两国正式签订《中俄尼布楚条约》之后，清政府按约历年派兵巡边。初边情宁定，可是进入雍正、乾隆以后到嘉庆末年，灾害不断，教徒起事，土地高度集中，饥民流离失所，再加上武备松弛，北疆防务日紧，外侮日益南蚀东侵，深入外兴安岭，进逼黑龙江。原太常寺、光禄寺每年所需方物，多来自清发祥地之北疆，日显困拮，又因政治腐败，有乘机囤积私利者。本说部以人们最关切的康熙朝保卫雅克萨之战为背景，以世代守疆有功之几家当地重要姓氏所交织形成的难分难解的纠葛与冲突为主线，将世人引入激昂慷慨、动人心魄的社会历史漩涡之中，并领略到黑龙江以北几代就鲜为人知的旖旎风光、社会生活、人情物阜。黑龙江一带世居的北方诸民族祖先，不避冰雪，远涉至鄂霍茨克海（俗称北海）、库页等域，架篷常住，套捕鹰貂、留下许多美妙的回忆。黑龙江以北是个很神秘的地方。在《飞啸三巧传奇》这部书中都有极其生动的描述和再现，使从未远涉黑龙江以北的民众，通过本书就能总揽漠北风情、通晓往日的辛酸史。故而，《飞啸三巧传奇》在北方民间久传不衰。

本书最早的传本，据说是咸丰初年的传本，是由一位瑷珲副都统衙门的雁大人传下来的。雁大人叫关雁飞，是副都统衙门五品总管，后来又升为三等笔帖式。他的父亲是道光朝的进士及第。这部书是咸丰末年由卜奎（今齐齐哈尔）的将军衙门传下来的，最早有很多名字，如《飞啸传》《穆氏三杰》《飞啸三怪》，还有叫《新本三侠剑》的，等等，这是一个传本。还有另一个流传比较广的传本，就是郭氏传本。传人是清代二等笔贴式郭阔罗氏，由他们的家族传下来的，这个传本叫《飞啸三巧传奇》，由此，以后就定下来，都叫这个名字。

郭氏传本在内容上，要比关氏传本更加丰富，故事雄浑壮阔、曲折生动、跌宕感人。本书就采用了郭氏传本。因为这个传本是由卜奎传到瑷珲城，当时城里有个书场，有人在此专讲《飞啸三巧传奇》，听书的人很多。甚至当时在满族比较大的姓氏家族中，每到逢年过节，自己也能讲三女传奇，脍炙人口。其间，传本众多，比如刘氏本、祁氏本、孟氏本，都是《飞啸三巧传奇》的不同传本，不过在内容上互有补充，文字有短有长罢了。孟氏传本较为完整，但情节、人物均有变动。刘氏传本比较特殊，是汉人讲的，评书特点非常浓，像一本剑侠书，突出了拜师、上山学武艺等内容。

本书讲述的传人，是郭氏传本的传人——郭阔罗氏富察·美容，是个女性，满洲正白旗。富察·美容生于清同治十年（1871），辛未年。1945年（乙酉）病逝，享年74岁。她是承继其父亲、爷爷两代人传承下来的。过去，满族有敬女的习俗，家中女为上。一般都是男的出去干活，女的主持家务，同时也掌握一些说部的段子，逢年遇节，就给本族的上下老小讲。富察·美容就是这样学来的。后来她嫁给瑷珲城大五家子的富察氏。在年节中，这个家族多次请富察·美容讲这些段子，并由他的儿子富希陆记录于1928年前后，后来经过多次整理，就慢慢地传了下来。

据富希陆先生早年回忆，他的母亲富察·美容在未出嫁前，常听她的父亲郭振坤先生讲郭氏传本。郭振坤先生是晚清较出名的遗老，他是光绪末年盛京衙门的笔贴式，到民国年间，迁到齐齐哈尔，曾在黑龙江将军吴俊升属下当过一段幕僚，闲时也讲本说部，后又曾给一些有钱人家当家庭教师，教习汉学、满文。闲暇时，他常听其二爷郭詹爷讲传统说部。詹爷过去很出名，是很有社会地位的。“詹”本是清代的官名，但这里不是指官名，而是专指在满族的家族里，或在集市、城镇中一些有文化的德高望重的人士。他们社会经验丰富，见多识广，能言善辩，助人为乐。所以，在族中或族外一些人有燃眉之急的事，常请他们筹谋并得到解决。因此，人们把这些人奉为詹爷。他们不但能歌善写，而且还能演讲。郭氏传本如果推算的话，还是从郭振坤先生的二爷郭詹爷那儿传下来的。除此以外，据可靠人讲，从这部书的内容看，应该还有一些人参与口头创作和记录、整理写出这部书的。为什么这样说呢？因为这部书不同于满洲其他说部。满洲说部的突出特点最早是用满文，而且都有家族的崇拜史，夹叙夹唱。而这部《飞啸三巧传奇》汉学痕迹十分明显，非常像后来的评书，或确切地说，非常像宋明以来的话本，有这个传统。而且这部书中说书人有很多扣子，这个特点在说部中也是比较少见的。这种演说技巧，肯定是经一些博学的汉人之手丰富、加工而形成的。这说明，这部说部最早的创作者，应该是一位汉学家，或者是一位懂汉学的说书人。不仅如此，他们还因为通晓、了解清代乾隆、嘉庆、道光年间宫廷大内的秘史及一些大臣们的生活背景，在这个基础上，就写成这部说部。从此，这部说部在满族民间或其他民族之间流传开来。这种说法的可能性是有的，那么，谁能做到这一点呢？据很多说书人讲，这位说书人很可能就是英阁老。

英阁老，即英和，是清代嘉庆、道光年间的名人，曾做过户部尚书、协办大学士。后在道光年间因获罪被流放到黑龙江的齐齐哈尔、瑷珲，跟随他去的有个叫严忠孝的人。这个人不是一般寻常的人，在清乾隆、嘉庆、道光年间，也是一位内廷的名士。他是乾隆的进士，曾做过巡抚。他为官清廉，对当时社会做官的腐败贪婪、鱼肉乡里的事情，深恶痛绝。在道光朝时，他在湖南做通判布政使，曾对这些事情有过怨言，褒贬时政，因而得罪了他的上司巡抚，被判了罪。囚禁时，被严刑拷打，苦不堪言。正在此时，军机大臣英和，因公事下访察看，将其救出。英和大人虽然耿直，清廉勤政，但他同朝廷一些官宦无法抗衡，无力使严忠孝官复原职。严忠孝也是个心胸坦荡的人，他感谢英大人的救命之恩，愿意在英大人身边伺候。他已看破世事，决心不再为官，准备做一个自食其力的庶人，并同后来蒙难获罪的英和一同去了黑龙江。到卜奎、瑷珲以后，英和、严忠孝同当地的满族及其他族人相处得非常好。据讲，这部书有很多内廷里的事，一些鲜为人知的秘闻，都同英和、严忠孝的参与和传播有关。所以，这部说部引起当时社会中的满人、汉人和官场的重视。这部说部，不单有英和、严忠孝的影子，更重要的是，确确实实反映、记录了清代中期的时政，歌颂了那些忠于大清、捍卫疆土、同邪恶势力做英勇斗争的英雄壮士，揭露了朝廷中一些官员贪赃枉法的罪行。这正是这部书的价值之所在。

《飞啸三巧传奇》的传承谱系：

1. 清代道光、咸丰年间该说部的创作和传承人——关雁飞、英和；

2. 家住卜奎的满洲著名望族郭阔罗氏家族，其祖先原系直隶汉人，清初与睿亲王多尔衮关系甚密，多尔衮爱妃郭霍罗氏便出于该家族，可惜寿命不永，郭霍罗氏妹又续为其妃，该家族由汉军抬旗为满洲旗人，其后裔在盛京、黑龙江任将军与都统，故此该家族乾嘉之后，越加显赫。乾嘉道三朝大学士英和虽遭贬卜奎，后平安返回京师，全仗郭霍罗氏家族声威。富察·美容便是这个显赫家族之女，嫁于瑷珲咸丰朝御前侍卫发福凌阿之孙德连，故将原存于关氏传本的《飞啸传》（或称《穆氏三杰》）带到富氏家族，在德连与富察·美容夫妇的修润和丰富之下，发展成为《飞啸三巧传奇》，即世称富氏传本。

3. 富察·美容最喜欢自己的儿子富希陆先生，从小就注意培养他对事物的观察能力，培养他默记、默读的强烈的反应和回忆能力，即记忆力。讲满族说部的人，经常培养三个特能：第一，见到什么东西，马上就能用非常形象、生动、简洁的语言，立即就把这件东西的模样、大小、性质说得一清二楚，给人一种喜欢的实感；第二，平时锻炼自己不论事物大小、巨细、多少，都能印入脑际，不论经过多长时间、遇到什么烦事，只要突然提起这件事，就能说得一清二楚、头头是道。为此，天天练背数字、熟悉事物名称（草、木、树、虫、兽、自然界的风云变幻、土木的颜色、石头的形态等等）、满语语言的活态变幻词汇等；第三，锤炼口才，力争做到口若悬河、见事生词、见景生情、见问即对、随机应变，不“打笨儿”。凡跟富察·美容学唱说部的人，都首先练这些基本功。据富希陆先生晚年回忆，他在五六岁时，就按额姆的话来做，每回都讨得额姆的喜欢，所以他从小就成为富察·美容最满意的传承人。《飞啸三巧传奇》，就是富察·美容病逝前传给自己儿子富希陆的文化遗产。富希陆是满族说部《飞啸三巧传奇》在新中国成立后唯一的传承人。1976 年以后，富希陆先生又传给自己的长子富育光，并于 1979 年秋天由富育光记录下来，富育光成为本说部的传承人。2005 年，富育光录音后交给吉林省中国满族传统说部集成编委会，于 2007 年正式由吉林人民出版社出版。

第五节　《雪妃娘娘和包鲁噶汗》
——最有特色的代表作

满族传统说部《雪妃娘娘和包鲁嘎汗》，是富希陆先生早年承继杨青山先生家族传承的一部著名的满族说部。

满族传统说部《雪妃娘娘和包鲁嘎汗》，四百余年来以其悠久而脍炙人口的传说故事，为北方诸民族所传诵。该传说最初形成的年代，已无稽查考。但从黑龙江省黑河市爱辉区满洲富察氏家族耆老口中传述可知，他们的先辈曾于清康熙二十二年（1683），跟随同族同宗、首任黑龙江将军萨布素，为抵御外侮入侵，奉旨由宁古塔北戍瑷珲的。萨布素将军曾为族中留下他北征黑龙江、守边卫土的手稿《兵痕备钞》四册，1900 年庚子俄难，被沙俄焚烧瑷珲城时佚失。在这部遗文中曾记载：皆云“混同北岸有巨丘，古木参差。土人诵传有母子厚葬乃成巨丘焉。”这里所言“混同北有巨丘”，在康熙年间抵御罗刹的八旗将士们都普遍传讲着，甚至有人曾云还目睹过。此类传闻，在当地的费雅喀等民众中也家喻户晓。所谓“巨丘”，实际上就是指黑龙江入海口附近有一座黄土堆起的大坟，年久坟上丛生粗草小树。据传坟内葬有母子两人，传诵着许多母子两人神秘离奇的故事，为后人景仰，常有悲悯者时来填坟、献供，日久而成高冢。

另据久住在黑龙江省孙吴县霍尔莫津、哈达彦等地群众曾福臣、孟宪君、孔昭发等人证实，社会上流传的《雪妃娘娘和包鲁嘎汗》，就是讲述黑龙江口“大丘”坟的故事。他们从青年时代起就听自己家老人和附近村落的人们，讲述雪妃娘娘和包鲁嘎汗母子两人的可悲经历和非凡的历程，同“大丘”坟的故事非常一致。所以，这足以证明满族说部《雪妃娘娘和包鲁嘎汗》，产生年代约在大清国初年的时候，到清康熙朝中叶已经深入人心，广泛传开，并一直在北方各族中流传着。事实如此，凡清康熙朝北戍瑷珲的满洲八旗诸姓氏，许多家族都知道并能传讲此传说。追其源，他们多是从住在黑龙江中下游地区费雅喀、索伦、黑斤人等当地朋友那里听来后，又在本族中传讲开来。当年，率军戍北的清军将领萨布素、马喇等人，还从费雅喀人口里记录了《雪娘娘与大丘坟》的故事。

长期以来，《雪妃娘娘和包鲁嘎汗》，所以为后世喜爱、重视和传讲，主要因为当地各族均传说，说部中的主人公女真后裔雪妃、蒙古科尔沁部色音布尔等人，都确有其人，后来死在漠北，留下荒冢。该故事记述清初女真诸部，特别是努尔哈赤建州部发轫时期的故事，以及建州部当时与蒙古科尔沁各部之间的大量鲜为人知的史实资料，颇有史料价值，因而倍显珍贵。除此，全书极力讴歌了当时民族间之情爱、正义、友善、互助等人间品德和许许多多心地善良、可亲可爱的英雄人物。全书充满浓郁的地方生活气息。各族以不同语言，竞讲《雪妃娘娘和包鲁嘎汗》，不断丰富润色，使其成为满族祭祀或年节余兴中，最受族众喜闻乐见的“乌勒本”说部，代代传承着。

再据黑龙江省黑河市瑷珲区一些满族已故著名文化人士祁世和、吴宝顺、徐昶兴等先生生前回忆，《雪妃娘娘和包鲁嘎汗》传本，在传承中名称很多，如《孤女离恨》《大丘坟》《黑水狼儿传》《宝音福晋和包鲁嘎汗》《雪妃娘娘和包鲁嘎汗》等。虽然名称不同，但内容均同出一个故事。只不过因说部流传地域不同或因讲述者的阅历和偏爱有别，说部内容有所侧重和变异而已。

本说部的流传主要是依尊满族杨姓家族的传本，经过富希陆先生多年珍藏、修润之后，而形成的一部恢宏壮阔的满族长篇说部。在黑龙江省黑河市瑷珲区大五家子村，与张石头同乡居住的杨青山老人，他们是1947年就在一个生产互助组里共同生产劳动的，合作社成立以后也在一起劳动，处得如兄弟一般。平日里张石头先生对孤身一人的杨青山照顾有加，杨青山很受感动，后来张石头英年早逝，杨青山便与他的妻弟富希陆生活在一起，两人成为好友，还将他爷爷传下来的杨氏家族口传古本给了富希陆先生。它原来是一本很珍贵的满族说部讲唱纲要，用密密麻麻的汉字在茅头纸上写成，然后用线装订在一起，其中还零散有着一些满文字，插页中还绘有图，不过因时间存放太久，有不少页已经残破，字迹难辨，似乎最后五六页已经被撕扯无存。杨青山务农以后，因生活所迫也很少顾及这个残本，把它存放在他借住的富希陆先生的仓房中的木克楞里，长期也不拿出来查看，因受虫咬、麻雀絮窝之害，所以毁坏严重。直到落入富希陆之手后，才被重视起来。

杨氏家族祖居黑龙江江东支流精奇里江桃木河，其祖先在咸丰、同治年间常与当地族众远涉北疆黑龙江出海口和鄂霍茨克海南海滨诸岛屿，以猎捕鲸、鱼、鹰、貂为生。为捕猎方便，他们就住在黑龙江入海口的堪扎阿林部落。这里水草丰美，鱼虾丰富，周围山峦重叠，冬夏气候宜人，适于布特哈人（狩猎）居住。聚到这里来的人除有当地零散的土著乞列迷人（即费雅喀人）外，多系明末清初以来从辽南一带躲避征役、囚牢、苛捐的流民。这些人虽然民族不同，甚至语言也互有差异，但美丽的山光水色把他们凝聚在了一起。除了终日除捕鱼、打猎外，夜晚聚在熊熊的篝火边是他们最欢快的时刻，这时通常能听到不同的声调和看到几种形态的歌舞。

在这伙既陌生又豪放不羁的欢乐人群里，一位双目失明的乌德林老玛发最惹人注目。他自称是无主的奴才，原居黑龙江德钦部，后归附乌拉部，又被俘到建州部。他通晓女真语、费雅喀语，阅历丰富，又有一口讲唱才艺。他头戴鹿角帽，身披鲸鱼袄，脚穿光板海豹靴，斜挎一柄堪察加萨满常用的鱼骨长琴，腰挂乞列迷人喜用的弯脖小鼓。据他讲，他凭着穿一双千层底儿海豹靴，背着琴鼓，聆听着海醉子鸟的叫声，走遍了北海的火山群附近的村落，到过库页岛，跨海到了堪察加、楚克奇、白令海岸，尽管危险重重，都不能使他遇险丧命，他总是能寻找到有生民栖居的沃野，人们都愿聆听他的古歌古曲，给他的酬报只是一瓢汤米、一片鲑鱼、一件衣裤。

乌德林老玛发最擅讲唱《大丘坟》等长篇说部。说来也很奇妙，他自称是夜梦雪妃娘娘私得此说部，便从此讲唱起来，一时风闻四野。瞎眼乌德林玛发手舞足蹈地弹奏着弯脖鼓、鱼骨琴，双手弹动如鸟啄，声音激越如惊鹿，不像是一个老人的弹唱，仿佛是有十几位歌手在合唱，使“大丘”坟的雪妃故事传遍了黑龙江出海口所有地方。他到处传讲雪妃娘娘的悲凉历史和传奇遭遇，引起听众的同情和共鸣，听讲雪妃娘娘的人越来越多。乌德林老玛发也因讲唱雪妃而倍受黑龙江沿岸数百里内各族群众的尊重。据传乌德林老玛发在一次沿江屯寨讲唱说部归来的途中，突遭山火，被焚惨死。乌德林老玛发生前常借宿杨氏家族在黑龙江口的“塔旦包”（满族古代远地狩猎的营地），在几次霍乱中全靠杨氏家族精心护养才得以幸免于难，为了报答恩情，他将自己心爱的《大丘坟》和《雪妃娘娘和包鲁嘎汗》说部，口述传给杨氏家族杨青山的爷爷。当杨青山出生时，杨氏家族早由黑龙江出海口阖家逆水迁居精奇里江江东嘎达霍洛，继续以耕猎为生。1900年庚子俄难时，杨青山的爷爷早已病逝。杨青山随叔父逃过江西，在大五家子安家定居。从民国到日伪时期，杨家靠务农为生。杨青山的叔叔被抓作劳工修国道，几乎死在呼兰河，最后还是杨青山哭求屯里老亲故友给从乱尸岗子里捡了回来。杨青山为人倔强，在财主面前从不服软，人们都很喜欢他。他起小随叔叔长大，年轻时就很聪明活泼，有再愁再苦的事儿也从不离开好唱的禀性，长期耳濡目染中竟不知不觉之中从叔父口中学会了讲唱《雪妃娘娘和包鲁嘎汗》。叔叔过世之后，四里八村喜欢听他叔唱讲《雪妃娘娘和包鲁嘎汗》的人，自然而然地都找上了杨青山。这更锻炼了杨青山的讲唱才艺。多年来，他常在各村屯中无偿地为当地汉族、满族、达斡尔族、鄂伦春族人讲唱《雪妃娘娘和包鲁嘎汗》说部。由于杨青山好琢磨事，又好学好问，他讲的《雪妃娘娘和包鲁嘎汗》比他叔叔讲得更是中听，他的名声也就越来越大了。

杨青山孤身一人，多年来始终与同村挚友富希陆先生的姐夫张石头住在一起，与张石头同在一个农耕小组劳动。杨青山因长期生活四处奔波，又没有成家，还患有严重的肺痨症，张石头夫妇从不歉脏臭，借款替他到附近村屯张罗中药方给他医治。1950年冬，杨青山在弥留之际，因当时张石头已经早逝，便将《雪妃娘娘和包鲁嘎汗》传授给他同村的挚友、张石头的妻弟、曾任小学教员的富希陆先生，由富希陆先生逐字逐句记录下来，并定名为《雪妃娘娘和包鲁嘎汗》收藏起来。后来，富希陆先生将《雪妃娘娘和包鲁嘎汗》传给其子富育光。1953年后，富育光在黑河地区工作时，曾访问过熟悉《雪妃娘娘和包鲁嘎汗》故事的黑河职工干部学校教师徐昶兴、下马场祁世和穆昆、大五家子吴宝顺村主任等人，对该说部做了核对，并听过他们传承故事的不同讲述。1980年春，富育光又对《雪妃娘娘和包鲁嘎汗》说部认真通读，并赴辽宁新宾、内蒙古哲里木盟（今通辽市）和郭尔罗斯查干花镇等地做进一步调查访问，对说部中的年代与几处地名作了核对。但对已在俄国境内的"卢莱巴那""堪扎阿林"等地名，不便核证，依前所述，保存下来。

第六节 《东海沉冤录》
——女真人的一部血泪生存史

富察氏家族传藏的著名满族说部《东海沉冤录》，是富希陆先生承继家族传讲的传世说部故事，为又一重要民族文化遗产。

满族传统说部《东海沉冤录》，在满族长期流传不衰的民间口碑说部艺术之中，独具特点和艺术魅力。《东海沉冤录》并非讲唱清代满族往事，而是以清前朝开国皇帝朱元璋等群英勋业为说部核心背景，栩栩如生地展现了一段鲜为人知的逐鹿辽东和东海女真人的血泪生存史。其故事新颖跌宕，成为清代朝野各层人士朝夕很喜爱听讲的书目。特别是在乌苏里江以东原居住地的满族东海女真人后裔中，传咏尤炽。相传早年，在锡霍特山南麓及沿海散居的部众，年年都有各种形式的民间祝祭活动，除烟火不断、祭歌频传外，自有本部落激扬慷慨的"乌勒本"，向儿孙们传讲当年的血泪沧桑史。1860 年，该地域归入沙俄版图之后，原居住地不少东海女真诸姓氏背井离乡，远迁我国东北各地，关山重叠，更加倍怀念祖先故土的情怀。众多扣人心弦的传说、众多荡气回肠的长歌，像流不尽的涓涓溪水，在数百年奔腾流淌中汇聚成了浩瀚的泱泱说部，传播白山黑水乃至京津内地，为世人所缅怀。这是《东海沉冤录》在我国北方得以广泛流传与影响深远的重要社会基础。

该说部开宗明义地讲明它发端于清廷上层。全书所涉猎时期系从大明朝朱元璋洪武年间到燕王朱棣废恭闵称帝时止。其主要情节、人物、时间、历史纠葛等内容，有些几乎同《明史》相吻合。可以断定，说部初成书于明末清初，传于顺治、康熙时代，雍正、乾隆后全书成体。本书初稿约经多位清代一些史官文人的组合与综述，其间又不断糅入民间街谈巷议的无数散在故事，先由清宫大内传入臣僚、传入各地民间，愈来愈丰满成熟，最终凝聚成为波澜壮阔的满族长篇说部《东海沉冤录》。本说部填补了古史和文献中东疆地舆人文史料空白。全书上自皇家，下至燕、冀、辽东以及东疆各部族东海庶民，皆入表述之列。它大量记载了古代东海人诸多实难查询的民情掌故，堪称"趣"书、"博"书。清道光朝因罪流放黑龙江卜奎的大学士英和听过此书，赞其曰"东海实录，不为过也。"

《东海沉冤录》在长期流传中有不少传本。本书所传之初始范本，据知为口耳相传的长调祭歌体传本。讲唱者依传本以述为主，边歌边唱，夹叙夹议。据传在最早的传本里，保留的长调曲牌有《赞美人》《娘娘乐》《东海号子》等二十几个，变换咏唱，活泼舒展，趣味盎然，可惜早在流传中渐已散佚。

《东海沉冤录》的最早讲述者，据传是出于清后金开国大将满洲舒穆鲁氏杨古利。杨古利家族世居珲春，其父为库尔喀部酋长，青年时代随父归附建州部首领努尔哈赤，同隶正黄旗。杨古利英勇无敌，伐辉发，破窝稽，灭乌拉均有战功，深得努尔哈赤宠爱，被封为额驸。天命间，又大战萨尔浒，破铁岭，拔沈阳，后随太宗破明关，薄明都，直逼京畿，英名赫赫。天聪、崇德间亦甚得太宗皇太极和孝庄皇后的宠幸。其侄女舒穆鲁格格，乃女中巾帼，武艺超群，由太宗恩允，嫁于太宗爱将哈勒苏将军之子、首任宁古塔城守尉虽哈纳将军为内室。杨古利与哈勒苏同佐太宗御前共事，尤有姻亲之谊，交往挚密。杨古利的舒穆鲁氏家族，长期生活在东海窝稽部锡霍特山南脉乌苏里江源罕噶哩松岩一带，而杨古利本人自幼在当地土生土长，非常谙熟东海地理、风物、民间口碑史话。据舒穆鲁氏家族颂扬祖先功业的传闻证实，杨古利性好尚勇习文，素有演讲口才，常在军中以讲唱拿手的家乡东海长歌为奇艺，本族以此为荣耀。杨古利这一特长，后为其侄女舒穆鲁承袭。舒穆鲁自嫁入富察氏家族后，便把东海故事悉数带到了吉林、宁古塔，传给了富察氏家族上下人等。故富察氏家族得天独厚，很便捷地了解和全部得到了《东海沉冤录》故事，并发扬光大，传播开来，成为后来富察氏家族所据有的满族传统民间说部文化财富中的又一重要组成部分，随时作为阖族婚寿祝祭等活动时的余兴。

这期间的《东海沉冤录》故事与后期的《东海沉冤录》相比，还是初步的。富察氏家族的《东海沉冤录》的最终完成，则是在清康熙年间。康熙二十二年（1683），富察氏家族中一支——托雍额携子伯奇泰，随萨布素将军奉旨永戍瑷珲后，又将《东海沉冤录》故事由宁古塔带到了瑷珲新址，常常在战斗空隙时，给从宁古塔、吉林、盛京等地来此戍边的八旗将士们，讲唱“乌勒本”说部《东海沉冤录》。因其史料鲜闻，生动离奇，而为兵勇称道。其实，富察氏家族传讲的《东海沉冤录》尚属本说部的待成雏形。当年在瑷珲戍边八旗营中还有一位很著名的清廷大人，也能擅讲与《东海沉冤录》名异情近的长篇说部《血荐情缘传》。此人名叫玛拉，姓那喇氏，满洲镶白旗人，顺治朝以来曾在清理藩院、礼部、工部等重要部门任职，博古通今，善交天下人士，尤通晓北方索伦语、蒙古语、费雅喀语、俄语等几种语言，对北疆诸民族生活区域民俗掌故极其熟悉。他早在京师理藩院时，“在外国公使中戏讲《血荐情缘传》以为趣”。可见，他很早就熟悉这部部说。此番他奉旨随彭春公等由京师来到北疆瑷珲参与指挥雅克萨之战，八旗统领们为激励将士，在军营中讲唱。此外，富察氏家族的《东海沉冤录》、玛拉大人的《血荐情缘传》等，也都是众人必听的选段。《血荐情缘传》故事情节要比富察氏族众讲述的《东海沉冤录》情节更丰富，它增加了明初朱洪武身边众多谋臣良将的故事传说，还有关于金陵、秦淮河、燕京等地市井形胜和庵堂禅事等描述，自有体系，独具一宗，使全书更具有完整性和欣赏性。玛拉将军讲唱的《血荐情缘传》，因其情节涉及长城内外，物阜民丰，博文广记，曲折动人，俨然为我国北方元末明初的社会万花筒。因此，《血荐情缘传》在当时影响较广。瑷珲富察氏家族后来在整理和讲述《萨大人传》的同时，对舒穆鲁氏家族早年传述的《东海沉冤录》，在反复聆听《血荐情缘传》的同时，由本族说部色夫们（师傅）后来在唱讲过程中不断切磋，不断进行合理地吸收、丰富和充实，形成了《东海沉冤录》今日特有的格局，并仍沿用《东海沉冤录》固有的书名传承和流传下来。这便是满族传统说部《东海沉冤录》最早期诞生、成书及其传承的概略过程。

自康熙朝以来，《东海沉冤录》在我国北方长期流传过程中影响日广。该书引起多方喜爱，究其因就在于东海在大清国上下人等心目中，是一块既遥远又富饶、既野蛮又神秘的所在。东海地区广袤无垠，有漫长的海岸线，山富树果，海藏鱼盐，物产丰饶，气候宜人，向称北国巴蜀。故而成为世代栖生福祉，招徕八方生民的宝地。也正因如此，金、元、明以来东海向成为各路兵家、地方政权、各部族争相窃据、染指、火并患难深重之域。清道光朝之后该地沦为外国属地，人们倍加对其增添崇仰、痴恋、神奇之情。东海故事因其生动奇特，不单满族人家喜爱听，汉人和其他各族人士也喜欢听，不胫而走，不分尊卑，书肆客满。甚至在民间传讲，乾隆帝为体察下情，在宫中宣听子弟书、八角鼓书目外，还有风靡一时的《东海传》，即《东海沉冤录》。过去，京师和吉林、卜奎市井街头演唱中有说《大明公主哭东海》《东海古谣》《大仓豪族》等书段子者，都是由《东海传》书名派生而来的。

据富希陆先生1961年秋回忆，本传本形成约有二百多年的传承史了。这期间有过几次补充。清末同治、光绪年间，富察氏家族《东海沉冤录》的主要传承人是富小昌萨满和毓昆大萨满，后传于先祖伊郎阿，伊郎阿庚子俄难战殁于大岭，“乌勒本”的传承人也因此中断了十余年。进入民国时期，居住在大五家子托克索的富察氏家族，因社会变迁，家道衰落，阖族各支分居而过。尽管如此，祭礼、族规、传讲说部的古制，仍沿袭不变，仍由伊郎阿二子德连和全连兄弟统理。家族每逢有节庆、迎送、寿诞、祭祀、婚丧等重大事项，必有妈妈或玛法讲唱说部。德连于1934年病逝，《东海沉冤录》由其子富希陆承袭之，因教务甚忙，便由姐夫张石头代之。张石头自小长在富察氏家族中，虽没有文化，但聪敏好学，通晓满语满俗，过耳不忘，甚得祖父母喜爱。富希陆先生有暇时便跟他姐夫一起追忆和切磋喜爱的《东海沉冤录》。

《东海沉冤录》系1947年至1949年间富希陆先生回故乡大五家子村居住后，利用农活空隙，深夜不寐，在豆油灯下边回忆边记述下来的翔实备忘纲要，并经常同当地满族著名说部故事家杨青山大哥在一起热心切磋，不断地充实整理，最后俩人用白线订成了小型轻便的手抄文本，在屯里传借，可惜1948年冬佚失。尽管如此，《东海沉冤录》故事并没有被杨青山、富希陆等热心人士们遗忘，仍偶尔在众人中传讲。1978年富希陆又将传本传给其长子富育光。

第七节　神话史诗类型的满族说部

富察氏家族满族创世神话《天宫大战》《西林安班玛发》《恩切布库》，是富希陆先生在满族中征集、翻译、整理、传承下来的。金源传说《苏木妈妈》是富希陆先生从其母富察·美容传承而来。

满族萨满创世神话《天宫大战》的流传地域，主要是居住在黑龙江省黑龙江沿岸黑河市爱辉区大五家子、下马场、蓝旗沟，孙吴县四季屯、大桦树林子、小桦树林子、霍尔莫津等满族众姓之中。这些家族多是清康熙年间由宁古塔（今宁安市）等地奉旨北上永戍瑷珲的。经多年调查证实，《天宫大战》创世神话最初产生地区已无法稽考，但从新中国成立以来我国北方满族民间文学集成整理状况可知，黑龙江省宁安市三套集成出版的满族民间故事集亦收入宁安地方满族民众传讲的《天宫大战》，可见在宁古塔地区满族口碑流传中该神话已久有流传。在黑龙江省黑河市瑷珲区和孙吴县满族诸姓氏中，《天宫大战》创世神话已是长期以来为人们所熟知的重要传承区域。满族萨满创世神话《天宫大战》故事，就是由生活在这些地区的满洲巴林哈喇、萨克达哈喇、章佳哈喇等姓氏世代传播，一直讲唱不衰并保存下来的。在20世纪30年代，当地的满族文化人氏吴纪贤先生和富希陆先生，访问满族杰出的文化传承人——孙吴县四季屯著名老猎手白蒙古。白蒙古，本名叫白蒙元，满洲巴林哈喇，正白旗人，一生擅套狍子，又嗜酒，故名“白蒙古”，赞其猎技过人。白蒙古从爷爷处袭得《天宫大战》神歌九大“腓凌”（章节）。由他给传了下来《天宫大战》创世神话。在黑龙江一带满族老户中，有多种传本。在满族富姓、吴姓、祁姓等家族中，也有讲述人，不过，没有白蒙元传本完整。1939 年，富希陆先生在大桦树林子任小学教员期间，多次用满语记录和润改，保存下来。1976 年，在大五家子故乡，因县文化馆征集民族文化遗产，请他讲述了《天宫大战》片段，从此，《天宫大战》为社会上更多人知晓。富希陆先生的文稿，被其长子富育光保存，并于 1990 年在《萨满教与神话》中由辽宁大学出版社出版公布。

满族创世神话《天宫大战》的续篇《西林安班玛发》，是四季屯臧姓家族萨满传承下来的《天宫大战》中的故事。富希陆先生在该屯当小学教员时收集、整理的，原为满语。

1976 年，黑河市瑷珲区文化馆来征集民族文化遗产时，富希陆先生与《天宫大战》一起，将《西林安班玛发》也介绍出来。从此，《西林安班玛发》也被世人所知。后来，富希陆先生传讲给富育光，在 2009 年第二批满族说部中，由吉林人民出版社正式出版。

满族创世古歌《恩切布库》和满族著名金源说部——史诗《苏木妈妈》，都是富察·美容家族传承下来的金源故事，并由富察·美容在富氏家族中多次传讲，富希陆先生就是在聆听这些长歌中成长起来的。其中，有《完颜阿骨打传奇》《金兀术传》《苏木妈妈传》《苏木妈妈》等。因社会变革、家族人口的变迁，许多故事已经失传。唯有《苏木妈妈》《恩切布库》这些韵体的满族长歌，因为生动有韵，便于记忆，富察·美容能够经常给儿孙讲唱，也就被留心民族文化的长子富希陆等人学唱并回忆下来。1976 年，该地文化馆征集民族文化遗产，富希陆先生将这些金代著名长歌给讲述出来，并让自己的长子富育光做了记录。2009 年，富育光将这两部满族长歌，交由吉林人民出版社正式出版。

第八章

赵氏家族与说部的传承（上）*

“满族说部”的产生与传承，不外乎以下四种渠道：

一、家传。

家族先世曾发生过重大事件或产生过重要人物，足以值得传颂、传讲，让后世永志不忘，以此方式缅怀先人。这种类型基本上是在内部传承，不对外公开。

二、族传。

本家族或本氏族曾经发生过历史重大事件或产生重要历史人物，知情者或见证人恐其湮没，所以传讲下来。随着传承的深化和提高，久而久之便形成了说部。这一类型的说部属于半公开的性质，它不像第一类家传那样有诸多忌讳。

三、自传。

文化人自编自讲的满族传说故事，用以自娱。它们的传承有很大的随意性，但也有以亲见亲闻的历史事件为依据。

四、师传。

江湖艺人将民间故事改编成大型说部在社会上传讲，并以此作为一种职业教授徒弟，辗转传承形成派别。但这类传承是不严肃

---

* 以下两章系满族说部传承人赵东升先生口述整理而成。

的，越传越走样，最后终因异化变质而衰亡。

这四种传承渠道中前两类传承是严肃的、负责任的，即使后来有变化也不会离开原型，属性不会变，因为他们是“讲根子”，传讲祖先的历史。后两种是带有随意性的传讲，有自娱的性质，还有点市场化的味道。讲唱这类说部以听众喜好为宗旨，以市场卖点为前提，较少不考虑说部的性质。

这四类说部有一个共同特点，即所传承讲述的说部必须是满族的故事，而且无论是传承人和讲述者都必须是满族，否则就不算“满族说部”。

我的家族传承的“满族说部”应该说除了第四类型外前三者是兼而有之，但以第一类（家传）为传承重点，从发源到现在整理公之于世，大约经过了三百年的漫长岁月。

第一节　祖系渊源

我的家族传承的“满族说部”之所以经历了那么长的时间，传承近十代之久而没有改变原型，这和我祖先历史渊源有着直接的关系。

我是海西女真人的后裔，本姓纳喇，清代改姓赵，隶满洲正白旗。追本溯源，有谱系可记的始祖生于元末，创业在明初，至今传下二十四五代，已有六百年的历史了。先人传说，祖上为金朝完颜氏，完颜宗弼（兀朮）为始祖，惜无谱牒可证。我们族谱起于纳齐布禄，据说，从完颜宗弼到纳齐布禄，中间尚隔七八代。另知女真人有“以地为氏”的习惯，纳齐布禄的曾祖名叫倭罗孙，这也是他迁居该地后改的姓氏，因此，我们的家谱上有“倭罗孙姓氏”的记载，到纳齐布禄时始改为纳喇氏。《八旗满洲氏族通谱》上说，纳齐布禄被蒙古兵追赶，问其姓，“随口应之为纳喇氏，遂相传为纳喇氏云”。此说不可信，改姓更名，不是简单的事。再说，蒙古语和女真语是两个不同的语种，如果追兵说的是蒙古语，纳齐布禄不一定听得懂。倒是我们家谱记得比较准确，追赶纳齐布禄的兵马不是蒙古人，而是锡伯人。锡伯人也是女真人的一支，故语言相同。另据家传史料，纳齐布禄以纳喇为姓，是其先世曾居于纳喇河滨，以地为氏，这是女真之俗。

约在明永乐四年（1406），纳齐布禄在族人的帮助下，建立起势力不大、领地不广的小政权，称“扈伦国”。从我家族保存的家谱来看，纳齐布禄传家多拉胡其（清史中称“尚延多尔和齐”）。多拉胡其生有二子：长子撮托，次子佳玛喀（嘉玛额硕朱古）。王位由次子佳玛喀继承，长子撮托被派往长白山自成部落，称“长白都部额真”（亦作长白督部额真）。撮托生有二子：长子巴岱，因制造塔流血事件被逐出宗族，其后裔下落不明；次子往文阿哈，无嗣。佳玛喀生有四子：长子都勒希（都尔机、都尔嘉、都里吉），次子扎拉希（扎尔嘉），三子速黑忒（舒和德、苏赫德），四子绥屯（随托、瑞谷）。

我们是都勒希之后，都勒希为扈伦国主。

扎拉希分守哈达地，生一子倭谟果岱，曾称雄辽东，自号“扈伦哈达贝勒”，明朝封其为“满洲女真国汗王”。然而，他死后哈达战乱开始，其子孙丧失统治权，被迫返回祖宗故地，落脚于宜罕山筑城以居，并改姓为伊拉里氏，其后裔至今姓伊（依、衣）。毫无疑问，他们已脱离了纳喇氏家族。

速黑忒，明截塔山左卫都督，弘治初，在一次抗击蒙古入侵战死，纳喇氏家谱未系其后裔，认为那次变故中其家人均已殉难，故以“无嗣”相传。实际上，其家属已经脱险，返回哈达，其子巴尔托传有后裔，他们的后裔现在大多以那为姓，也有少部分姓南者。

绥屯，明正德时以其子克什纳继塔山前卫都督，以速黑忒敕书入贡。克什纳都督及其长子彻彻于嘉靖十三年（1534）死于家族内讧。彻彻穆一子万逃避绥哈城，后入哈达建国称汗，史称万汗。彻彻穆之外，尚有四个兄弟，大部都传有后代，如今辽宁那姓满族一大半为其后裔。

我们是都勒希第三子古对珠延的后代。

都勒希生有三子：长子厄和桑桑乌（额赫商古），次子库桑桑乌禄（固森商古鲁、尚古、库桑桑古），弘治时任呕罕河卫都督。由于库桑桑乌禄反明盗边，被逐出家门，厄和桑桑乌早死，所以扈伦国主由三子古对珠延继承。

古对珠延传二子：长子太安（泰堪、台费喀），为富尔哈城主，生有六子，这一支人丁兴旺，其后裔基本上都被迁入辽东，现在以那为姓氏；次子太栏，继承部主时而扈伦国解体。太栏子布颜收服附近叛离诸部，筑乌拉城，建乌拉国，是为第一代乌拉国王，事在明嘉靖四十年（1561），这一时期“扈伦四部”基本形成。

布颜（补烟、布彦）生有六子：长子布干（布罕）、次子布勒希（布尔嘉）、三子布三代（布三泰）、四子布云（布准）、五子吴三泰（武山泰）、六子博克多（布可敦）。六子皆称贝勒，而以长布干嗣位乌拉国主。布干生三子：长布丹、次满泰、三布占泰。布丹生三子，居宜罕山城为主。满泰继承乌拉国五，死于宗族夺权阴谋，生有五子，女阿巴亥为清太祖努尔哈赤福晋，称大妃，生多尔衮兄弟。布占泰继兄为乌拉国第四任国王，生八子，第八子洪匡为我们直系祖先。万历四十一年（1613），乌拉国灭亡。

第二节　乌拉王的后裔

就我们的世系来讲，乌拉纳喇氏即始祖纳齐布禄、二代多拉胡其、三代佳玛喀、四代都勒希、五代古对珠延、六代太栏、七代布颜、八代布干、九代布占泰。他在位18年，从始祖纳齐布禄建立扈伦国起（1406），到万历四十一年（1613）灭亡，总计传国九世计206年，一脉相承、从无间断。

我是布占泰的十世孙，从始祖算起为第二十代，从乌拉国灭亡到现在接近四百年，总计六百多年，传承三十代，为满族群体中渊源最久且有谱系可凭的一个氏族，这在满族内也是绝无仅有的。若从完颜氏算起，是一个具有近千年历史的古老氏族。

布占泰共生八子六女。八子身世基本清楚，六女仅知一女名萨哈璘，许配叶赫贝勒金台石第三子沙浑，约定于万历四十一年（1613）正月十五送到叶赫成亲，未及送出而建州大兵已到。经过富尔哈一场决战，纳喇氏家族中出了动摇分子和叛徒，偷偷打开富尔哈城门降敌，动摇军心，导致乌拉兵大败，布占泰率少数残兵逃到叶赫，此女下落不明。七年后努尔哈赤破叶赫，在此半年前布占泰病亡，而沙浑也被努尔哈赤用乱箭射死。

布占泰有八子，《八旗满洲氏族通谱》和我们纳喇氏家谱《乌拉哈萨虎贝勒后辈档册》均有较详的记载，但两者有个根本的不同点，就是《八旗满洲氏族通谱》是在官方授意下编纂的，存在硬伤，似有回避事实、伪造历史之嫌。《八旗满洲氏族通谱》卷二十三《乌拉地方纳喇氏》中有语焉不详、扑朔迷离之处，还有的是误记和错记。《八旗满洲氏族通谱》颁行二百五十多年之后，布占泰后裔珍藏的纳喇氏家谱——《乌拉哈萨虎贝勒后辈档册》终于公之于世，与此相关的一些问题随之迎刃而解。同时，我们家族秘密传承的关于祖先事迹的传说故事（“乌勒本”）也在陆续披露，从前违禁的东西也成了宝贵的“非物质文化遗产”。

布占泰长子打拉哈，又作达尔汉，清初携兄弟及族人归顺，编入正白旗。太宗崇德七年（1642），参加围困松山俘获洪承畴之战，继而随多尔衮入山海关，大破李自成农民军，以功授骑都尉，晋二等轻东都尉世职。他还以都统衔任正白旗佐领，管理原乌拉王室成员。他是布占泰诸子中为清朝效力并立有卓越功勋的代表人物，同时他也是乌拉纳喇氏家族中一位较有影响的穆昆达。他于清初主持了乌拉亡国后第一次祭祖修谱活动，制定了（谱图），创立了档册，传下了神本，立下了家规，讲述了祖宗佚事。他生二子，接续到四代以后与家族失去联系，至今下落不明。

布占泰次子达拉穆，被指定为乌拉国的继承人，授台吉。他在万历四十一年（1613）正月灭亡乌拉国的“癸丑之战”中，城陷自杀，后其子孙定居北京。

三子阿拉木，原任佐领，《八旗满洲氏族通谱》下载三代而失传。

四子巴颜，副将职，任佐领。

五子布彦托（布颜图），骑都尉兼云骑尉。

以上二位后世不详。

布占泰六子茂墨尔要，《八旗满洲氏族通谱》记为“编佐领令其专管”，并“妻以郡主”，然未标明哪位亲王贝勒之女。而纳喇氏家谱却记为“爵赏贝子，多伦歌旗佐领”，其子孙繁盛，定居北京。

七子噶图浑，任正白旗佐领，后升巴雅拉参领，子孙兴旺。

布占泰第八子洪匡，《八旗满洲氏族通谱》无证，清史不载。然而，他就是我们纳喇氏赵姓满族的直系祖先。由于他起兵反抗努尔哈赤失败而被抄家灭族，清朝讳之。为掩盖历史真相，档案不录，史料不载。《太祖武皇帝实录》记布占泰有子绰启鼐（绰奇纳），《八旗满洲氏族通谱》不见踪迹，以噶图浑为第八子。从辽宁发现的《纳喇氏族谱》也以噶图浑为第八子，证绰奇纳为第七子。我们也考虑，绰奇纳与洪匡到底是什么关系，两者是否为同一个人？暂时还不好确定，不过，经过十几年的踏查考证，洪匡墓葬已经找到了，就在他自杀之地——哈达砬子山城附近往北一公里的山下，即是他长子乌隆阿之墓。我们赵氏满族就是乌隆阿的后裔。

清初达尔汉等人纂修家谱时，找到了乌隆啊一支人，记入了洪匡一系，还是改用满文记入的，我们这一支又有了纳喇氏家谱，定名称为《乌拉哈萨虎贝勒后辈档册》。同时，《洪匡失国》的历史故事也就从此传下。祖先规定，代代延续，不准失传，也不准公开。

洪匡为努尔哈赤养女所生（即所谓和硕公主所生）。洪匡福晋为努尔哈赤孙女，据说是褚英之女。她生有二子，长子乌隆阿，次子布他哈。我们这一支赵姓满族就是乌隆阿的后人。乌隆阿为纳喇氏第十一代，为了生存改姓为赵，也曾被误认为伊尔根觉罗氏。乌隆阿虽然改姓，但接续了纳喇氏系统，以纳齐布禄为始祖，逐代列名，无空档，无间断，一脉相承。他传于十子，第八子诿拉霍（十二代），生五子；第五子五格（十三代）；五格三子凌福（十四代）；凌福生三子，第三子德英（十五代）；德英生四子，第四子富隆阿（十六代）；富隆阿生二子，长双庆（十七代）；双庆生二子，长崇禄（十八代）；崇禄生三子，次继文（德荫，十九代）；继文生一子东升（二十代）即我本人。

我之后，二子宇辉、宇煌（二十一代），二孙奇志、奇铭（二十二代），而其他支系有的已经传到二十五六代了。

第三节　乌拉纳喇氏家族

乌拉纳喇氏自明初到明末历时二百多年的漫长岁月中，由于部族的纷争、家族的内讧、形势的变革，发生了影响较深远的几次重大事件，至今后人们尚津津乐道，用以儆示子孙。

其一，始祖纳齐布禄创业之初，身在锡伯部，并娶锡伯王女为驸马。[①] 纳齐布禄先保锡伯王，建功立业。有了一点资本，他带兵脱离锡伯，占据吉外郎城自立为主。锡伯王联合蒙古兵攻破吉外郎城，纳齐布禄仅带二十名亲兵突围。经过许多磨难，最后返回祖宗故地洪尼（今吉林市乌拉街古城），在当地族人的帮助下，建立一个势力不大、领地不广的扈伦国，总算立住了根基。

其二，巴岱谋杀克什纳都督。

克什纳是扈伦第四代国王都勒希四弟绥屯之子，其人英武强悍。蒙古兵破塔山卫，都督速黑忒战死。其弟绥屯率残部返回洪尼，在松花江沿岸附近山上重筑塔山城，称塔山前卫。绥屯之子克什纳以速黑忒的敕书入贡，冒名速黑忒，又以捕获辽东边外女真叛匪猛克有功，晋秩左都督，令其统领海西女真诸部，并赐金带大帽蟒衣，荣耀一时。堂叔巴岱知道冒名顶替内情，心怀不满，收罗亡命，暗蓄死党，在一个接近新年的冬天，发动叛乱将其杀害。巴岱

① 见《纳喇氏家谱》。

也想效法克什纳，冒名顶替入贡，但他没有拿到敕书。既不能入贡又得不到官职，索性在扈伦国自立为王，建塔山国，企图以此统辖诸部，但诸部不服，巴岱孤立。扈伦国的平叛大军一到，部众哗变，巴岱穷蹙自杀。

而逃出去的克什纳都督子孙，最后收服清河诸部，建立哈达国称汗，成为扈伦四部之首。

其三，布颜“挖河背土”筑都城。

扈伦国部落联盟解体之后，遭受内乱外患困扰，第五六代已经风雨飘摇。七世祖布颜继承时，扈伦国已经名存实亡。布颜审时度势，放弃扈伦国号，在族人的帮助下，团结部民，采取远交近攻的策略，先收服乌拉境内叛离诸部，扩大势力后重筑都城，以原有洪尼为内城，又筑外城，中央修筑了紫禁城，造宫殿，立陵庙，于明嘉靖四十年（1561）建乌拉国，称贝勒。

布颜动员军民修筑都城时，将挖护城河的土运去筑城，就地取材、省时省力。乌拉城建在松花江岸边，实际是洪尼城的改造与扩建。在扈伦四部中，惟乌拉城地势平衍靠山，只能以土分层夯筑。布颜不仅动员王室成员，自己亲自挖河背土。军民见部主亲自干活，都踊跃出力，所以乌拉城筑得质量最好，到现在还威严屹立，雄伟壮观。“挖河背土筑都城”的佳话一直传到现在。

其四，满泰贝勒巡边被害。

满泰是纳喇氏第九代，乌拉国二任国王布干（布罕）之次子。他继承王位时扈伦四部已经形成。四部为海西女真，同建州女真努尔哈赤发生冲突。万历二十一年（1593），“九部联军”进攻建州失败，二十六岁的乌拉大将布占泰被俘，从此留居建州。乌拉国也动荡不安，满泰不再响应叶赫出兵报仇的倡议，因那次战役中叶赫西城贝勒布寨被杀，叶赫急于要报仇。满泰因弟弟囚居建州，不敢再参战，加上国内不稳，这就同叶赫产生矛盾。叶赫鼓动边民窜犯边境，蚕食乌拉领土。满泰为了安定边境，亲自率宗族大臣到苏斡延（今双阳）巡边。

满泰有个族叔兴尼牙贝勒，是富尔哈城主太安之孙，他看不惯满泰，早有取而代之之心，趁满泰巡边之机，买通死党夜闯行宫，将满泰及其随行的长子撮胡里刺杀，又制造国王父子奸淫民妇被“其夫夜入”将其杀害的假象。兴尼牙的行动引起族人的怀疑，虽不敢确定凶杀事件就是他的主谋，但对他提高了警惕，因此宗族合议立兴尼牙未被通过。恰好此时，努尔哈赤释放了居留三年的布占泰，派兵保护送回乌拉。兴尼牙又转而谋刺布占泰未得手，举家连夜逃亡叶赫，布占泰被拥立为乌拉首领。

兴尼牙的家族在叶赫也不被看好，他又转去蒙古，直到乌拉国灭亡以后，清初被召回，编入正白旗，而终不被纳喇氏谅解，仍信奉“宗族谋逆出谱”的祖训。同巴岱达尔汉一样，其子孙脱离宗族，后裔至今无考。

其五，布占泰射雕求辉发。

辉发国为扈伦四部之一，国王辉发纳喇氏原居黑龙江岸尼马察部，先世曾任肥河卫都督。王机褚于隆庆末建辉发国，后其孙拜音达里杀死七个叔父夺位。王族逃到叶赫求救，叶赫出兵把拜音达城困在海龙城。拜音达里向乌拉搬请援兵，满泰令弟布占泰率本部一千人马解海龙围。布占泰并没参战，而是用射雕[①]的手段解围，促使叶赫退兵。也就是通过这次事件，叶赫看中了布占泰是个非凡的青年将士，以西城贝勒布寨女东哥许布占泰为婚。因东哥尚小不能

---

① 具体内容见已出版的《扈伦传奇》第四十四至四十五回，长春：吉林人民出版社，2007年。

成亲，期以三年之后。不料发生了“九部联军”之役，布占泰被俘。接着，努尔哈赤指名要东哥和亲，被东哥拒绝。结果，不但布占泰的婚事被搅黄了，努尔哈赤也没娶成，东哥拖到三十多岁才外嫁蒙古，不久即病死。

清朝史料一直称东哥为“老女”，而隐去东哥之名，一来东哥与努尔哈赤长女东果音同，以示回避；二来有意贬低东哥，使之“名不见经传”以示报复。东哥之名，要不是乌拉王室后人传下，将是永远也解不开的千古之谜。

这都是发生在乌拉纳喇氏先人身上的历史传说故事，有的史籍有载，有的史籍阙如，还有一些错记和讹传。

我家族传下的“乌勒本”，就是在此基础上形成并发展起来的，基本都属于家传和族传的范畴。

第四节　“乌勒本”的传承

乌拉纳喇氏是个具有六百来年历史，繁衍近三十代的名门望族，又经历了数次兴衰与沧桑巨变的时代转折，传下了大量的逸闻和秘史，从口耳相传到文字记录，也是经过了漫长岁月的。最初的传承方式叫“乌奔”，又有叫“乌勒本”“乌尔奔”，一般通用的叫法是“乌勒本”。“乌勒本”是满族及其先人保存祖先事迹的有效形式，大约于金初就产生了。史载：“女真既未有文字，亦未尝有记录，故祖宗事皆不载。宗翰好访问女直老人，多得祖宗遗事。”“天会六年，诏书求访祖宗遗事，以备国史。”① 说明在没有文字的年

① 《金史》卷六十六《完颜勗传》，北京：中华书局，1975 年，第 1558 页。

代，祖宗遗事是凭老人口传得以保存下来的，这就是在满族及其先民中世代流传的“乌勒本”。“乌勒本”为满语（女真语），意思即“家传”“家史”“讲古”“英雄传”。所以，“乌勒本”又被称之为“讲根子”，这就是满族传统说部的原型。

“满族说部”反映了满族的历史。它的内涵原为“满族人讲满族故事”（讲根子），不许外传。传承的形式也有严格的规定，族内传承是主流。父子、祖孙、兄弟，承前启后，久不间断。纳喇氏赵姓满族同其他氏族的不同之处就是有的内容限定在极小的范围单线秘传，甚至在本家庭内部也不可能普及，传承既不许中断又不准外泄，始终处于高度保密状态。因为它传的是“祖宗的秘史”，这在清代是忌讳的。像《洪匡失国》（《乌拉秘史》）、《扈伦传奇》这类说部，是冒着极大风险才得以保存并传承下来的。在清代，传布这种内容的说部（乌勒本）就是“犯上”、就是“妖言惑众”，杀头罪都是轻的。所以到清末，只有四五支还能略晓一二，当这些人离世后，传承就彻底中断了。新中国成立初期，能讲者仅两三人而已。

明万历四十一年（1613）乌拉国灭亡之时，胜利者努尔哈赤在乌拉国都城里欢庆十日，编户万家，收缴了乌拉国的册籍，所有典章文献包括明朝皇帝赐予扈伦国历代首领的敕书统统装车拉走，拉不走的就地焚毁，“火光烛天，经日不息”。拉走的典章册籍，加上数百道明朝敕书，连同建州三卫、扈伦四部堆积如山的千余道敕书，被太宗皇太极销毁于大政殿的院子里。乌拉纳喇氏中有阿布泰、茂墨尔根、白塔柱等亲眼看见了焚烧敕书的行动。

努尔哈赤凯旋时，辟乌拉城周围为“虞猎之区”，令布占泰第八子洪匡为“布特哈”[①] 贝勒。未料到十年之后，洪匡举兵反抗，

① “布哈特”，满语“虞猎、山泽”之意，所以乌拉城又叫大乌拉虞。

仅几日就被剿灭，洪匡自杀，二子脱险，长子乌隆阿被人从乱军中救出，藏匿民间，后来传下十支始祖（乌隆阿娶妻三房，生子十人）；次子布他哈被其额娘带走，也传有后人，据说姓那，清末其后来乌拉找过宗族，乌隆阿后人出于高度警惕，拒不相认。我想，他们不会离开沈阳地区，惜我至今并没找到。东陵区观音阁村那姓满族，疑似布他哈后裔，我也亲自去访问过，他们自己也提供不出有价值的线索，一时还难以认定。

清入关以后的顺治九年（1652，壬辰），由乌拉王族直系倡导，重修纳喇氏家谱。纳喇氏老谱也重见天日，女真文、汉文原谱被保存下来。据此，又诞生了用满文书写的《谱图》和《档册》。后经过多次续修，至今还传有清代纂修的满文谱图。可是，更多满文谱图与档册都在“文革”中被当作“四旧”烧毁，其中有一幅清初那次修谱传下的女真谱图。这是因为主持修谱的“牟坤达”（穆昆达）达尔汉、图达理、阿布泰等人都精通女真文，依据老谱仿制的。1964年办谱时，我目睹了这幅不大的用黄绫糊裱的谱图，上边只有八个人的名字，但没人能看得懂。先人口传，这是乌拉纳喇氏的原始谱，第四世祖都勒希创于明弘治时期。那次立谱时，恰逢他的三弟速黑忒战死于塔山卫，所以立谱仪式草草收场，初创谱图也是不完备之谱，否则也不会只记入八个人的名字。以后经五世祖古对珠延、七世祖布颜、九世祖满泰、布占泰重修或续修，使用什么文字不晓得，因为我们没有看到过，它也不可能在我家保存，保存家谱，中有传给长房，这是家规。他们之所以复制女真文原始谱，是为了让洪匡后代子孙不要忘掉祖宗根基，虽改赵姓，可是乌拉纳喇氏才是正宗。女真文谱虽然我不认识，从它的规模和格式来看，我同满文对照一下，仍能得见端倪：即是始祖纳齐布实禄，二基世祖多拉胡其，三世祖撮托、佳玛喀，四世祖都勒希、扎拉希、速黑忒、绥屯，我想这不会有错，因而，我将它纳入《扈伦传奇》一书里，以免失传。至于谱图上附记的谱序之类文字，那就永远成谜了。满文谱序是图达理、达尔汉等人拟的，是否同女真文谱序内容一致不得而知。清末续修时译为汉文，因译谱人水平，这篇本来文字量不大的文献，却出现几个版本，因之有“锦本”“弓本”“罗本”之说。

我们家史“乌勒本”的传承，流传于明末，形成于清初，纯属家族内部传讲的“先人事迹”（也叫“讲根子”），自从发生“洪匡事件”，洪匡本人自杀，家族亲信被株连，死亡五百多人，先人传下，准确数字是包括男女老幼在内计 507 口，如今乌拉古城内，某位“老户”的祖先传下，杀人地点就在靠近紫禁城的一个空场上。可我们家族先人传下却是去紫禁城里，“白花战俘将台就是赵氏祖先的肉丘坟”，当然，这只能作为一说。而清初修谱时达尔汉、阿布泰、图达理等人铸了一块铜匾，上刻被杀之人名字埋于“点将台”内这是真的。咸丰年间露出一角，又被埋上，以后铜匾不知去向。

家族遭受这样大的变故，如此惨烈，当然会激起乌拉纳喇氏的极大愤慨，两百多年间，埋在心里的仇恨有增无减，为使子孙永不遗忘，传下了《洪匡失国》说部故事，同《扈伦传奇》中的传说并列，作为乌拉纳喇氏的秘史。

随着时间的推移，“乌勒本”的传承人几乎都是文化人。有的在清朝做官，很容易接触文书档案和文献史料，不断充实自己。所以，他们传下来的“乌勒本”当然要比最初接过来的丰富得多。可是有一点难能可贵，那就是忠实于历史，即使涉及祖先事迹，也直言不讳，该一是一、该二是二，无论是功是过，如实讲述，以警后人。《扈伦传奇》的内容有“南关佚事”，对同宗的哈达也持批评态度；而讲自己直系祖先乌拉王室的种种劣迹也毫不留情地予以谴责。这一点，比起那些美化自己、歪曲别人、文过饰非的胜利者们的境界要高得多。反过来说，“扈伦四部”是明末女真内部争斗中的失败者，汲取失败的历史教训，剖析自己的缺点也是勇气可嘉的，它毕竟给后世留下了充满血泪、弥足珍贵、客观公正的口述史。

《洪匡失国》《扈伦传奇》两个说部的传承脉络是，首先是在清初顺治年间那次修谱祭祖时由乌拉纳喇氏第十代图达理、达尔汉、阿布泰、茂墨尔根、噶图浑等人讲述并传下。这些人在当时都是有身份、有地位的纳喇氏家族头面人物。图达理是布占泰之兄布丹之第三子，时任镶白旗副都统；达尔汉为布占泰长子，洪匡同父异母之兄，都统正白旗佐领，二等轻车都尉世职；阿布泰，满泰贝勒三子，努尔哈赤大妃阿巴亥之弟，又娶努尔哈赤侄女（父名雅尔哈齐）为额附，因他了解一些清初宫廷争权夺利的真相，特别其姐阿巴亥被逼殉葬内幕而为太宗皇太极所憎恶，备受打击，最后以都统兼佐领致仕（退休）。茂墨尔根、噶图浑的身份前文已提过，这里值得提一提白塔柱这个人物。他是满泰次子纳穆达里的长子，《八旗满洲氏族通谱》附记在阿布泰条内，作拜音泰柱，时任头等侍卫，正年富力强，传说刻的铜匾就是由他牵头，那次修谱他坚持同乌隆阿上到一个谱上，而不在满泰的子孙族谱内，不知出于何因，所以《哈萨虎贝勒后辈档册》是，潢泰名下五子中仅记纳穆达里——白塔柱一系，以下记四世而中断。那次办谱以后，白塔柱在乌隆阿家里住了几日，之后奉调从征朝鲜，阵亡于皮岛。

十一辈乌隆阿是我们每一代传承人。他生十子，十二辈舒郎阿、乌达哈、喜才、索色、阿郎阿、倭色、倭拉布、倭拉霍、倭乞利、舒伯分别继承。但第七子倭拉布无嗣，与其弟倭拉霍同居，我们后人称之为七太爷、八太爷，兄弟二人坟墓一直保存完好，但在农村平坟运动中被平毁。大太爷（一始祖）本有后人，但不知何因“下落不明”，其墓葬在其父乌隆阿墓侧。墓地周围开成水田，墓几乎被毁，虽然几次被制止，仍危境。这可是目前唯一保存下来的乌拉国王室后裔——布占泰嫡孙之墓。在经济主导、私欲膨胀的现实中，什么历史遗迹、古堡墓葬，都会失去它存在的价值，我们家族虽忧心如焚，却只能徒唤奈何！

如今已知，赵氏家族能够传承下来“说部”的有，三始祖喜才的后裔（传到清代后期），四始祖索色的后裔（传到民国），九始祖倭乞利的后裔（传到新中国成立前），十始祖舒伯的后裔（传到清末）。而坚持传到解放的只有两支，即二始祖乌达哈的后裔传到二十辈经保（大萨满）。八始祖倭拉霍粗通文墨，识满文字，迁居远离乌拉古城北约五十里之罗锅屯（今名罗古村），生五子，第五子五格（十三辈）继承，又传伊子凌福（十四辈），再传德明（五品官）、德英（笔帖式），二人为十五辈，凌福之子。德英传十六辈霍隆阿、富隆阿兄弟（二人均任笔帖式）；霍隆阿传子喜明，富隆阿传子双庆（字子渔，五品骁骑校），二人为十七辈。双庆传伊子十八辈崇禄（委官）及侄云禄（小穆昆，并且也继承伯祖霍隆阿传承）；崇禄传二十辈东升即我。云禄在土改时当过“农民会会长”，后被捏造罪名迫害致死，没能下传。

在我小的时候，有一位族祖常海经常到我家，同祖父崇禄先生商讨一些事情，有时还拿出本子，说到伤心处还长吁短叹掉眼泪。

我当时很小，什么也不懂，待我长大懂事后他就不来了。我在接受祖父向我传讲的时候，特别提到了那位常海的身世。他是四始祖索色的后人，前清时任佐领兼骑都尉。他的父亲来寿，正二品副都统衔，在战场上救过吉林将军长顺，同宣统皇后有点渊源。九一八事变后，他曾加入“八旗迎銮团”到长春东站迎接过溥仪。所以，“满洲国”初期在宫内府任过职，几年后辞官隐居，在松花江上结庐自娱、自号英桥。我祖父告诉我说：“常老爷（指常海）和爷爷一样，都要把祖宗事迹代代传承下去。”　四太爷一支有常老爷，九太爷一支有富老爷①，别支就很难说了。后来我才明白，这些赵氏家族的头面人物，他们都是“乌勒本”的传承人。

第五节　祖父崇禄先生

我祖父崇禄先生汉名赵国英，是一位历尽坎坷、自强不息的传奇人物，一生阅历丰富，见多识广，而且豪爽热情，思维敏捷，多才多艺，工书法，擅诗文，精通满汉语言文字，对俄语、日语、朝语、蒙语也略知一二。他生于清光绪四年（1878），卒于1954年，寿七十有六。他原是我曾祖父五品骁骑校双庆的长子，却于光绪三十年（1904）二月初一过继给我三太爷喜明为嗣。喜明之父霍隆阿（笔帖式）是双庆之父富隆阿（笔帖式）的同胞长兄，他们都是“乌勒本”的传承人。这样，两支的传承使命就都落实在他一个人的肩上，担子自然加重，无怪他对我期以厚望。我祖父崇禄先生生三子，长子福荫（我伯父，汉名不详）少聪慧，没念书却识字，能

① 名富克锦，振威将军贵升之子，骑都尉兼云骑，第十八辈，在新疆平叛时殉国。

写会画，状如女孩。十几岁时就天天吵闹“要回家”，我祖母问他：“你家在哪里？”答曰：“广宁大山。”祖父祖母特别惊异，知其来历不凡。为了拴住他，绝他出家的念头，张罗给他说亲，伯父坚决反对。祖父母没有听从他的，强行给他定了一门亲事，准备他十八岁时娶过门来。不料，就在他十八岁那一年的一天傍晚，他对家人说：“我要走了！”说完就靠在“排叉”① 上，停止了呼吸，这叫“无疾而终”。这种奇异的事发生在我们家，都认为是“不吉之兆”。祖父母悔之已晚，不该强行为之定亲，应让他自去解脱。之后，我们家在几十年间发生了那么多的不幸，这对祖父打击很大，“乌勒本”的传承曾一度中断。到我父亲成长起来，这种局面才开始好转。

我父亲德荫为第二子，汉名赵继文，字焕章，号竹泉、松江居士，生于清光绪三十三年丁未（1907），卒于1943年端午，寿35。父亲文质彬彬，为一方才子，风流倜傥，性格沉静，工诗词，善书画，写一手好文章，留有遗作《竹泉集》和临摹成亲王体《归去来辞》楷书一册。他本来是我祖父精心培育的传承人，不料因文字惹祸。有一天夜里，伪满警察突然搜查父亲住宅，抄去了一些书籍和文本，据说要定“反满抗日”的罪名，父亲因此得病不治而亡。事情虽然没有再追究，可搜去的东西不予退还，我们也不知道他都写了些什么。所以，我的叔父长荫（汉名赵继学，字贯一，中医师，1910—1997）一直反对家人从事写作，他也不肯接受祖父的传承。用他的话来说，就是“文字取祸”“有害无益”。但我听信祖父的教诲，坚持从事“乌勒本”的记录、整理、调查工作。因此，在我们家族传承多代，时间长达两百年的“乌勒本”，我就成了唯一的继

① 满族住宅的间壁板墙。

承人，而且我是单传，上下无兄弟。

清代，我们家族是基本以农为业外，还有两种不同身份。一部分由协领衙门管理，男人成丁以后到吉林将军衙门考核，通过者入伍服役，称之为“披甲”。如分配到骑兵就叫“马甲”，通过参加战争立功升迁，但也有牺牲阵亡者。而绝大部分归总管衙门管理，男子十八岁为成丁，到总管衙门报到入册，分派在八旗服役，叫作“打牲丁”，为皇室捕打鲟鳇鱼、东珠，采集松子、猴头、榛、蘑等土特产。另外还有专门为皇室服务的“专业户”——捕貂的貂户，养蜂的蜂户等。这类户可以不到衙门服役，只需完成贡品任务，从衙门拿俸银。一旦确定什么户的身份，终生不得改变，“改户”须由皇室决定。

我们一家的身份是打牲丁，比内务府“包衣人”还低一等。为了生存，只好任劳任怨地干事，甘当奴隶，除了“披甲”“打牲丁”外，别无出路。这种情况到清末有所改变，允许置买田地、雇工、捐纳。可是，尽管先人们混到一点功名，做了官，但家庭生活并不富裕，根本无国捐纳“过斑”。另一条途径是“保举”，这得靠门路。否则，就得一步一步地“捱”，希望寄托在三年一任来调转。我祖父双庆公性情耿直，不会巴结，由仓场笔帖式两任才转委官。在委官任上又两任也没有升迁，从前在他手下做事的属僚一个个都升为他的上司，这回他忍无可忍给总管赵云生写了一封抗议书，援引朝廷升迁制度和本衙门条例，指出人事任用上的弊端。云生总管看了这份抗议书，非常震惊，他不敢疏忽（怕告到内务府去，若查出徇私舞弊就得丢官），马上做了调整，不久依例保升骁骑校，二人从此也成了“莫逆之交”。

到我祖父崇禄先生以“打牲丁”的身份入衙门当差，云生总管格外照顾，先让在文案上行走，任贴书，一年后升贴写达，两年擢笔帖式，至于升委官，那是云生总管调升伯都讷副都统以后的事了。从此，他也就一直没有升迁的机会。就连我曾祖父双庆公升任四品翼领仅是虚衔，有名无实，因为那时打牲衙门已裁撤，改为“旗务承办处”，主官乌音保（云生长子）也仅仅是个四品翼领。不久清亡，衙门解体。我祖父崇禄先生心高志大，交际广泛，自学数种外语，在官学念书时学通了满汉语，十几岁时逢中日甲午战争，他和另一个同学跑到辽东前线依克唐阿军中，“庚子俄难”前后又被派到黑龙江副都统杨凤关翔军内听差。还曾多次进京送贡品（主要是鳇鱼），可以说见多识广，阅历丰富。他能传承、记录、搜集、整理、讲述多种“说部”，这在满族中也是不多见的。

祖父崇禄先生在清代做了一个每年只能领到三十两银子的小官儿，当然无多积蓄。清朝灭亡，衙门被解散，他连这点微薄的收入也没有了，如何维持生活是摆在面前的首要问题。曾祖父双庆公家里有田产，由我叔祖俊禄掌管，因祖爷已经过继给我三太爷喜明为嗣。老宅原来分作两院，我们在后院。两院房宅大体相同，四合院，正房东西厢房各五间，门房三间，版打土墙，黑大门，门楼不大，南开门。祖父从前院过到后院时，三太爷已无财产，仅守这四合院，靠着每年从衙门领取几两打牲丁饷银过日子，几垧山坡地已经卖掉，地无一垅。祖父崇禄先生终于想出办法，学医。学医得有学医的条件。我祖母刘氏是清代大学士刘统勋的后裔。刘统勋为清初名臣，二子刘圻、刘墉。刘墉从政也是乾隆朝名臣；刘圻从医，供职于太医院，曾任太医院使，他们这一支世袭太医直到清末。最后一任太医就是我祖母的父亲。祖父从师刘太医，并得到真传，进步很快。更兼他过目不忘，记忆力特强，刘太医把平生所学和经验积累都传给了他的女婿兼关门弟子。又因他的儿子（我舅爷）不爱医行、学了“果子匠”又学会“木匠”，所以刘太医去世前把家藏秘籍、太医院《医案》、明清木刻版珍本医药典籍统统给了我祖父。从此我们赵姓也成为“中医世家”，现已传承五代之久。

祖父很快考取了民国政府颁发的“医师资格证书”，开起了“崇兴堂”医药铺。行医活动范围广，结识人也多，他在利用行医往诊的机会，到处讲述他的“满族说部”故事，有很大部分都是根据自身经历讲述的“真人真事”，颇有影响。

祖父故世是在夏季。当时我正在外地上学，接到祖父病危通知，急忙往家里赶。那时交通不便，没有汽车，有少量的“拉脚”大胶轮车（用马拉，也叫马车），一天也只有一趟。我没有赶上，只好步行回去。相距一百多华里，起早贪黑也得走一天。不料途中下起大雨，河水猛涨。河是松花江一条支流，平时水不大，架木为桥。那次木桥被冲走，我望着汹涌澎湃的黄色巨浪不敢过，在江边一个破旧的河神庙里蹲了半宿。待次日天明，河水消退时过河。傍晚赶到家中，祖父已停在了西炕沿下，我没有送终。这时，我忍不住痛哭起来。在场的人怕把眼泪滴到遗体上，把我劝开。原来我家族有一说，“活人眼泪不准滴到死人身上，好让老人清净地走”。安排后事的是我一个堂祖父恩禄，对我说：“你爷爷走之前，让我告诉你，要你照他以前说过的办，别的没嘱咐啥。”我明白，这是让我继承他的遗志，传承“乌勒本”。我当时没有表示什么，暗中下了决心，“我一定做到!”所以，这么多年来，不管在何种环境下，我已将全部业余时间用在记录、核对、抄写“乌勒本”的资料上，并且也试着整理成“满族说部”。除此，我还多次寻访“扈伦四部”后裔，考察“扈伦四部”遗迹，探求“扈伦四部”家谱，搜集“扈伦四部”佚闻传说，研究“扈伦四部”史料，撰写有关“扈伦四部”的文章和专著等。按照祖父生前提供的线索，寻找有关知情人和故事发生地。足迹遍及东北三省。只要有“纳喇氏”的信息，哪怕远在千里之外，我也一定前去探访。从前的交通不像现在发达，铁路之外很少有公路，偏僻乡村无公路不通车，基本靠步行，其艰苦情形可想而知。但这也打消不了我的兴趣，我把它看作是生活中的最大乐趣。黑龙江的佳木斯、牡丹江、绥化、松花江地区各市县；吉林省除白城地区以外的所有县市；辽宁省除朝阳以外的辽东辽西各市县，几乎都有我的足迹。我也找到了十来份《纳喇氏家谱》和多户纳喇氏家族。为了寻找满泰的后裔，我曾专程去宁安拜访满族文化专家傅英仁老师（他是“说部”的重要传承人）。满族学者、吉林市文管处处长尹郁山给我提供线索说：有一支“小王赵”的满族就是满泰的后裔，中央民族大学赵展教授也给我介绍了宁安某乡村确住着满泰的后人，但一直没机会往访。我们家谱上明明记了满泰“生五子，带户移居宁古塔”的内容。我所接触到的“扈伦四部”后裔，洪匡的后裔和算，尚有乌拉部的南志奇（黑龙江五常）、那干中（辽阳灯塔）、那宝全（沈阳东陵观音阁）、那久祥、那伟（抚顺市）、那国男（沈阳满联）等；哈达部后裔那恩波（辽宁清原）、那连成（抚顺市）、卜德斌（辽宁铁岭）、那履弘（东北大学）等；叶赫部的后裔那世垣（内蒙古锡林浩特）；辉发部的后裔那振文（辽宁庄河）、那起龙（吉林辉南）、石文尧（吉林九台）、石忠祥、石殿岐（九台）等，这些族人，有的向我提供信息，有的提供资料（包括家谱），他们或多或少地对我表示了支持和帮助，使我在调查中获得了很多有益的东西。

至于乌隆阿之后“十大支”，至今遵守祖训“永不分谱”，族人分布在国内各省市，散居各城乡，然而向心力和凝聚力还是很强的，他们不忘自己是纳齐布禄、布占泰的子孙。目前，我是穆昆达，主持过数次修谱祭祖活动，家族的所有资料都在我的手里，这对于我传承“满族说部”的帮助是很大的。

第九章
赵氏家族与说部的传承（下）

第一节　家传“说部”内容与来源

“说部”一词的出现是清末以后的事，原来的名称是“乌勒本”，也叫“满洲书”，往往演唱的故事内容单一，有的还是在家族内传承。“满洲书”类型走向社会流传也不广泛，后来知识型的传承人受到评书、章回小说（如绣像小说）、子弟词的影响，把“乌勒本”升华为说部。对民间流传的“满洲书”也进行加工、规范。“说部”既保留了“乌勒本”的内容和特点，又充实某些情节，使之成为日臻完善的大型讲唱艺术。其中一部分也由封闭式的传承形式变为公开的艺术形式，走向民间，走向社会，这就是“满洲书”。

随着清朝的灭亡，我们家族传承的部分说部内容也得以解放，不再担心有被追究的危险。我家族老人敢于在大庭广众之中讲述《洪匡失国》和《叶赫兴亡》《南关佚事》就说明这个问题。

远的不说，从上三代起，我的曾祖父双庆、祖父崇禄不仅是“说部”的传承人，还以他们的丰富经历为素材，形成新的“说部”，并且公开传讲。

小穆昆云禄（又作德禄），是我的堂祖父，行八，我叫他八爷。会满语，懂诗书，健谈，讲唱俱佳。云禄之父双兴，同我曾祖双庆是亲兄弟。我小时，多次听过他讲“祖先的故事”，对我亦颇有影响。可惜他掌握的那么些东西没有一部传下来，我仅仅记住几个片断或只言片语，慢慢也就模糊了。

我还记得，在我小的时候，有一个很高个子、稍有弯腰的老人绰号“四大唠”，我叫四爷，是远支族祖。他爱讲“族史”，而且讲起来没个完，我那时还小，印象不深。

对我产生较大影响的除了家传之外，还有外族老人也向我讲过“你们的先人”的事迹，特别关于布占泰、洪匡的事较多。如伪保长赵兴武，伊尔根觉罗氏，其父为前清秀才；赵子封，号称“八先生”，赵兴武同族，其先人多在打牲衙门任职，该家出过文举人。赵子封一生无所事事，坐吃山空，新中国成立前已经破落，因本人爱显示过去的荣华，被定成分为地主。我在外地上学时，听说他挨饿致死，无后人。不能忘记，他讲的东西太多了。郭宝轩，汉军旗人，一目眇，家庭穷困，为人乐观，能讲会唱，我听过他很多的东西，记得他死于急性心肌梗死，寿六十岁左右，宣统元年生，去世到现在已三十多年了。关义，满族，盲人，鼓书艺人，多个春节正月，我都听他“说书”，学到一些“讲评词”“唱鼓书”的艺术技巧。总之，我也从这些族内族外各类人士中得到很多有用的东西，这对我传承说部很有借鉴意义。

我掌握的十几个“满族说部”本子主要还是靠家传。

一　《扈伦传奇》的传承整理情况

《扈伦传奇》是由我经过整理而确定的书名。它是由三个“乌勒本”组合而成，基本都是祖先传下来的民族历史和家族秘闻，其中也含有部分民间传说。它不是“扈伦四部”历史的再现，只能是“扈伦四部”的逸闻传说，有历史，但不是历史。笔者整理时，力求忠于原貌。我也发现其中有的与文献中的史实不符，也未予以改动。我整理“满族说部”有一条原则：一不往历史上靠，二不往文学上靠，严格按照“说部”的特点整理，避免再创作。为了尽量保持“原汁原味”，对讲错的也不予改动，一仍其旧。

“扈伦秘闻”主要讲述我们祖先创建“扈伦国”的经过。这个本子比较严谨，不会有水分。

“南关佚事”因明末女真哈达部在开原东南，广顺关外，明时称为“南关”。南关哈达部是扈伦纳喇氏的分支，与乌拉部同祖，都是始祖纳齐布禄的嫡系子孙。纳喇氏第四代二祖扎拉希（扎尔喜）率部属移至开原东南广顺关外哈达地，其子倭谟果岱统一哈达境内各部，建立一个“女真国”，并修筑了一座城堡，这就是哈达部最早的都城，地处清洒东岸，今开原市八棵树附近，是一个依山傍水的平原城。经实地踏查，古城虽已夷为耕地，但城基、护城河、瓮城、角楼依然可辨。城内地势起伏，高阜处应为建筑遗址，也就是王宫基贝勒府。从形制和规模来看，证明哈达初建时势力是很强的。再从古城内拾到的一些明代表花瓷片来判断，倭谟果岱统一哈达的时间不会超过天顺以前，也不会晚于正德。然而，倭谟果岱不仅没能统一女真各部，也没有挽救扈伦国的沦亡。他的儿子硕色①早死，遗一孙图鲁伦率部属家族返回祖宗故地，落脚于吉林东北之宜罕山筑城以居，并改姓为伊拉里氏，脱离了纳喇氏家族。由此，哈达又走向分裂，群龙无首，混乱加剧。

此时风雨飘摇的扈伦国，靠着塔山前卫支撑。塔山前卫是帽塔山左卫演变而来，时已建寨于吉林附近的山上，所谓“开原边外四百里的江上”，江即松花江，但究竟建于吉林附近哪个距离松花江

---

① 女真首领之子称硕色者很普遍，也可能是取名之俗。

较近的山上尚难考定。都督克什纳，其父绥屯为塔山左卫都督速黑忒之弟，他们都是扈伦国主都勒希（都尔喜、都里吉）之同胞兄弟。他们最初都在江北，蒙古入侵，速黑忒战死，绥屯率残部返回并建寨于“开原边外四百里之混同江”附近的山上，称塔山前卫。绥屯子克什纳为都督，用速黑忒的敕书入贡，冒名顶替速黑忒，引起个别家族成员不满，堂叔巴岱达尔汉夺权，刺杀了克什纳。克什纳第四子旺济外兰（王中）逃到哈达地，重整哈达部，并在哈达城的东山（依赤哈达，依车峰）上建城一座，这就是哈达山城，也就是明人史料上所指的“依山作窟”，因而哈达也被明人称作“山夷”。如今山城保存完好，没有遭到大的破坏，虽然遗物建筑早已荡然无存，可城墙依稀可辨。旺济外兰后来因胜而骄，失掉民心，被部下刺杀。旺济外兰子年幼不能治事，于绥到哈达主政。万能抚众，远交近攻，收服叛离诸部，于嘉靖末正式建国称汗。这是明代东北地区建立的第一个女真人汗国（扈伦国仅称贝勒），同时也拉开了“扈伦四部”分立的序幕，在当时的影响是很大的。不料万汗（王台）帮助明朝镇压女真人，子孙更是不肖，争权内斗，很快灭亡。万汗强盛时，在距山城 20 里的清河岸边，依山临河筑一座城堡，即哈达新城。同时，在紧临新城的山麓又圈筑一道石城，置宫室殿宇。新城在今辽宁清原县李家台乡，遗迹尚可辨识。就在这新旧两个哈达城内，发生了一系列荒唐离奇的故事，因此传下《南关佚事》的“乌勒本”，说明纳喇氏祖先对哈达的倒行逆施也是反感的，传讲“乌勒本”来批评他们，以警后人。

“叶赫兴亡”讲的是明代海西女真塔鲁木卫由盛到衰并演变成叶赫国直至灭亡的历史传说故事。叶赫首领纳喇氏是冒姓，它不是扈伦纳喇氏的正宗。因其同姓而非同族，所以他们之间多次联姻，反复通婚。已知者，扈伦纳喇氏第四世巴岱达尔汉之妻即叶赫女；第八世兴尼牙之妻也是叶赫女，他们敢于篡位夺权的背后靠山就是有强大的叶赫部作支柱。九世布占泰虽聘娶叶赫格格东哥而未成，可是他失败后逃到叶赫仍然娶了另一位叶赫女。这样，乌拉同叶赫是不可分割的整体，关注叶赫是很自然的事。在同宗哈达方面，万汗（王台）纳叶赫格格温姐，而万汗女儿又嫁给温姐哥哥杨吉努，这是文献史料中记载的，相信还有没记入史料文献的恐怕更多。然而，叶赫同哈达却是两个冤家对头。叶赫地在开原东北镇北关外，所以又通称为“北关”，同开原东南广顺关外的哈达部毗连。叶赫与哈达是两个长期纠葛、无法分离的女真部落，仇恨实由旺济外兰（王中）引起。嘉靖二十一年（1542）七月，旺济外兰侵入叶赫寨，杀死叶赫首领祝孔格，掠夺塔鲁木卫敕书三百道，撤兵时又占住叶赫十三座边城不还。就为这三百道敕书和十三座城堡，两部结成世仇，相互残杀，内斗不已。双方斗得筋疲力尽，伤了元气，灭亡在所难免，待建州女真首领努尔哈赤兴起后，他们统统退出历史舞台。

“南关佚事”和“叶赫兴亡”虽然是传承下来的两个本子，但内容基本一致，只能是各有侧重。

“叶赫兴亡”在我传承的十来个“乌勒本”中，是我最为关注的一个本子。它不仅内容丰富，故事性强，意境深远，还有很多不为世人所知的秘闻，也有不与明清以来官私史料相悖之处，几乎包括了叶赫、哈达、辉发以及建州女真的全部历史传说。叶赫在“扈伦四部”中最后一个灭亡，灭亡的进程又异常惨烈，可是叶赫的家族又成为清朝的重臣，最后由叶赫纳喇氏两朝太后掌政，导致清朝灭亡，应验了叶赫贝勒金台石被杀前对努尔哈赤说过的话：“我生前抗不了你，死后也不会放过你。无论叶赫传下一男一女，早晚必报此仇！”

此说当然不能记入历史文献档案，但自叶赫灭亡后此说一直在“扈伦四部”后裔中流传。我曾祖父双庆公在北京时曾经问过叶赫后裔时任都察院御史的那三大人“是否真有其事”，那三大人明确告诉他，确有此事，代代相传，已三百来年了。提到清初修筑盛京（沈阳）城时，地基挖出石碑有“灭建州者叶赫”字迹也实有其事，只不过对石碑来源一无所知。慈禧太后、隆裕太后确是金台石的后人，是偶然的巧合吗？

从历史意义上讲，只有叶赫灭亡，才能说明女真民族走向统一，这为后来皇太极改女真为满洲奠定了基础。若按照我们纳喇氏祖先的说法，“满洲”并不是爱新觉罗家族的专利，它来源于扈伦纳喇氏的一个部落名称。哈达之先，纳喇氏第五世祖倭谟果岱就自称“满洲女真国罕王”，努尔哈赤的曾祖福满（兴祖直皇帝）就是“满洲女真国”内一个部族首领，不知怎么皇太极会把这个“满洲”称号移植到他的祖宗身上，便把布库里雍顺的部落称为“满洲国”了。

从 20 世纪 60 年代初我就关注这个本子。原始本记述得比较凌乱，有的是提纲式的，整理时颇感吃力。我先后整理成两个本子，第一个本约 15 万字，定名《叶赫兴亡传》，接着又整理第二个本子，书名《东华外史》，约 25 万字，纳入了“南关佚事”内容。两个本子都是章回体，那时我就打算把“扈伦秘闻”“南关佚事”和“叶赫兴亡”三个本子合成一个大型满族说部《扈伦史话》，后因“文革”而中断。最初我的想法是，故事已经传承多代了，不能让它消失在我这一代。我下功夫把它整理出来，如果没有机会问世的话，那就传给后人。当然，我还要考虑到社会现实，后代子孙不一定对这项工作感兴趣，失传的因素在增多，只有整理完整的本子才有可能不致湮没，这就是我坚持多年不懈努力的主导思想。再者，本身长期处于逆境之中，接触社会底层，了解人民疾苦，这也使我产生了一种历史责任感。

二　《洪匡失国》——绝密的家传

“洪匡失国”是记入家谱上的题名，但对《洪匡失国》的内容只字不提。然而，“洪匡失国”是清初发生在我们乌拉纳喇氏家族中最重要的事件，我们祖先为此付出了惨重的代价，因此几百年来不忘，辈辈传给子孙牢记。

在乌拉国末代贝勒布占泰执政时期，同建州女真首领努尔哈赤联姻，先后娶了爱新觉罗家庭三位公主为福晋。大公主额实泰生一子名洪匡，为布占泰第八子。《家谱》所记“以皇女为福晋，后所生八子”往往被误解为公主生了八个儿子。布占泰实有八子，惟第八子洪匡为“公主所生”，其他均不是。长子达尔汉大抵与额实泰同年，比努尔哈赤亲女穆库什公主尚大十余岁。所以《八旗满洲氏族通谱》记布占泰由第三子到第八子“皆公主所生”是不正确的。我们知道，大公主额实泰为舒尔哈齐女、努尔哈赤养女，她生一子名洪匡。二公主娥恩哲为舒尔哈齐次女，早亡，无出。三公主穆库什为努尔哈赤亲生第四女，乌拉灭亡时只有19岁，生一女。其他尚有多位福晋，均先于建州三女，生子女众多。明万历四十一年（1613）癸丑之战，乌拉兵败于富尔哈下，布占泰逃亡叶赫，乌拉国灭亡了。十几年之后，洪匡举兵反抗，做一次死灰复燃的努力。由于力量相差悬殊，仅仅几天就被平定。洪匡虽然逃过江北，但自缢于哈达山上。洪匡妻为努尔哈赤孙女（长子褚英之女），生有二子，长子乌隆阿，次子布他哈。乌隆阿谐音乌拉，被从乱军中救出，更名改姓隐居在其父洪匡自杀之地，即今九台市与吉林市交界之松花江岸边，传下了赵姓满族延续至今。布他哈被其母带走时仅有5岁，洪匡交代，为传承纳喇氏宗支，特在布他哈名前加上“乌拉”一词，所以，在我们传下来的家谱上，记有“乌拉布他哈”之名，并标注“潜移”二字，这都是清初发生的不为人知的秘史。

自清初传下《洪匡失国》的说部故事，作为祖先秘史，严禁外传。规定只有在烧香办谱时由穆昆达或大萨满（察玛）在神堂传讲，平时不得讲述。除此，每当过年除夕夜，家长可在祖宗案前对家庭成员、子孙儿女做简单的讲述，听过之后就算了，不准对外透露，也不准提问。

我祖父记录这个文本是在清亡之后，在清代是不允许用文字记述的。我调查过所有乌隆阿后裔，没有一家有文本记录，仅是口传。有几支甚至连口传都不存在了，惟记得“洪匡失国”这一词语，对内容全然不晓。

我祖父崇禄先生故世10年之后，我们家族恢复了烧香办谱祭祖习俗。这是自清亡以后的1914年甲寅修谱以来，中断了半个世纪之久的又一次大型的烧香办谱活动。当时的情况是，主持“甲寅”办谱那些“穆昆达”和家族中的头面人均已作古。主持这次修谱的是我家唯一在世的大察玛（萨满）经保。他是纳喇氏第二十辈，我之族兄，时当85岁高龄。他是二始祖乌拉哈之后，是我家族世代传承的大察玛（萨满）。他怕家族祭祀从此失传，本着对祖先负责、对家族负责的精神，要在有生之年把这一历时三百多年的传统习俗传下去，不顾年事已高，积极主持了这项活动，为赵氏家族做出了贡献。

因为在当时的环境下萨满跳神已不被允许，怕被认为搞迷信活动，所以简化了祭祀程序，“背灯”① 时，只象征性地跳了“白脸神”②，“放大神”的项目未敢进行。再说，老察玛已85岁高龄，五十年来未烧香办谱“放大神”，又没有好“栽力”配合，怕出现问题不好收场。再一点还怕政府限制。正因为如此，在那次烧香办谱的活动中，纳喇氏家族失去了一次萨满传承的机会。老察玛不负众望，事后选拔了三个青年“学乌云”③，口述满语神词、用汉字记音，为我们留下了一部珍贵的满语神本。④ 相信不久的将来，纳喇氏赵姓满族的祭天祭祖仪式定会恢复原貌，因为懂满语的人逐渐在多起来。

那次办谱的最大收获是，由于不能进行完善的跳神活动，须把主要仪程放在传讲“乌勒本”上。在神案前，大察玛经保向全族演讲“洪匡失国”的全部经过，族人多当故事听，我却做了记录，因为我祖父生前就很关心这件事。这是我们家族的血泪史，是在清代谈虎色变的一段秘闻。我听到如此完整的“洪匡失国”说部故事还是第一次，可以说也是唯一的一次。之后，除了我本人，再也没有人能讲这个完整的说部故事了，在家族中和社会上，我也就成了唯一的传承人。

如今，禁忌当然已经解除，顾虑也已打消，纳喇氏赵姓家族终于可以理直气壮地公布这段鲜为人知的历史公案了。经过多年踏查、探访、考证，我们已经发现了洪匡的葬身之所，就在松花江岸

---

① 背灯，即背灯祭，是满族传统的家祭仪式之一，在晚上将灯烛全部熄灭后进行，象征惜火。古代以火为贵，人们非常珍惜。后来被赋予李成梁小妾救清太祖而被扒光衣服打死的传说。

② 没有“真神”支配行为，只是模拟下神动作叫“跳白脸神”。

③ 满族挑选萨满继承人，进行培训叫“学乌云”。如果学成，举行毕业式叫“落乌云”。

④ 满语神本共两部，均保存在笔者手中，至今尚未公开。

边的哈达山麓，也就是他自杀之后就地掩埋之处。无怪乎几百年来烧香办谱必祭“八太妈妈”坟。老人只告诉是祖先，何许人也讳莫如深，原来秘密就在这里，怕泄露真情，祸及子孙。

我整理《洪匡失国》时心情是沉重的，又是非常慎重的。内中尚有一些与布占泰或洪匡有关联的乌拉佚闻，这些都是不见经传的口述秘史，公之于众，此其时也！

三　《白花点将》

吉林市乌拉街满族镇北古城内有一座土筑高台，传为“白花点将台”。关于这个土筑高台的来历，有一个脍炙人口的民间传说在松花江沿岸流传了几百年。新中国成立前差不多家喻户晓、人人皆知，近半个世纪以来，知道的人越来越少。早在元朝时就有杂剧《百花亭》，明朝有《百花记》，二者内容一致，表述的都是白花公主筑台点将、抗敌保国的故事。可是，在长时期的流传中，出现了不同版本，内容反差很大，真伪莫辨。对于白花公主其人，说法更是离奇，莫衷一是。有的说是金太祖完颜阿骨打的小女儿，有的说是金兀术的三妹，有的说是金代海郡王的女儿，还有的说是扈伦国始祖纳齐布禄的女儿。甘肃省泾川县有个完颜氏聚居的村落，他们供奉女神“对母娘娘”，传说是金太祖阿骨打的小妹白花公主。不管哪个说法属实，都证明白花公主确有其人，并对当时与后世产生了一定影响，只不过没有书契文字记录其事，仅能留下一个口碑历史。从清末诗人吉林大书法家成多禄先生的诗中可以得到证实：“乌喇部，贝勒家，层楼复殿飞丹霞，粉候昆弟夸兀术，雌将风流说不花。”[①] 从他把兀术和不花（即白花）联系在一起，说明他也

---

① 《成多禄集·乌喇古台歌》，见《长白丛书·吉林三杰集》，长春：吉林文史出版社，1989 年。

认同白花为金朝公主之说。

可是在我们乌拉纳喇氏宗族里，数百年来一直认定白花公主是我们先人，已经传承多代了。在我很小的时候，爷爷（崇禄先生）屋里的“排叉”上经常贴着一幅国画，画上一位头戴雉鸡翎、身穿铠甲、手提一口大刀、骑着一匹白马的年轻美女，指挥着千军万马的场面。画上题名爷爷告诉我是“白花点将”。每当提起这幅画，爷爷都有一种自豪的口气，对我说：“这是咱们的先人。”后来，我逐渐长大懂事，那幅画也不见了，可也买不到了。于是，爷爷就给我讲“白花点将”的故事，并一再强调：咱们先人的事，不要当耳旁风。从以上几项说法来看，都可证明白花公主确系我们乌拉纳喇氏的先人无疑。后来我寻找家谱、调查家族，在一些家族中也流传纳喇氏系大金完颜氏之说，特别在沈阳哈达纳喇氏的家谱上，明确记着远祖为大金完颜氏。明人著作也提及“山夷”（指哈达部）为“完颜氏正派”。（冯瑗《开原图说·海西夷南关支派图说》）所以，在我们乌拉纳喇氏家族传下来的“白花点将”故事同社会上广为流传的“百花公主”故事不一样。现在我们掌握了两种版本的“白花点将”说部故事，一个是家传，一个是我在家乡田野调查得到的一个版本，两个版本内容截然相反。以说部故事中的主要人物巴拉铁头为例，一个本子说他是陷害忠良、里通外国的奸臣，被白花公主识破，当机立断把他除掉；另一个本子说他是辅佐海郡王父子两代的三朝元老，忠心耿耿，由于识破了一个篡权夺位的阴谋，被奸人设计诬陷，白花公主中计，误杀了巴拉铁头，因此松花江岸故事发生的地方传下“白花公主一十七，巴拉铁头死的屈”的民谣。巴拉铁头实有其人，乌拉古城北二十里的三家子村江岸边，至今尚能找到巴拉铁头坟的遗址。清代撰修《打牲乌拉乡土志》的“古迹”条目内列有“巴拉铁头坟”一项。后来此坟下沉，形成一水泊，长有莲花。乡民传说莲花为巴拉铁头化身，因其被屈杀，冤魂不散所致。

关于白花公主的结局出现三种说法，一说战斗中被蒙古兵火箭射中，被火烧死；一说她击退入侵之敌后嫁夫生子，福寿长绵；一说她冲出敌人包围逃奔远方，永无音信。

我现在计划整理的是其中一个版本，即家传版本。如果时间和条件允许，打算把几个不同的版本都整理出来，毕竟这都是民间流传几百年的口碑资料，以免失传。

四　《碧血龙江传》

这是我祖父崇禄先生以其自身经历，亲见亲闻，自编自讲的说部故事。

1900 年“庚子事变”，八国联军攻破北京，慈禧太后偕光绪皇帝西逃。沙皇俄国以保护中东铁路为名，出兵 18 万，分 6 路入侵东三省。是役，吉林、盛京两省皆不战而降，黑龙江首当其冲、奋起抵抗。署理黑龙江将军寿山和瑷珲副都统凤翔抗战失败，二人殉国，但他们不畏强敌、为国献身的精神鼓舞了几代人。我祖父崇禄先生时在黑龙江前线凤翔军中，耳闻目睹了这一历史过程，又搜集一些军中逸闻传说，查阅了大量的文书档案，回来后编成一部《碧血龙江传》到处传讲。可以说，他的这本说部大部分是以其亲身经历编成的。如“海兰泡屠杀华商事件”“江东六十四屯惨案”“火烧瑷珲城”“北大岭阻击战”到凤翔阵亡、寿山自杀，几乎包容了这一历史的全过程。因为成书是在清末，涉及一些历史重要人物和当事人，当时他们大部分还在世，因此使用一些化名。全书约 60 万字，除了一些讲述重复段落需要调整外，基本上还算有头有尾的成型之作。

以上四个长篇说部，是第一批申报国家级非物质文化遗产在编目录，是吉林省文化厅合同约定的保护项目，我将争取按计划完成。现已出版了两种100多万字，任务完成得也算顺利。如果时间允许，我还想把所掌握的另外几个本子整理出来或培养继承人传承下去，因为它们都有史料价值和艺术价值，不能再湮没了，在我们这一代，丢得够多了。比如，我祖父大概讲过二十来个说部故事，可我继承的十个都不完全（有的是片段），失去的永远失去了，已成为不可弥补的遗憾。

当时之所以没有列入计划，是怕精力有限，不易完成。它们是：

《辽东烽烟》讲述甲午中日战争辽东陆路战场清军抗敌保国的故事。中日在朝鲜发生军事冲突，战火扩大到辽东地区。黑龙江将军依克唐阿奉调出兵，特邀他的好友富隆阿参加军务，委以总理粮台重任。富隆阿，字甲三，依尔根觉罗氏，满洲镶白旗人，光绪壬午科举人。我祖父崇禄先生时年十七，就读于“官学”，他和同窗好友海成背着家人和学堂老师偷偷跑到辽东前线，以乡亲的关系投奔举人富隆阿，目的是抗敌报国、“建功立业”，要求上战场参加战斗。富隆阿如何肯答应，又不敢放任他们到处乱跑，更不能打发他们返回去，只能留在身边，并且还派两名护兵看着他们，走到哪里跟到哪里，整整跟了一年。这一年来，祖父见识了几次大的战斗，特别见到有一次依克唐阿将军从战场上归来，进入大营，一低头，从“裘帽”里掉出两颗子弹，再一看，帽上的亮红顶子没有了。子弹留在帽子里，顶戴被打掉而头皮没伤，从此依将军获得个“福将”的称号。

这一年来，闲着没事，上战场又不准，有时让帮助文案抄写点公文，传递点情报，所以得知了一些军中的信息，他也开始留心时局，搜集资料，写了笔记。后来，富隆阿把他在军中的日记交给我祖父，让其传扬辽东战场实况，祖父据此整理成《辽东烽烟》一书，自己也传讲。其内容多是世人无法了解的秘闻，有的还是禁止传布的隐私。

《庚子秘闻》讲的是“庚子之变”前后朝内和宫中的秘闻。讲述端王儿子被立为大阿哥，用以接替光绪，由此而促使朝中混乱。在废立问题上，朝中分成两派，互相倾轧，明争暗斗。慈禧太后想借助西方列强的势力助其废立阴谋，不料引起国际风波。西方列强对慈禧镇压“百日维新”十分不满，认为她专制、顽固、守旧，并对被剥夺自由的光绪皇帝表示同情，认为他是个开明的君主。由于列强干涉，反对废立，因此慈禧和端王仇视列强，利用义和团排外，唆使义和团烧教堂、杀洋人、攻使馆，引出了“八国联军”攻占北京的闹剧。

此书的内容是我曾祖父双庆公于北京那三大人府得到的素材，有的是传闻，有的是实事，虽非正史，也有参考价值。

《五官地佚事》“五官地”为清朝内务府属下的一个皇庄，计有五个屯子，故名“五官地”。五个屯子皆在今九台市的东境，靠近松花江，由打牲乌拉总管衙门管理。“五官地”的庄丁，初期是因“三藩之乱”被清廷平定后，将其中一部分俘虏和降人派到东北垦植，为皇族种地服苦役，多数是从云南发遣来的，基本也都是吴三桂的部下。“五官地”人没有政治地位，“世代为奴”，只准种田，不允许当官、经商、应试、科考，更没有迁徙自由。两百多年来，“五官地”人受尽了欺凌、压迫，过着半温饱的日子。但是到了后来，清朝逐渐衰弱，对“五官地”人的压迫也相应放松，清亡后“五官地”的土地都转化到农奴手中，他们很快成了地主。我曾祖父双庆公和祖父崇禄先生都负责管理过该处一切事务。“五官地”中好些人物他们都认识，有的成了好朋友。祖父改学中医，挂牌执业后，多数时间都是为“五官地”人服务，搜集到不少佚闻趣事，编成了故事传讲。我曾做过记录，初步整理出一个本子，约七八万字，是个残本。后来因多种缘故放下了，没在整理完。如今整理稿还在，完善也并非难事，因为整个故事提纲都在我心中。

《白马捎书》讲的是渤海国时期，大氏王族分裂渤海，割据乌苏里江以东，建立“苏统国”，铸造“宽永”钱的故事。渤海公主绿罗被困苏统，她将实情写成血书，藏在坐骑白龙马的鞍子里，放马过江传递信息，而绿罗自杀身死。绿罗的姐姐红罗得书以后，兵伐“苏统”，讨灭叛党，为妹妹绿罗报仇，维护了渤海国的统一。

《总管衙门奇闻》这是一部以打牲乌拉总管衙门文书档案为基础，搜罗两百年间打牲衙门的奇闻轶事编写而成。打牲衙门最初设置时间为清太宗天聪年间，以富察氏迈图为头目，职衔是“嘎善达”，顺治年间正式改为总管，迈图子孙世袭。当时未建衙署，在总管家里办公。谁知迈图儿子希特库继任时，总管府着了一场大火，单单把贮存文书档案的库房焚毁，所有档案资料全都付之一炬。

关于这场奇怪的大火，为什么单单从库房烧起，总管府的财产并没受到大的损失，而偏偏把文书档案烧得片纸不留，从此传下种种谣言，百年不息。清末撰修《打牲乌拉志典全书》对这么大的一件事也用“总管希特库室被毁禄”一句轻轻一笔带过，再加上同迈图一起来乌拉的首任翼领额奇布的接替者“贪污皇粮，截留贡品”事发被革职，他们家族从此不再享受“世袭罔替”的特殊待遇。可是，他们也都成了名声显赫的暴发户。

本书前半部分讲他们的发迹史，后半部门涉及一二百年间打牲衙门的逸闻趣事，具有一定地方色彩和民族特征。

我曾在20世纪50年代初为此书草拟过一个提纲，正文尚未整理，这次如果依然没机会整理，恐怕就要失传了。

《伪宫风云录》本书原名叫《康德秘史》，《伪宫风云录》是我整理后定的书名。二十几年前，我打算把这部书推出来，那时正是“末代皇帝热”的时期，同朋友谈及书的内容，接受了友人的建议，认为“康德”作为书名不妥当，所以改为现名。

关于此书的来历，这里还有一段书外的故事，也很有意思。

本稿前面提到的那位常海，号英桥，清代官居佐领兼骑都尉，是我家族四始祖索色之后我的族祖。由于他父亲来寿（二品副都统）在战场上救过吉林将军长顺，所以他们几代都与“郭络罗氏”家族关系特殊。宣统皇后婉容的父亲荣源，他们有兄弟之谊。有了这层关系，九一八事变后，日本人把溥仪骗到东北，吉林的一些以“遗老”自居的清代官绅，看到了“大清复辟”的希望，互相串联，组织了一个有42人加入的所谓“八旗迎銮团”，常海也加入了。他还特地到我家动员我祖父崇禄先生也加入。我们家族三百多年来对清朝一直有成见，对清朝灭亡无动于衷，对“宣统复辟”更不感兴趣。我祖父劝他说，当今局势混沌，要谨慎，日本人靠不得。常海说，他是为了皇后，到那看看再说。让我祖父在家等他的消息。常海一走就是七八年没信，等他从“新京”回来时，我祖父已经接近双目失明。据说他在我家住了五六天，讲了他在“满洲国皇宫”中的所见所闻，并对我祖父说你不去就对了，早知这样我也不会去。他又说，他早就想回来，可是皇后不放，她说她没有可亲近的人，太孤单了，让他这位盟叔留下来，好有点依靠。人都知道，婉容在宫中特别不开心，跟她父亲荣源关系挺僵，又受到“皇帝”的冷落，要不是日本人力挺，皇后的名号早就废了。

我祖父就是根据常海的叙述，向我讲授了这部“康德秘史”说部故事，篇幅有30万言。

另外，一些残本有的也很珍贵，也许还有点参考价值。

第二节　与说部相关的几个问题

“说部”一词的使用并不是清代或现代才有，早在晋隋唐宋时期就已经出现，小说、平话、传奇以至于志怪、笔记、随笔、偶记之类皆可归入说部范畴。南宋孟元老的《东京梦华录》里提到“说三分”和“京氏技艺”就是说部的形式。说部有讲有唱，之后出现的章回小说、评书、鼓词都是源于说部。

最初，对说部的界定比较模糊，没有一个统一的标准。后来逐渐明晰，章回小说、评书、鼓词之类成为说部的基本形式，它是由文人撰著、艺人传讲或传唱，作为一种民间艺术而走向社会。满族说部则不然，与之有本质上的不同。满族说部是在“乌勒本”的基础上发展起来的，只允许讲本民族、本氏族、本家族的故事。同时也是家族传承、讲根子、讲祖先历史、讲本民族或本氏族的英雄人物，不许讲别的。有些说部内容还不准公开，不准对外，只在本族内传承，和一般意义上的民间说部艺术是两码子事。所以，它具有一定的民族性和地域性，不像武侠小说、言情小说、历史小说等谁都可以讲唱的。从它传承范围如此狭隘来看，更增强了它的神秘感和价值观。所以，满族说部同章回小说、评书艺术形似而神非，有的只是借用了评书、章回小说的形式为载体，而评书、章回小说却无法涵盖满族说部（乌勒本）的内容。如果不是随着时代的改变，社会恐怕永远也不会知道满族说部为何物。这是时代的进步，藏在民间的满族说部讲唱艺术得以放出异彩，为世人所瞩目。

这里有一个关键问题，也许有人会问：有的说部长达六七十万字甚至上百万字，都是传承下来的吗？其中有多少“原汁原味”的东西？如何理解“原汁原味”：原先怎么传的，以后怎么承的，一字不差地记录下来，这就是“原汁原味”吗？如此理解是狭隘的、片面的。人世间所有的一切都不可能一成不变地传留下来，包括文化和艺术。满族说部有的故事传承数代，最多有十代之久、历经数百年，想要一成不变是不可能的。应该承认，每传一代就会有一次改动，文盲型的越传越少，因为他听多少传讲多少，有的传了几代就传没了。而知识型的会越传越多，因为他还有个加工升华的过程，能把简单的故事情节系统化，形象化，并且记录成文本，加工创造，这也是保证满族说部长久流传的一种有效手段，也是传承人对满族说部经久不衰的最大贡献。所谓的“原汁原味”，那就是在传承、加工、发展过程中，原有故事情节不变，人物属性不变，传承的宗旨不变；再一个就是族内传承方式不变，因为有些历史事件和人物活动只能在族内传承，外人是不知道的。

再就是语言问题。

诚然，“乌勒本”原来是用满语讲述，随着满语的濒危，早已改用了汉语。道理很简单，如果不能适应时代的变革和发展、墨守成规，自然会被历史淘汰。满族说部正是适应了语言的变革才能得到传承、保护和发展。有人说，满族说部不是满族文化，因为使用的是汉语。这也同近来有的学都提出的“东北文化是汉文化、不是少数民族文化”的论调相似，理由就是使用的是汉语汉文。这是把语言文字同文化混为一谈。文字是语言的符号，语言文字是文化的载体，可以通过语言文字传布文化，交流信息。而文化不仅仅局限于语言文字，应该说它包罗万象，无处不在，有一部分文化可以不用通过语言文字来表述，如剪纸、绘画、雕刻、刺绣、音乐、舞蹈等。满族说部是满族口头文化艺术，它原来使用的是本民族语言，当这种母语濒临消亡的时候，满族知识型传承人没有让这一口头文化遗产随着满语的濒危而一朝俱尽，而是采取了补救措施，改用了流行不衰的汉语汉文延续传承。语言文字变了，满族的特点未变，说部的性质未变，满族精神风貌仍然跃然纸上，仍把满族文化表现得淋漓尽致，实践证明用汉语汉文表现的说部仍是满族文化艺术，从现在已经公开出版了两批共二十几种的说部来看，尽管长短不一、风格各异、时间跨度大、地域范围广，而绝大部分都是满族的东西，它从各个时期、不同层面反映了满族及其先民的历史文化，体现了这一民族有着深厚的文化底蕴，一旦时机成熟，定会放出异彩，成为民族大家庭的百花园中一支鲜艳的奇葩。

满族说部的几种类型，如“窝车库乌勒本”（神龛上的故事）、“包衣乌勒本”（家史、家传）、“巴图鲁乌勒本”（英雄传说、本氏族、本民族、本家族的）都是文人创编、艺人讲唱的评书、鼓书、章回小说等无法介入的。反之，离开了满族历史生活内容，再好的评书也不是满族说部。

我认为，用满语讲述的时期可称为“乌勒本”，当满语渐消、改用汉语传承之后，可归入说部范畴。满族说部只是借用了评书、章回小说的形式，而丝毫也没有改变满族说部的性质，并有所提高和升华，这是对满族说部的贡献。

由满语满文到汉语汉文，对满族说部的传承与发展，也是一个充实、完善的过程。就拿《乌拉秘史》《南关佚事》《叶赫兴亡》《洪匡失国》等涉及祖先的历史来说，最初达尔汉、图达里、阿布泰、白塔柱等人怎么传讲的已无从知晓，我的祖上十一辈乌隆阿如何传承的也不得而知，都包括倭拉霍在内的十房始祖都各自怎么传承下去的，一时也说不清楚，我们这一支十三世高祖五格及其点点滴滴伯弟兄们有无文化知识，受没受过教育都没法搞明白。只知我们这一支从十四世凌福开始，十五世德明、德英，十六世霍隆阿、富隆阿兄弟，十七世双庆，他们都是精通满汉的知识型传承人，又是清朝官员，很容易接触文书档案，对说部（乌勒本）进行加工，在他们那个时代就已经开始了。我祖父（十八世）崇禄先生不仅传承、充实说部，自己也创编说部，到他这已经形成了规模。据说我父亲（十九世）赵继文先生也整理过文本，惜未传下，被伪满警察搜去，我们并没有看到是什么内容。

到我开始传承、整理说部时，在不违背原传承宗旨的前提下，做了必要的调整，使之更加完善，应保留的东西尽量保留，如语言、故事情节、人物面貌、满族风俗习惯、历史事件等，全部原封不动地保留下来。就是与史实不符（文献史料）的也不做改动，力求忠于口碑的历史，保持“原汁原味”。比如《扈伦传奇》这部书，是三个本子综合而成，我只是做了调整和衔接，加了回目。《扈伦秘史》《南关佚事》和《叶赫兴亡》，以前我依《兴亡传》为底本，改写一部《东华外史》，但在这次整理《扈伦传奇》时，虽以《东华外史》为蓝本，我却没有使用“外史”的改写本，尽量回忆原《叶赫兴亡传》的记录本，只是在历史事件和人物活动方面参照一下“外史”的提纲，更多的是融会了《扈伦秘史》和《南关佚事》的原始本。同时，也把《东华外史》里补进的有关“萨尔浒大战”

的内容全部删除，因为原始本里没有，而且也与扈伦四部历史整体关系不大。

在我看来，整理满族说部值得注意的是，一不要往历史上靠，不要把它变成历史教科书，因为它是民间口碑的历史；二不要往文学上贴，不要把它搞成文学作品，因为它是民间艺术，带有田野风格的粗犷性；更重要的一点，不要追求刺激，把它搞成戏说，一沾染上这类恶习就会面目全非。

更为重要的一点，整理者不要任意取舍，按照己意任意增删，特别是一些对满族说部一窍不通的整理者，自作聪明，不经讲述者本人同意，随便乱动原作，以至搞得离开了传承人的宗旨。

结　语

民间文学与作家文学，是文学史上并行不悖、互动互补的两个文学传统和文学形态。但是长期以来，民间口承文学基本上没有进入文学史家和文学理论家的视野，因而钟敬文先生2000年4月在北京师范大学召开的全国性的“文艺学与文化研究学术讨论会”上做学术报告时，针对文学理论学科对象的片面化问题，明确提出：“大量的、原初的、有价值的东西，却被忽略不计了。一个民族的大量的民间文学创作，没有被这个民族的文艺学作为应有的研究对象进行理论概括，而只集中于上层文学或精英文学，这样的文艺学，应该说是不完全的。”不仅国内如此，实际上国外也大同小异。比如美国当代文艺家M. H. 艾布拉姆斯在《镜与灯——浪漫主义文论及批评传统》中提出的文学四要素的著名论断，即认为文学总是由作品、作家、世界、读者四要素构成的①，明确界定了文学理论对象以作者—读者为中心的作家文学范式。由于中外文学理论的偏颇与片面，民间口承文学很少引起理论家、特别是文学史家的足够重视。因而钟敬文先生语重心长、一针见血地指出：“现在的文学史，不管是北大的，还是中国社科院的，开篇也写神话、歌谣，中间也插写历代的歌谣，这都反映了一种新文艺学现

① M. H. 艾布拉姆斯：《镜与灯——浪漫主义文论及批评传统》，郦稚牛等译，北京：北京大学出版社，1989年，第5—6页。

象，但是总的来说，在民间文学方面，取材的量还是很少的。”① 仅以中国社会科学院文学研究所总纂、20 世纪 90 年代由人民文学出版社陆续出版的十四卷本《中国文学通史系列》为例，到目前为止可以说这是比较完备的文学通史著作，但是其中涉及的民间口承文学内容是很有限的。由于我在 20 世纪 80—90 年代承乏担当该文学通史系列中《宋代文学史》金代文学部分的撰稿工作，熟知其中金代文学和女真族文学、清代文学和满族文学撰写的情况。实际上该文学通史系列组织撰稿时，联合国教科文组织尚未提出非物质文化遗产的概念，女真族和满族民间口耳相传的长篇叙事文学“传统说部”尚未被学术界发现，更未列入我国国家级非物质文化遗产名录并引起国内外文化界的重视，因而当时金代文学史、清代文学史的叙述仍以汉语书面文学为主。“传统说部”在联合国教科文组织有关保护非物质文化遗产热潮推动下在女真族、满族崛起之地的发现，说明金代文学、清代文学原本是一个复合性文明体系，当时作为精英文化的汉语书面文学和作为民间文化的女真语、满语口承文学分流并进、共同发展，构成金代文学、清代文学气象万千的多样性形态，使中国文学史在有金一代和有清一代大放异彩。

第一节 女真文化金代文学在文学史中的地位

我是研究金代文学和北方民族文化的，多年来一直留心女真族及其后裔满族文学的发展和研究状况。但是在现存文献中女真族和

① 钟敬文:《民俗学对文艺发展的作用》,《文艺研究》2001 年第 1 期。

满族口耳相传的民间文学作品寥寥无几，十分稀见。进入新的世纪以后，我有机会应邀参加吉林省非物质文化遗产专家组的工作，在普查、论证满族口头非物质文化中遗产“满族说部”的过程中，女真族和满族口耳相传的长篇叙事文学不意屡见，令人喜出望外。由于传统说部蕴含的珍贵价值，“满族说部”由吉林省申报，2005年实至名归地列入第一批国家级非物质文化遗产名录。非物质文化遗产是民族民间的原生态文化，由于联合国教科文组织的积极推动，非物质文化遗产学在新的世纪的确立极大地开阔了我们的眼界，使我们认识到人类宝贵的文化遗产不仅有书写的文化，更有口传的文化，这也正是19世纪以来人类学民俗学所秉持的文化观念。按照这种文化观念，不仅应该重视书写的文化，更应该重视口传的文化，其实这正是联合国教科文组织在第32届会议上通过的《保护非物质文化遗产公约》（2003年10月17日，巴黎）的要义所在。可以说北方民族口传的文化不仅给我们提供了苍莽朴直、本真原始的民间文化珍品，也给我们提供了生气勃勃、特点突出的传播范式——口传心授的传播范式。这一传播范式虽然不像作家文学那样具备书册印刷、金石刻载的便利，却更紧密地同民间的宗教信仰、价值观念、审美理想，乃至民俗民风联系在一起，在社会下层具有强大的生命力。女真族和满族口传长篇叙事文学的原生态作品，正是以这一传播范式通过传承人口口相传保留下来的。满族民间所谓“要有金子一样的嘴”，可以说是对于擅长讲唱传统说部的代表性传承人的最大褒奖和最高夸赞。

口承传统与书写传统的关系，自古以来就是一个引人注目的问题。诞生于二千年以前的儒家经典《周易》一书，即有“书不尽言，言不尽意”（《易·系辞上》）的说法，指的是文字与语言难以完整准确地表达思想，实际上已经开始接触到口承与书写关系这个十分微妙的问题。此后，魏晋玄学家虽然忽略了“书不尽言”的一面，对于“言不尽意”的命题三国魏荀粲、西晋欧阳建等人却进行了为后世文人学士津津乐道的热烈争论，东晋诗人陶渊明《饮酒》诗“此中有真意，欲辨已忘言”的诗句则是就“言不尽意”所做的形象化的传神描述。而欧美等西方学术界关注的热点，则与中国的玄学家有所不同，主要侧重于“书、言之辨”，而不在“言、意之辨”。从20世纪60年代起，他们即对“口承—书写”的关系进行了更为广泛、更为尖锐的论战。

美国古典学学者米尔曼·帕里（1902—1935）和他的学生艾伯特·洛德（1912—1991）从20世纪30年代开始初创、以后渐趋完善的“帕里—洛德理论”即“口头程序理论”，则使口承传统具备了较为周严的学科体系特征。他们把口头诗歌的概念运用于希腊荷马史诗的研究，揭示了口传史诗的口述性叙事特点和独特的诗学法则，对于以往古典学学者的思维定式和僵化观念发起了石破天惊的冲击，尤其令这些学者瞠目结舌的是，在西方古典文学中一直享有崇高地位并辉耀千古的伟大诗人荷马，竟会是一个目不识丁、流浪行吟的民间艺人！实际上民间口头文学，包括各民族的英雄传说、英雄史诗是文学宝库中非常珍贵的一部分，它们对于作家书面文学产生过深远的影响，为古今中外文学的健康发展提供了取之不尽、用之不竭的灵感触媒和力量源泉。回顾人类文明发展的历史可以看出，书写传统与口承传统均为人类宝贵的信息交流、信息传播手段，由于二者载体的不同，从而形成了两极间的谱系关系；只有历时性的书写和即时性的口述相辅相成、并行不悖，人类无比丰富的信息交流与信息传播才能呈现绚丽多姿、色彩斑斓的人文知识光谱。文字的出现是人类的巨大进步，作为书写符号的文字固然可以使人类的文明成果超越时空、传之久远；不过由于“书不尽言，言不尽意”而存在的文字同语言的微妙差距，也使人类古老文明与早期文献的原初语境、鲜活元素疏离隔膜，从而在古典文本中必不可免地丢掉某些稍纵即逝、难以再现的灵光神韵和天籁真趣。

由于学术文化界长期以来仅仅重视同书写相关的精英文化，忽视同口承相关的民间文化，而口头和非物质遗产又往往具有不可再生的性质，传承的链条一旦断裂，势必造成人类文化财富不可挽回、无法弥补的损失，所以口承传统尤其需要善加保护。特别是20世纪后期，在经济全球化和社会生活现代化汹涌澎湃的大潮中，数字化时代的到来使主流文化、大众文化凭借先进的科学技术手段以前所未有的冲击力轻而易举地独霸文化市场，民间口头非物质文化遗产面临空前严峻的生存危机。在这种大背景下，联合国教科文组织从20世纪80年代起开始关注口头和非物质遗产的保护工作，陆续通过了一系列相关的重要文件。正是在这种情况下，满族说部于2004年4月被文化部列为吉林省保护民族民间文化的试点项目，从而使这一魅力无穷的“人类口头和非物质遗产”崭露头角，见知于世。

创立说部的通古斯—女真—满族，在中华民族发展史上是一个崛起、衰落、再崛起的不屈不挠、英勇顽强的民族。在中国历史上，各个民族对于祖国历史文化的发展与进步都做出了不可磨灭的贡献，不过在众多边疆民族中能够入主中原的少数民族实属凤毛麟角，先后两度入主中原的少数民族更是绝无仅有。而非常有趣的是，为数不多的这几个入主中原的少数民族都是北方民族。在从南北朝时期开始、直到清朝为止的1500年左右的时间里，鲜卑、契丹、女真、蒙古和满族等北方民族在北半部中国与大一统的版图之内建立政权的时间长达八百五十年，接近这段历史进程的五分之三；而女真人和满族建立政权的时间长达四百一十多年，接近北方民族统治时间的二分之一，为其他地区民族所望尘莫及。对于中国历史上这一极为独特的现象，显然不能简单地用“塞北雕弓硬”（马致远《汉宫秋》）来加以解释。那么，包括女真人和满族在内的北方民族，有什么超常潜能与非凡智慧能够逐鹿中原而捷足先登、独一无二地成就如此这般的宏图大业？北方民族文化有什么神奇的魔力足以对其有效的统治提供智力支撑与精神动力？这是一个令人深长思之的说不尽的话题。而作为北方民族中的女真族和满族，历史十分悠久。

三千年以前的肃慎，是女真族和满族的原始先民，他们生活在长白山以北和松花江中上游、牡丹江流域的广阔地区，从舜禹时代即与中原有了联系。周武王时，肃慎人曾入贡“楛矢石砮”，周人在列举其疆土四至时即说“肃慎、燕亳，吾北土也。”（《左传·鲁昭公九年》）战国以后，肃慎人改称挹娄，接着又陆续称勿吉、靺鞨、女真。唐朝时，粟末靺鞨在今吉林敦化、黑龙江宁安曾经建立号称“海东盛国”的渤海地方政权。女真人则在辽、宋、金激烈复杂的矛盾冲突中崛起塞北、雄视天下，灭辽驱宋、入主中原，论疆域则广于辽，论实力则强于宋，以长江、淮河为界建立了让南宋始而称臣纳贡、继而称侄纳贡的大金政权，女真族及其先民则由长期形成的纳贡主体转变为名正言顺的受贡主体。至于女真族后裔满族，是明朝后期以建州女真、海西女真及东海女真为主形成的。清太祖爱新觉罗努尔哈赤统一女真各部以后，在天命元年（明万历四十四年，1616年）建立后金政权；清太宗爱新觉罗皇太极在天聪九年（明崇祯八年，1635 年）改女真为满洲，翌年改后金为大清；清世祖爱新觉罗·福临称帝以后清人在顺治元年（明崇祯十七年，1644 年）挥师入关，进而一统天下，成为有史以来多民族国家空前巩固和稳定的时期。其领土“东极三姓所属库页岛，西极新疆疏勒至于葱岭，北极外兴安岭，南极广东琼州之崖山”（《清史稿·地理志》），基本上奠定了近现代中国的版图疆域。由于女真族和满族不止一次地逐鹿中原，从而对于中华民族多元一体格局的历史进程产生了深远影响，做出了重要贡献。

女真一满族的文化，是我国北方民族文化的重要组成部分。由于中原汉文化的辐射作用，北方民族曾经接受汉文化的深刻影响，从而促进了北方民族的发展与进步；与之相应的，北方民族文化的南渐也给汉文化补充了威武有加、健勇无比的宝贵元素，从而为北雄南秀、气象万千的中华文化带来了新的因子与新的活力。恩格斯曾经指出：“每一次由比较野蛮的民族所进行的征服，不言而喻地都阻碍了经济的发展，摧毁了大批的生产力。但是在长期的征服中，比较野蛮的征服者，在绝大多数情况下，都不得不适应征服后存在的比较高的‘经济情况’；他们为被征服者所同化，而且大部分甚至还不得不采用被征服者的语言。”① 不过这种影响远非如人们想象的那样单向进行，而必不可免地乃是双向进行的。因此恩格斯也曾说过：“德意志人究竟是用了什么灵丹妙药，给垂死的欧洲注入了新的生命力呢？……凡德意志人给罗马世界注入的一切有生命力的和带来生命的东西，都是野蛮时代的东西。的确，只有野蛮

① 恩格斯:《反杜林论》,《马克思恩格斯选集》第三卷,北京:人民出版社,1972 年,第 222 页。

人才能使一个在垂死的文明中挣扎的世界年轻起来。”① 民族文化的交流融合，首先自然是层次较高一方向层次较低一方辐射扩散，同时也无可否认，层次较低一方也给予层次较高一方不可忽视的冲击影响。在阶级社会，文明的每一步前进，往往伴随着相应的退步；在所谓“野蛮”民族的文化当中，也正包含着人类社会健康发展所需要的某些积极因素。本世纪伊始，中国社会科学院文学研究所杨义先生曾经旗帜鲜明地提出“边缘活力”的命题。② 汉民族的成长壮大，与陆续融合周边民族不无关系，在民族融合过程中自然会有选择地吸纳边缘文化。而中原文化所以能成为中华文化的核心，正是同边缘文化互动互补的结果。在中国文化的历史发展中，当中原的正统文化由于缺乏活力而趋于模式化、凝固化的时候，边缘地区文化即以“它山之石，可以攻玉”的朴野本性和原始活力冲击、补充和激活中原文化，使中华文化在新的历史台阶上实现新的演进、整合与创造，从而确保中华文化历经五千年仍然具有勃勃生机，这就是中华文化能够不断发展与更新、永不停顿与衰败的动力学原理。中华文明是人类历史上唯一没有中断的四大古文明之一。文明在相对封闭的状态下可以保持独特性，但是完全与外界隔绝要获得发展是无法实现的。中华文明同人类的其他古文明相距遥远，中国西部是耸入云霄的高山和人迹罕至的沙漠，东西落差构成巨大的三级阶梯，南北跨度达 30 个纬度，形成若干色彩斑斓而特点鲜明的自然生态和人文生态的区域环境。正是在不同的自然生态、人

① 恩格斯:《家庭、私有制和国家的起源》,《马克思恩格斯选集》第四卷,北京:人民出版社,1972 年,第 152—153 页。

② 吕微:《“文化视野与中国文学研究”国际研讨会纪要》,《文学评论》2001 年第 6 期。

文生态环境之上形成的区域文化之间的碰撞交流，为生生不息的中华文明提供了不竭的动力。特别是包括女真族在内的北方民族在塞外的崛起和北方民族文化的蓬勃发展，有力地修正了长期以来占统治地位的所谓中华民族及其文化起源于黄河中下游、然后向四周扩散的“单源中心说”。20 世纪 80 年代我国文物工作者在塞北建州女真崛起的广阔地带发掘的“红山文化”遗址，以无可辩驳的考古成果证明早在五千年以前燕山以北的辽河流域就存在一个同中原地区仰韶文化北南并存、相互对应的文化中心，从而将中华文明的历史提前了上千年。正是在这个和燕山山脉接壤的广阔的北方草原地区，先后孕育了几度入主中原的北方民族，同时也孕育了特色鲜明的北方民族文化。传统说部，就是北方民族文化中光彩夺目的一朵文学艺术奇葩。

第二节　满族说部的基本特点和价值

传统说部口耳相传的特点，在北方民族文学的发展历程中带有一定的普遍性。由于这些民族创制文字的时间相对滞后，因而其早期作品大多是以口头的形式出现的，并形成了历史悠久、绵延不绝的口承文学传统。而女真族和满族是一个讲究慎终追远、重视求本寻根的民族，他们正是通过“说史”“颂唱根子”的活动，将“民族文化记忆”升华为世代传承的说部艺术，从而对本氏族的英雄业绩和非凡经历进行讴歌和礼赞。在目前采集完成的满族说部中，超过三分之一的作品与满族先世女真人的杰出人物密切相关。这些说部作品讲述传扬的生动事迹，当来自女真完颜部的口头传承。而说部作品中关注的一个热点人物、历史上号称“北方小尧舜”的金世宗完颜雍即完颜乌禄，不仅在有金一代开创了“大定明昌五十年”的鼎盛局面，形成了元人所极口称颂的“时和岁丰，民物阜庶，鸣鸡吠犬，烟火万里，有周成康、汉文景之风”（王磐《大定治绩序》）的太平景象；而且异常珍惜女真族纯朴真率、原始自然的固有文化，对于保护女真族无比生动的非物质文化遗产做出了重要贡献。由于完颜乌禄的不懈鼓吹和积极推动，女真文化才得以更好地保存、延续和发扬光大，从而滋养和哺育了满族文化。据《金史·世宗纪》载，完颜乌禄为了防止子孙后代忘本，保持女真人敦厚朴直之风，一再倡导女真人的民族精神、民族品格和民族习俗。例如大定十一年（1171）十一月戊寅完颜乌禄临幸东宫时曾告诫皇太子：“吾儿在储贰之位，朕为汝措天下，当无复有经营之事。汝惟无忘祖宗淳厚之风，以勤修道德为孝，明信赏罚为治而已。……唐太宗有道之君，而谓其子高宗曰：‘尔于李勣无恩，今以事出之；我死，宜即授以仆射，彼必致死力矣。’君人者，焉用伪为！受恩于父，安有忘报于子者乎！朕御臣下，惟以诚实耳。”当时“群臣皆称万岁。”[①] 完颜乌禄提倡的女真民族诚信无欺的可贵品格与可贵精神，于此可见一斑。为了求本寻根，早在大定十三年（1173）完颜乌禄即有意从京城中都（今北京）回访女真完颜部发祥地会宁府（今黑龙江阿城南白城）。据《金史》记载，大定十三年三月“乙卯，上谓宰臣曰；‘会宁乃国家兴王之地，自海陵迁都永安（今北京），女直人寖忘旧风。朕时尝见女直风俗，迄今不忘。今之燕饮音乐，皆习汉风，盖以备礼也，非朕心所好。东宫不知女直风俗，第以朕故，犹尚存之。恐异时一变此风，非长久之计。甚欲一至会宁，使

① 《金史》卷六《世宗》上，北京：中华书局1975年版，第150页。

子孙得见旧俗，庶几习效之。'"[1] 完颜乌禄在内心酝酿、发酵已久的这一夙愿，终于在十一年以后的大定二十四年（1184）三月付诸实施，并在上京驻跸将近一年之久。此次巡幸女真故地，《金史·世宗纪》《金史·乐志》均有翔实的记载。《金史·乐志》称："（大定）二十五年四月，幸上京，宴宗室于皇武殿，饮酒乐，上谕之曰：'今日甚欲成醉，此乐不易得也。昔汉高祖过故乡，与父老欢饮，击筑而歌，令诸儿和之。彼起布衣，尚且如是，况我祖宗世有此土，今天下一统，朕巡幸至此，何不乐饮。'于时宗室妇女起舞，进酒毕，群臣故老起舞，上曰：'吾来故乡数月矣，今回期已近，未尝有一人歌本曲者，汝曹来前，吾为汝歌。'乃命宗室子叙坐殿下者皆上殿，面听上歌。曲道祖宗创业艰难，及所以继述之意。上既自歌，至慨想祖宗、音容如睹之语，悲感不复能成声，歌毕，泣下数行。右丞相元忠暨群臣宗戚捧觞上寿，皆称万岁。于是诸老人更歌本曲，如私家相会，畅然欢洽。上复续调歌曲，极欢而罢。"[2] 金世宗完颜乌禄这一不同凡响之举极大地张扬了民族精神和民族文化传统，在朝野形成轰动效应，为民间以颂扬先人辉煌业绩为主要内容的口承史诗性长篇叙事文学带来了强劲的助推力。女真族这一口承文学传统后来为满族所沿袭和接受，使女真族杰出人物的英雄事迹历经上千年仍在满族居民中以"说部"的形式口耳相传，从而为女真族保存了大量活态的非物质文化遗产。更为重要的是，这一传统的发扬光大还促使和推动满族创作了大量新的说部代表作。这是女真族文学和金代文学之大幸，也是满族文学和清代文学之

---

① 《金史》卷七《世宗》中，北京：中华书局，1975年，第158—159页。

② 《金史》卷三十九《乐志》上，北京：中华书局，1975年，第891—892页。

大幸。

女真—满族是一个讲究慎终追远、重视求本寻根的民族，他们正是通过“说史”“颂唱根子”的活动，将民族文化记忆升华为长篇叙事文学，形成饱含天籁真趣和原始活力的原生态作品。传统说部的活态传承和横空出世，乃是中国文化史上的空前壮举和重大发现，将给多维多元、北雄南秀的中国文学史增添无限的光彩，为中国文学的传播方式开创新的局面。在中国古代文学的研究中，长期以来人们一直关注文献著录的文学成果，很少留意口耳相传的文学资源。文献的著录记载对于古代文学的研究无疑十分重要，口耳相传的文学资源同样不可或缺。可以说二者构成了文学传播范式相辅相成的两翼，必将为人类文学遗产的多样性、丰富性做出独特的贡献。宋、金时期和有清一代，乃是中国历史上社会矛盾、民族矛盾错综复杂的时期，就文学创作而言篇幅短小的抒情作品很难全景式地再现社会生活的总体面貌，因而女真族和满族口耳相传的史诗性长篇叙事文学就难能可贵、不可或缺了。这些口传文化的珍品承载着金朝、清朝统治民族女真族和满族的“民族文化记忆”，蕴含着别具一格的独特魅力，不仅为金代文学、清代文学开辟了一片新的天地，并足以有声有色地填补中国文学史上口头传播范式的空白。正如上个世纪初期鼓吹文学改良的领袖人物胡适所指出的：“庙堂的文学之外，也有草野的文学，贵族的文学之外，还有平民的文学。”甚至还明确指出：“真正的文学却在民间”，“专重模仿的古典文学，不能代表二千五百年的文学变迁”①。可惜历经一个世纪之后，忽视民间文学的倾向仍未得到根本的改变，所以本世纪伊始钟敬文先生再度发出现有的文学史对于民间文学取材的量过少的感

① 《胡适文集》第八册，北京：北京大学出版社，1998年。

叹。如果说民间口承文学属于原生态，那么作家书面文学只能屈居于次生态了。胡适先生、钟敬文先生的看法，对于中国文学史的学科建设有很强的现实针对性，应该引起高度重视。令人不安的状况还不仅仅出现在文学研究上，反映在文学教学上的问题则更为突出。据我所知，有些大学的中文系近年已经错误地取消了民间文学课，令人欣慰的是北京大学中文系则以远见卓识理直气壮地抵制了这一不良风气。相信随着非物质文化遗产保护日益深入人心，上述做法会逐渐改变。据称十几年前取消民间文学课的复旦大学中文系，已经带头恢复了民间文学的课程。我们认为，现在的问题是，民间文学课不仅不能削弱，而且还应加强。要把民间文学同非物质文化遗产理论紧密结合起来，使民间文学具备更加科学的理论形态、与时俱进的人文高度。联合国教科文组织的《保护非物质文化遗产公约》强调，人们，尤其是年轻一代要加强对于非物质文化遗产及其保护工作重要意义的认识，以免子孙后代丢掉民族文化的根基、迷失人类精神的家园。我们相信，非物质文化遗产学的崛起，必然为民间文学的发扬光大注入强大的精神动力。而金代女真族、清代满族口传长篇叙事文学的发现，将顺理成章地颠覆金代文学研究、清代文学研究的既有模式，为人类的口承文学传统和中国文学史的学科建设提供无比生动的新的资源。

中国文学的内涵原本博大精深、无比丰富，其中既包括书面文学，也包括口头文学；既包括汉族文学，也包括少数民族文学。但是长期以来，中国文学史的架构一直处于极不完备的状态。据不完全统计，20 世纪问世的各类文学史著作不下 1500 种，不过口耳相传的民间文学、特别是少数民族口传民间文学不约而同地受到冷落。而传统说部可谓兼具口头文学和少数民族文学的双重品格，因而对于21世纪构筑中国文学史的完备框架和科学体系十分珍贵、非常重要。金代女真族和清代满族口传长篇叙事文学在口头文学与书面文学互动互补、少数民族文学和汉民族文学相激相融中彰显于世、受到瞩目，必将极大地提升民族民间口头文学在中国文学史上不可或缺、日显重要的突出地位，有力地推动中国文学史的架构实现由场域狭小、内涵单一的传统模式向视野开阔、多维多元的创新体系转型与嬗变。与此同时，传统说部作为人类口头非物质文化遗产代表作，还具有文化学、历史学、民族学、语言学、民俗学、宗教学等多方面的价值，必将为保持人类文化的多样性、丰富性尽展风采，做出贡献。

后　记

周惠泉先生系1939年生人，是吉林省社会科学院语言文学研究所资深研究员，曾任职于吉林省社会科学院语言文学研究所和《社会科学战线》杂志社，毕生致力于辽金文学研究，在国内该领域尤其是满族口传文学满族说部的研究方面享有极高的成就与声望。然周先生不幸于2012年因病辞世，享年73岁。

周惠泉先生是国内最早以满族说部为研究对象申报国家社会科学基金课题的，先后在国内权威学术期刊发表了十几篇关于满族说部的高质量学术成果，引起了国内外学术界的极大反响和普遍好评。他生前留下了一部未完成的书稿，此次借吉林省社会科学院出版“满族说部研究丛书”（第一辑）之机，编委会主任邵汉明院长责成本人将周先生的遗稿编撰整理，纳入丛书中出版。

周先生的遗稿《满族说部口头传统研究》共有十部分组成，本人主要工作是将遗稿按照一定的逻辑关系编排整理，忠实地遵循周先生原稿的学术脉络。

谨以此书的出版问世告慰逝者，并向周先生在学术研究道路上孜孜以求、不断探索的精神致以敬意。

朱立春

2016年5月